सपनों का साजन

समीर

डायमंड बुक्स

प्रकाशक : डायमंड पॉकेट बुक्स (प्रा.) लि.
X-30 ओखला इंडस्ट्रियल एरिया, फेज-II
नई दिल्ली-110020
फोन : 011-40712200
ई-मेल : sales@dpb.in
वेबसाइट : www.diamondbook.in

Sapno Ka Sajan

By : Sameer

सपनों का साजन

किशोर की कार सड़क पर फर्राटे भर रही थी, किन्तु उसकी तेज दृष्टि इधर-उधर स्टॉपों पर खड़ी महिलाओं को देखती जा रही थी, जो बसों की प्रतीक्षा में खड़ी थीं।

एक स्थान पर स्टॉप से थोड़ा आगे खड़ी हुई एक बहुत ही सुन्दर महिला दिखाई दी, जिसके शरीर पर साड़ी थी, कंधे पर एक वैनिटी बैग लटका हुआ था-कलाई पर बंधी अति सुन्दर घड़ी में वह बार-बार समय देख रही थी।

किशोर के होंठ अचानक सीठी बजाने के अंदाज में सिकुड़ गए। उसने जल्दी से कार की गति धीमी करके उस महिला के बिलकुल निकट लाकर कार रोक दी।

खिड़की का शीशा गिराकर होंठों पर बहुत मनमोहक मुस्कान लाकर बोला- 'वुड यू लाइक टू टेक लिफ्ट मैडम?'

महिला ने उसे ध्यानपूर्वक देखा और होंठों पर मुस्कान लाकर बोली-'थैंक्स, वेरी-वेरी थैंक्स!'

उसने आगे बढ़कर स्वयं ही अगला दरवाजा खोला और किशोर के बराबर ही बैठ गई। किशोर की बाछें खिल गई थीं-उसकी नाक में सुगन्ध के भभके-से प्रवेश कर रहे थे।

गेयर डालकर कार बढ़ाते हुए उसने महिला को सम्बोधित करके पूछा-'कहां जाना है आपको?'

'जहां आपको जाना है।' महिला ने मुस्कराकर कहा।

किशोर का हृदय जोर से धड़क उठा-वह सोच रहा था। कि इतनी शानदार मछली स्वयं ही जाल में आ फंसेगी, यह तो उसने सपने में भी नहीं सोचा था। उसने कलाई की घड़ी देखी। 6:00 बज रहे थे-उसने सोचा कि पुरुषोत्तम की पार्टी आरम्भ होने में तो अभी देरी है-इस सुन्दर अतिथि के साथ 2-3 घंटे तो गुजारे जा सकते हैं।

किशोर खखारकर बोला- 'होटल सन एंड सैंड कैसा रहेगा?'

महिला धीरे से हंसकर बोली-'बहुत सुन्दर होटल है।'

'तो फिर उधर ही चलें?'

'जुहू की ओर ही चल रहे हैं न?'

'ऑफकोर्स।'

'तो फिर चलते रहिए।'

'मेरा नाम किशोर है।'

'अच्छा नाम है।'

'आपका भी कुछ नाम होगा?'

'सभी का होता है।'

'कोई बात नहीं, बहुत-सी महिलाएं अपना नाम बताना पसन्द नहीं करतीं।' महिला केवल मुस्कराकर रह गई।

कार अब जुहू स्कीम के पास से गुजर रही थी।

महिला ने एक ओर संकेत करके कहा-'प्लीज! इधर मोड़ लीजिए।'

किशोर ने कार तो मोड़ ली, किन्तु उसका हृदय जोर से धड़का।

उसने महिला को ध्यानपूर्वक देखकर पूछा-'आपको यहां कोई काम है?'

'जी हां-बस इधर फिर मोड़ लें।'

किशोर ने दूसरा मोड़ मुड़ते हुए पूछा-'यहीं काम है?'

'जी हां।' महिला ने एक बंगले की ओर इशारा करके कहा-'बस इसी बंगले में।'

किशोर के दिमाग को झटका-सा लगा। उसने बंगले के फाटक पर कार रोककर कहा-'यह तो डॉ. पुरुषोत्तम मल्होत्रा का बंगला है।'

'जी हां!' महिला ने मुस्कराकर कहा।

गेट पर खड़े चौकीदार ने जल्दी से आदर से प्रणाम करके गेट खोल दिया।

महिला ने मुस्कराकर किशोर से कहा-'अन्दर ले चलिये।'

किशोर ने कार बढ़ा दी-उसके हृदय की धड़कनें बढ़ गई थीं-कार फाटक में प्रवेश करके बाएं ओर की रविश पर चलती हुई पोर्च में पहुंचकर रुक गई। बंगलें के बाहरी कम्पाउंड में भी खूब सजावट थी। बरामदे में भी तेज रोशनी हो रही थी।

एक नौकर ने जल्दी से बढ़कर दरवाजा खोला। महिला कार से उतर गई।

नौकर ने आदर से कहा-'शंकर तो कार लेकर गया था आपको लेने।'

'पता नहीं किधर निकल गया।'

किशोर भी उतर आया।

नौकर ने उसे भी आदर से नमस्कार किया और बोला-'अच्छा हुआ आप मिल गए साहब-मालकिन ने अभी ठीक से मुम्बई देखा भी नहीं है-शंकर बता रहा था कि जो कार वह लेकर आपको लेने गया था, उसके कारबोरेटर में कुछ गड़बड़ी थी।'

'मालकिन....!' किशोर के दिमाग में जैसे बम-सा फटा हो।

महिला ने मुस्कराकर किशोर से कहा-'आइए भाई साहब, अन्दर नहीं चलेंगे?'

'ऐं...ज...ज...जी हां...जी हां...!'

दोनों ने आगे-पीछे अन्दर प्रवेश किया, तो अन्दर पुरुषोत्तम एक नौकर से कुछ काम बता रहे थे।

नौकर ने महिला को देखा तो वह पुरुषोत्तम से बोला-'आ गई मालकिन।'

पुरुषोत्तम चौंककर मुड़े और—'तुम आ गईं रजनी-शंकर कार लेकर पहुंच गया था?'

रजनी ने मुस्कराकर किशोर की ओर इशारा करके कहा-'शंकर तो नहीं पहुंचा—यह दूसरे ड्राइवर पहुंच गए थे।'

पुरुषोत्तम किशोर की ओर देखकर चौंक पड़े और मुस्कराकर बोले-'अरे किशोर तुम-मुलाकात हो गई तुम्हारी रजनी से?'

'यह रजनी भाभी हैं?'

'क्यों...? तुम्हें संदेह है?'

'क्या यह सचमुच रजनी भाभी हैं?'

'कोई कानूनी सबूत पेश करूं, तब विश्वास होगा तुम्हें?'

'यानी यही वह रजनी भाभी हैं, जिन्होंने इंग्लैंड में होश संभाला, पली-बढ़ी और पढ़ा-लिखा...।'

'हां भई, यह वही रजनी है।'

'माई गॉड...मैं तो समझा था तुमने इंग्लैंड में जिस भारतीय स्त्री से शादी कर ली है, वह कोई परकटी इंग्लैंड छाप महिला होगी।'

'और तुमने क्या समझकर रजनी को लिफ्ट दी थी?'

'अरे वही समझकर, जो रोज किसी न किसी को समझता हूं।'

पुरुषोत्तम ने एक जोरदार ठहाका लगाया और बोले -'तब तो तूने रजनी को होटल चलने की ऑफर भी दी होगी?'

'ऑफकोर्स-मैं तो सपने में भी नहीं सोच सकता था कि तुम्हारी पत्नी रजनी भाभी इतनी अधिक हिन्दुस्तानी होंगी।'

'भाई साहब!' रजनी ने हंसकर कहा-'आदमी दुनिया के किसी भी हिस्से में चला जाए, मगर चाहे तो अपने देश की सभ्यता को जीवित रख सकता है-यदि उसे अपने घर वालों से अच्छे संस्कार मिलें और वह विदेशी रंग में न रंग जाये।'

'आप ठीक कहती हैं भाभी-किन्तु आपने मुझे क्या समझकर मुझसे लिफ्ट लेना पसन्द कर लिया?'

'मैंने आपकी बहुत सारी फ़ोटो देखी थीं, जो आपने अपने मित्र के साथ खिंचवाई थीं।'

'ओहो...! परन्तु इस पुरुषोत्तम के बच्चे ने छः वर्षों में एक बार भी आपकी फोटो भेजने का कष्ट नहीं किया।'

'कभी फोटो खिंचवाने का अवसर ही नहीं आया-न मुझे ऐसा शौक है।'

'अरे यार!' किशोर ने पुरुषोत्तम से कहा-'कम-से-कम एक फोटो तो पहचान के लिए भेज देते तो इस समय भाभी पर बुरी दृष्टि डालने से तो बच जाता।'

'डोंट वरी।' पुरुषोत्तम ने मुस्कराकर कहा—'तुम्हारी रंगीन मिजाजी और बदमाशी का पूरा परिचय मैं रजनी को पहले ही दे चुका हूं।'

'ओ गॉड! तो तुमने मुझे लन्दन में भी बदनाम करना नहीं छोड़ा।'

'यार तेरा क्या भरोसा-जो हरकत तूने आज की है उसकी आशा तो तुझसे कभी भी की जा सकती थी। इसलिए मैंने उचित समझा कि रजनी को तेरे बारे में पहले ही सब कुछ बता दूं ताकि यह तुझे गलत न समझ ले।'

'कमाल है यार-तू छः वर्षों के पश्चात भारत आया है और शादी की एनीवर्सरी मना रहा है और भाभी से मेरा प्रथम परिचय भी इस अंदाज में होना रह गया था।'

'अब तू भी तो नागपुर से आज ही आया है-यदि सवेरे-सवेरे तेरा फोन आ जाता तो मैं सोच भी न सकता कि तू इस फंक्शन में शरीक हो सकता है।'

'अरे तेरी शादी की एनीवर्सरी होती और मैं शरीक न होता? तू यदि इंग्लैंड में भी होता तो मैं यह फंक्शन अटैंड करने वहां भी आता-भला नागपुर से यहां नहीं आ सकता था।'

'अच्छा, यह बता कि तू कितने दिन के लिए आया है?'

'अब तो शायद सदा के लिए।'

'क्या मतलब?'

'मेरी फर्म की एक ब्रांच मुम्बई में भी खुल गई है-मुझे उसका इंचार्ज बनाकर भेजा गया है।'

'वेरी गुड। यह तो बहुत अच्छा हुआ-कहां ठहरा है?'

'बालकशेवर में-फर्म की ओर से पहले ही प्रबंध कर दिया गया था।'

'बहुत खूब।'

'तो भाई साहब...! रजनी ने कहा-'क्या आप विद फैमिली आ गए हैं या अभी अकेले ही आये हैं?'

'फैमिली-अरे, अपनी फैमिली का तो केवल एक ही सदस्य है और वह है आपका हसबैंड।'

'ओ गॉड और माता-पिता...?'

'बचपन में ही छोड़कर टिकट कटा गये थे- मामी-मामा की दया पर पला-बढ़ा था-पुरुषोत्तम जैसा मित्र न मिलता तो पढ़ाई भी पूरी न हो पाती और न मैं आज इस पोजीशन पर नजर आता।'

'ओहो...तब तो किशोर?' किशोर ने ठहाका लगाया-'अपने ठहरे आजाद पंछी-आज इस डाल पर तो कल उस डाल पर। शादी-वादी के झमेले में पड़ना अपने बस की बात नहीं।'

'भाई साहब, हर व्यक्ति के जीवन में कभी न कभी तो वह आयु आती है, जब उसे एक ऐसे सहारे की आवश्यकता होती है जिस पर वह पूरी तरह भरोसा कर सके।'

'भाभी, अपने जीवन में वह आयु आएंगी ही नहीं-पुरुषोत्तम का अनुभव आगे क्या होता है यह तो मैं नहीं कह सकता-परन्तु मेरा अभी तक का ऑबजर्वेशन तो यही रहा है कि आदमी शादी करके न केवल समाजी और कानूनी बंधन में जकड़ जाता है बल्कि जल्दी ही बूढ़ा भी हो जाता है। जो लोग इस बंधन से आजाद रहते हैं, वह न केवल सुखी रहते हैं, बल्कि सदा युवक भी रहते हैं।'

फिर वह चौंककर बोला-'ओह पुरुषोत्तम-मैंने शादी का उपहार तो खरीद लिया, किन्तु पैक कराता हुआ ही छोड़कर चला आया-न जाने किस धुन में था कि बिल दिया और निकल आया। मैं बस थोड़ी देर में आता हूं।'

'ओ.के!'

किशोर पलटकर तेजी से निकल गया-रजनी ने उसे जाते देखा।

जब वह दरवाजे से निकल गया तो वह मुड़ी और हंसकर बोली-'आपके मित्र मुझे कोई सोसाइटी गर्ल समझ बैठे थे।'

'आदत से मजबूर है-सुधारने के बहुत जतन कर चुका हूं, परन्तु कम्बख्त सुधरता ही नहीं।'

'परन्तु शादी के नाम से इतनी घृणा क्यों? कोई-न-कोई कारण तो अवश्य होगा।'

'वह तो है।'

'क्या...?'

'वास्तव में छोटी-सी आयु से ही उसे अपने मामी-मामा के साथ रहना पड़ा- मामी के हाथों मामा की जो दुर्गत देखी उसने, उसे शादी से घृणा करने पर विवश कर दिया।'

'ओहो!'

'मैंने भी इसकी मामी को देखा था-एकदम कड़क मिजाज थीं-कड़वी जबान, तीखा स्वभाव-मामा को तो वह पति कम नौकर अधिक समझती थीं-शुरू से ही मामा पर हावी रहीं-इसलिए मामा भी उनके इशारों पर नाचने लगे थे-किशोर को भी उन्होंने नौकर बनाकर रखा हुआ था- स्कूल जाने से पूर्व घर का सौदा लाना पड़ता था-यहां तक कि रात में अपनी टांगें और कमर तक दबवाती थीं किशोर से।'

'ओ माई गॉड!'

'बस तभी से किशोर के मन में शादी के नाम से घृणा हो गई और आजादी उसका स्वभाव बन गई।'

फिर वह चौंककर बोले-'अरे हां, तुम जिस काम के लिए गई थीं, उसका क्या हुआ?'

'आपने जिस डिजाइन का हार पसन्द किया था, वह तैयार है-बस उसकी इमोशिंग रह गई थी-ठीक 8:00 बजे ज्वैलर का आदमी स्वयं आकर घर दे जायेगा।'

'गुड, वैसे हार तुम्हें कैसा लगा?'

'आपकी पसन्द में भला कोई कमी हो सकती है? हार देखकर एक बार तो मुझे ऐसा अनुभव हुआ, जैसे मैंने स्वयं ही अपनी पसंद से बनवाया हो।'

सहसा एक नौकर ने आकर कहा-'मालकिन इंग्लैंड से पप्पी का फोन आया है।'

सहसा उन दोनों के चेहरों पर कई रंग आए-गए-फिर वह दोनों जल्दी ही फोन वाले कमरे की ओर चले गए।

***

किशोर ने कार रोकी तो बंगले के बाहर मेहमानों की कारों की लाइनें लगी थीं-किशोर को बड़ी मुश्किल से पार्किंग के लिए जगह मिली। वहां कार पार्क करके नीचे उतरकर उसने पिछला दरवाजा खोलकर सीट पर रखा पैकेट उठाया।

फिर वह पीछे हटा ही था कि उसके कानों में एक सुरीली-सी चीख की आवाज आई-वह घबराकर घूमा तो तड़ाक से उसके गाल पर एक चांटा पड़ा और सामने खड़ी सुन्दर महिला ने नथुने फुलाकर कहा-

'इडियट, अंधा हो गया है क्या? मेरा पांव कुचल के रख दिया।'

किशोर का गाल झनझना गया था-उसने एक हाथ से गाल सहलाकर कहा-'आई एम सॉरी मैडम! मेरे सिर के पीछे आंखें नहीं हैं।'

'ओह!' महिला चौककर बोली-'आई एम वेरी सॉरी-मैं समझी थी मेरा पांव मेरे हसबैंड ने कुचला है।'

किशोर की बांछें खिल गई, वह जल्दी से बोला-'कोई बात नहीं, कोई बात नहीं।'

महिला ने इधर-उधर देखा, फिर क्रोधित स्वर में बोली-'कहां मर गया कम्बख्त।'

'किसी की तलाश है आपको?'

'अरे वही मेरा हसबैंड। एकदम असामाजिक और कावर्ड आदमी पल्ले पड़ गया है।'

'होता है-कभी-कभी मिलकास्टिंग के कारण जीवन की पूरी फिल्म ही फ्लॉप हो जाती है।'

'हा-हा-हा...!' महिला ने बड़ा सेक्सी-सा ठहाका लगाया और बोली-'यू आर रीअली इन्ट्रेस्टिंग पर्सन।'

'मेरे अन्दर और भी बहुत सारी खूबियां हैं, जो निकट आने पर ही प्रकट हो सकती हैं।'

'लीजिए।' महिला किशोर के बिलकुट निकट आकर बोली- 'आ गई आपके निकट।'

किशोर की ह्रदय की धड़कन तेज हो गई। उसने एक हाथ में अपना पैकेट सम्भाला, दूसरा हाथ बढ़ाकर बोला- 'आई एम किशोर-फिल्मी स्टाइल में आप मुझे के.के भी कह सकती हैं।'

महिला ने हंसकर अपना अति सुन्दर रेशम जैसा मुलायम हाथ किशोर के हाथ में देकर कहा-'आई एम रवीना-रवीना राय- शॉर्टकट में आप मुझे आर.आर. भी कह सकते हैं।'

'आपका हाथ तो बड़ा सेक्सी है।'

'एंड हाट अबाउट मी?'

'यू आर टू।' किशोर ने बड़े जोश से हाथ देखकर कहा।

'मेरा हसबैंड डॉ. पुरुषोत्तम का मित्र है।'

'मैं डॉ. पुरुषोत्तम का अंडरवीयर फ्रेंड हूं।'

रवीना ने फिर ठहाका लगाया और बोली- 'यू आर मोस्ट इन्ट्रेस्टिंग पर्सन रिअली। तुमसे मिलकर बहुत खुशी हुई।'

'थैंक्यू।'

इतने में एक पुरुष की बारीक-सी आवाज सुनाई दी। जैसे कोई भिखारी भीख मांग रहा हो-'मैडम!'

किशोर ने सम्बोधित करने वाले को देखा-5 फीट कद का एक दुबला-पतला काला-सा व्यक्ति था, जिसके शरीर पर सूट न होता तो कोई चंदा मांगने वाला अनाथालय का व्यक्ति दिखाई पड़ता।

किशोर ने उससे कहा-'आगे जाओ बाबा मैडम बिजी हैं।'

'ओह!' रवीना चौंककर मुस्कराई-'ही इज माई हसबैंड।'

'आई एम सॉरी।' किशोर ने कहा।

'नेवर माइंड-कुछ लोगों का व्यक्तित्व ही ऐसा होता है।'

फिर वह मुड़कर क्रोध से आंखें निकालकर बोली-'कहां मर गए थे तुम?'

'वह पार्किंग के लिए जगह ढूंढ रहा था।'

'अबे अंधे! क्या तुम्हें कारें पार्क हुई नहीं दिखाई दे रही थीं?'

'म...म...मैं समझ रहा था...।'

रवीना ने बात काटकर क्रोध से कहा-'शटअप ...तुम्हारे पास समझ होती तो रोना किस बात का था? चलो, कार में से उपहार निकालो और अन्दर लेकर आओ।'

फिर वह किशोर से संबोधित होकर बड़े लगाव से बोली-'कम ऑन मिस्टर के.के. लेटस मूव इन।'

'श्योर...श्योर।'

'अपना उपहार मेरे हसबैंड को दे दीजिए।'

'यह तो मैं पुरुषोत्तम के लिए लाया हूं।'

रवीना ने ठहाका लगाया और बोली-'मेरा मतलब है राय आपका पैकेट भी अन्दर ले आयेगा।'

'अरे नहीं, पैकेटों के पीछे गये तो आप फिर उन्हें ढूंढती फिरेंगी।'

रवीना फिर हंसने लगी।

फिर किशोर और रवीना ने इस तरह अन्दर प्रवेश किया जैसे वह दोनों साथ-साथ हों-उनके पीछे राय था जिसकी कमर बोझ से झुकी जा रही थी।

हॉल में अब मेहमानों की भीड़ थी-एक ओर पुरुषोत्तम और रजनी खड़े हुए मेहमानों से उपहार और बधाई प्राप्त कर रहे थे-हॉल में वेटर ट्रे लिए इधर-उधर घूम रहे थे। जिनमें व्हिस्की का गिलास सजे हुए थे।

किशोर ने पुरुषोत्तम को उपहार दिया और दोनों से बोला-'मेनी मेनी हैप्पी रिटर्न्स ऑफ द डे।'

'थैंक्यू।'

फिर रवीना ने राय के हाथों पर से पैकेट उठाकर उनकी ओर बढ़ाकर कहा-'बहुत-बहुत बधाई।'

'धन्यवाद!'

फिर रवीना राय की ओर मुड़ी, जिसके हाथ अभी तक इस तरह फैले थे जैसे पैकेट अभी उसके हाथों पर ही हो।

रवीना ने क्रोध से आंखें निकालकर कहा—'हाथ नीचे करो।'

राय ने किसी रोबोट की माफिक हाथ नीचे कर लिये।

रवीना ने एक ओर इशारा करके कहा-'जाओ—बाहर जाकर बैठो।'

राय फिर आवाज पर चलने वाले रोबोट की माफिक चला गया।

रवीना किशोर की ओर मुड़ी और बड़ी लगावट से बोली-'कम ऑन लेटस एनज्वॉय।'

फिर उसने बहुत अपनेपन से किशोर का हाथ थाम लिया। किशोर उसके साथ इस तरह खिंचता चला गया जैसे मैगनेट में चिपका चला जा रहा हो।

पुरुषोत्तम ने हल्की सांस लेकर रजनी से कहा—'आज की रात के लिए किशोर का प्रबन्ध हो गया है।'

'क्या मतलब?'

'मिस्टर एंड मिसेज राय को देखा तुमने?'

'जी हां-मिसेज राय बहुत सुन्दर महिला हैं।'

'और हसबैंड?'

'ओह वह बेचारा...।'

'रवीना अपने दौर की सबसे अधिक मशहूर मॉडल गर्ल थी। एक फिल्म में हीरोइन भी बनी थी-मगर फिल्म चली नहीं-अब वह एक मॉडलिंग एजेंसी चलाती है।'

'ओहो!'

'उसने राय से घर बसाने के लिए शादी नहीं की, बल्कि ऐसी हर सोसाइटी की तितली को एक ढाल की जरूरत होती है-इसी प्रकार राय भी रवीना की ढाल है-राय एक बेरोजगार व्यक्ति था। रवीना ने उसे अपने ऑफिस में क्लर्क रख लिया है।'

'खूब-तो भारत में ऐसी महिलाएं मौजूद हैं।'

'हमारे यहां धीरे-धीरे वेस्टर्न कल्चर इम्पोर्ट हो रहा है। जिसके कारण किशोर जैसे जाने कितने व्यक्ति शादी के नाम से भी तौबा करने लगे हैं।' इतने में किसी मेहमान ने उन्हें सम्बोधित कर लिया।

उससे बधाई और तोहफा लेने के पश्चात् पुरुषोत्तम फिर रजनी से बोले- 'हमारे देश में शादी और पति-पत्नी के रिश्ते का जितना महत्त्व है, शायद ही किसी दूसरे देश में हो।'

'ऑफकोर्स-हमारी संस्कृति के उदाहरण तो सारी दुनिया में दिए जाते हैं।'

'परन्तु इस संस्कृति की रक्षा न की गई तो कुछ समय के पश्चात् यह केवल किस्से-कहानियों की पुस्तकों में ही सिमटकर रह जायेगा।'

'इसमें तो कोई सन्देह नहीं है।'

'वह देखो-किस प्रकार किशोर और रवीना एक-दूसरे से चिपटकर नाच रहे हैं। जैसे वही दोनों पति-पत्नी हों।'

'ऑफकोर्स।'

दूसरी ओर किशोर और रवीना, जो एक-एक पैग समाप्त कर चुके थे- इस तरह एक-दूसरे से चिपटकर नाच रहे थे जैसे चुम्बक से चिपक गये हों।

रवीना नशीली आंखों से किशोर को देखकर मुस्कराकर बोली-'आप बहुत अच्छा नाचते हैं।'

'नचाना भी बहुत अच्छा जानता हूं।'

'हे-हे-हे-यू आर रियली वकरी इन्ट्रेस्टिंग पर्सन।'

'अभी आपके ऊपर मेरी संपूर्ण इंट्रेस्टिंग कैपेसिटी का भेद ही कहां खुला है।'

'रियली?'

'हाथ कंगन को आरसी क्या है। आजमाकर विश्वास कर लीजिए आज ही।'

'अभी...?'

'जब आपका मन चाहे।'

'ओ-तुमने तो मेरा क्रेज बढ़ा दिया।'

'दैन कम ऑन लेटस नो टू ईच अदर।'

'कम ऑन।'

दोनों ने एक-एक पैग गले से उतारा, फिर वह दोनों साथ-साथ हॉल से निकल गए। पुरुषोत्तम और रजनी ने दोनों को जाते देखा।

पुरुषोत्तम ठंडी सांस भरकर बोला-'पता नहीं कब सुधरेगा यह नालायक।'

'जब तक सोसाइटी में रवीना जैसी महिलाएं मौजूद हैं- भला किशोर भैया जैसे पुरुष कैसे सुधर सकते हैं?'

'तुम ठीक कहती हो।'

फिर वह दोनों कुछ नये आने वाले मेहमान की ओर सम्बोधित हो गए।

किशोर और रवीना लड़खड़ाते हुए होटल से बाहर निकले। उधर बढ़े जहां कार पार्क थी तो सहसा राय सामने आ गया।

रवीना ने आंखें निकालकर क्रोधित स्वर में कहा-'तुमने फिर मेरा पीछा किया?'

'नहीं डार्लिंग।' राय घिघियाकर बोला-'मैं तो तुम्हारी कार लेकर आ गया था ताकि यहां से सीधी घर चली चलो। रात्रि के 3:00 बज रहे हैं।'

किशोर स्वयं भी अब रवीना से पीछा छुड़ाना चाहता था- उसने जल्दी से राय की ओर हाथ बढ़ाकर कहा-'थैंक्यू मिस्टर राय! वास्तव में आप समझदार हैं। मुझे बालकेश्वर जाना है- रवीना को घर छोड़ने जाता तो भोर हो जाती।' फिर उसने रवीना से कहा -'ओ.के. डार्लिंग-गुड नाइट।'

'अरे हम फिर कब मिल रहे हैं?'

'ईश्वर जाने कब मिलेंगे।'

फिर वह जल्दी से अपनी कार में बैठ गया-कुछ क्षण पश्चात् ही उसकी कार सड़क पर फर्राटे भर रही थी-वह कभी भी एक महिला के संग दूसरी रात नहीं बिताता था-विशेष रूप से ब्याहता महिला से तो दूसरी बार मिलने से भी कतराता था। क्योंकि उसे गले में हड्डी अटकाना बिलकुल पसंद नहीं था और फिर जब हर रोज एक नया शरीर एक नया स्वाद मिल सकता था, तो एक ही शरीर को दूसरी बार प्राप्त करने की आवश्यकता ही क्या थी। उसने मुड़कर भी नहीं देखा कि रवीना अपनी कार में बैठी है या नहीं।

नशा हल्का हो गया था-उसने डैशबोर्ड के खाने से एक छोटी-सी शीशी निकालकर गला तर किया-रवीना का शरीर वास्तव में शानदार और नये ढंग का था- ऐसी कोई महिला महीनों पश्चात् कभी-कभी मिल पाती थी-फिर भी किशोर के मन में उसे दोबारा पाने की चाह नहीं थी।

जुहू से बालकेश्वर तक का लम्बा रास्ता तय करके कार बंगले के फाटक पर रुकी-किशोर ने हॉर्न बजाया तो चौकीदार जल्दी से कोठरी से निकाल आया-उसने जल्दी से फाटक खोला।

इससे पूर्व कि कार आगे बढ़ती-वह कार के निकट आकर बोला-'वह 10:00 बजे रात्रि से आपकी प्रतीक्षा कर रही है।'

'मेरी प्रतीक्षा...!' किशोर ने चौंककर कहा-'कौन?'

'मालकिन।'

'मालकिन...।' किशोर के जहन को झटका-सा लगा-'अबे दिमाग खराब हो गया है तेरा? मेरी शादी ही नहीं हुई तो मालकिन कहां से टपक पड़ी?'

'म...म...मालिक उन्होंने तो यही बताया था।'

'अबे कोई भी सड़क चलती तुझे बहका देती कि वह मालकिन है और तू उसे अन्दर बिठा लेता?'

'ज...ज...जी...!'

किशोर ने जल्दी से कार आगे बढ़ाई-पोर्च में कार रोककर वह जल्दी से उतरा-बरामदे में चढ़ा तो अन्दर का द्वार खुला हुआ था-किशोर ने जल्दी से अन्दर प्रवेश किया। अन्दर एक महिला दिखाई दी। 20-21 वर्ष की आयु होगी-अति सुन्दर थी। सादा किन्तु रंगीन साड़ी बांधे थी-सूरत भी कुछ-कुछ पहचानी-सी अनुभव हो रही थी-पेट कुछ उभरा हुआ, आंखों में परेशानी झलक रही थी।

किशोर को देखते ही वह जल्दी से उठ गई। आंचल से सिर ढंककर उसने बढ़कर किशोर के चरण छूने चाहे।

किशोर जल्दी से पीछे हटता हुआ बोला-'अरे...अरे, यह क्या कर रही हो?'

'स्वामी-पत्नी धर्म का पालन कर रही हूं। आपके चरण छूना तो मेरा सौभाग्य है।'

'क्या बकवास है? कैसा नाटक है यह?'

'स्वामी!' महिला की आवाज कांप गई।

'कौन स्वामी? कैसा स्वामी? मेरा नाम किशोर है-किशोर खन्ना।'

'मुझे मालूम है स्वामी-मैं आपकी धर्मपत्नी हूं।'

'क्या बक रही हो? मेरी शादी ही नहीं हुई तो धर्मपत्नी कहां से आ गई?'

महिला के चेहरे पर कई रंग आए-गए-फिर उसने होंठों पर जबान फेरकर कहा-'यह आप क्या कह रहे हैं स्वामी? आपने तो मेरी मांग में सिन्दूर भरा था-भगवान को साक्षी मानकर मुझे अपनी जीवन संगिनी स्वीकार किया था।'

'कौन-से युग की बातें रही हो तुम? किसने भेजा है तुम्हें यह नाटक करने के लिए।'

'मुझे किसी ने नहीं भेजा, स्वयं आपको खोजती आई हूं-क्या आपको याद नहीं नाथ- मैं आपकी पुष्पा हूं पुष्पा।'

'मैं किसी पुष्पा को नहीं जानता।'

'भगवान के लिए याद कीजिए स्वामी-अपनी धर्मपत्नी को भला कोई कैसे भूल सकता है?'

‘फिर वही बकवास-मैं किसी पुष्पा को नहीं जानता-मेरी कोई धर्मपत्नी नहीं-चली जाओ यहां से, वरना पुलिस को बुला लूंगा।’

‘नाथ...!’ पुष्पा की आवाज कांप गई-आंखें छलक पड़ीं-उसने रुंधे हुए गले से कहा-‘आपको नागपुर में अपने ड्राइवर धर्म सिंह याद नहीं क्या?’

‘धर्म सिंह!’ किशोर के जहन में एक छनाका-सा हुआ।

पुष्पा ने फिर कहा-‘धर्म सिंह मेरे पिता थे।’

किशोर जैसे सन्नाटे में खड़ा रह गया-उसकी कल्पना में धर्म सिंह घूम गया-एक सीधा-सादा सेवक टाइप का शरीफ व्यक्ति धर्म सिंह, जो नागपुर में किशोर की कार का ड्राइवर था-किशोर की कल्पना में कई और दृश्य घूम गए।

किशोर ऑफिस से निकला तो चपरासी उसका ब्रीफकेस उठाए पीछे-पीछे बाहर आया-किशोर को देखते ही ड्राइवर धर्म सिंह ने जल्दी से आदर से प्रणाम किया और पिछला दरवाजा खोलकर खड़ा हो गया- किशोर अन्दर बैठ गया। चपरासी ने ब्रीफकेस रख दिया और दरवाजा बंद करके अलग हट गया।

धर्म सिंह ने ड्राइविंग सीट संभाली और इंजन स्टार्ट कर दिया। कुछ क्षणों के बाद कार सड़क पर दौड़ रही थी।

थोड़ी देर बाद धर्म सिंह ने आदर से कहा-‘मालिक यदि बुरा न मानें तो एक विनती करूं?’

‘हां कहो।’

‘यदि आपको कष्ट न हो तो कुछ देर के लिए स्टेशन होता चलूं।’

‘वहां क्या काम है?’

‘जी, मेरी बेटी आज आने वाली थी।’

‘कहां से...?’

‘इन्दौर से, अपनी मौसी के पास गई थी- 6:00 बजे की ट्रेन से आना था उसे।’

‘परन्तु अब तो 1:15 बज रहे हैं-स्टेशन पहुंचने तक और देर हो जाएगी-वह स्वयं ही घर चली जायेगी।’

‘सरकार-वह बहुत सीधी है, उसने अधिक समय इन्दौर में ही बिताया है। मुम्बई के रास्तों से भली प्रकार परिचित भी नहीं है। अकेली पहुंचना उसके लिए सम्भव नहीं, वह स्टेशन पर ही मेरी राह देख रही होगी, खोली रास्ते में ही पड़ेगी, मैं उसे छोड़ता जाऊंगा।’

‘ठीक है-मगर जल्दी करना हमें और भी काम है।’

‘धन्यवाद मालिक-बस तनिक देर लगेगी। मैंने स्टेशन फोन करके मालूम कर लिया था-गाड़ी राइट टाइम थी।’

धर्म सिंह ने कार की गति बढ़ा दी-किशोर घड़ी देखने लगा, क्योंकि होटल में एक लड़की से उसका अप्वाइंटमेंट था-कार जल्दी ही स्टेशन पहुंच गई।

धर्म सिंह जल्दी से कार से उतरता हुआ बोला-‘बस दो मिनट में लौटा मालिक।’

फिर वह तेजी से अन्दर प्रवेश कर गया-लगभग 5 मिनट बाद वह पुष्पा के साथ बाहर आया और पुष्पा को देखकर किशोर की आंखों में बिजली-सी कौंध गई-पुष्पा बेहद सुन्दर थी,

ऊपर से उसके भोलेपन ने सोने पर सुहागा का काम किया था। किशोर की भुजायें पुष्पा को जकड़ने के लिए जैसे मचलने लगीं-पुष्पा के शरीर पर हल्के नीले रंग की साड़ी थी। सुन्दर पैरों में हवाई चप्पलें, चेहरा गुलाबी, होंठ जैसे संतरे की फांके अलग से रख दी गई हों।

धर्म सिंह ने पुष्पा से कहा-'मालिक हैं इन्हें प्रणाम कर।'

पुष्पा ने हाथ जोड़कर प्रणाम किया।

धर्म सिंह ने अगला दरवाजा खोलकर कहा-'जल्दी बैठ-मालिक को देर हो रही है।'

'अरे नहीं धर्म सिंह, घबराने की कोई आवश्यकता नहीं- मुझे इतनी भी जल्दी नहीं है।'

फिर कार चल पड़ी।

किशोर किसी-न-किसी बहाने पुष्पा से बात करने को व्याकुल हो उठा। कुछ क्षण पश्चात् उसने कहा-'तुम्हारी बेटी बहुत सुशील है धर्म सिंह।'

'साहब, भगवान की दया है या मेरे किसी पिछले जन्म के पुण्य का फल।'

'तुम सत्य कहते हो। इस युग में तो ऐसी युवतियां ढूंढे से भी नहीं मिलती।' फिर उसने पुष्पा को सम्बोधित किया-''क्यों पुष्पा-धर्म सिंह कह रहे थे तुमने पहली बार अकेली यात्रा की है?'

'जी!'

'यात्रा में कोई कठिनाई तो नहीं हुई?'

'जी नहीं।'

फिर उसने धर्म सिंह से कहा-'धर्म सिंह-तुम पहले बता देते तो हम पहले ही तुम्हें छुटटी दे देते। कार लेकर आ जाते पुष्पा को पहुंचाने।'

'बड़ी कृपा सरकार, मैंने सोचा था आप भले आदमी हैं-साथ आने की अनुमति दे देंगे-क्योंकि ऑफिस बन्द होने और गाड़ी आने का समय आस-पास ही थे—मेरे चले आने से आपको कष्ट होता।'

'कष्ट की क्या बात है? हम कोई दूसरी गाड़ी ले लेते-हमें ड्राइविंग आती है-स्वयं ही चले जाते बंगले। पुष्पा जैसी सीधी, भोली युवती को तो अकेली यात्रा भी नहीं करनी चाहिए थी।'

'अब क्या बतलाऊं साहब-कोई और है भी तो नहीं।'

'पुष्पा की माता...?'

'वह तो कभी की परलोक सिधार चुकी।'

'ओहो...इन्दौर में पुष्पा की मौसी का तो कोई होगा?'

'साहब, उनके पति थे, वह भी नहीं रहे।'

'ओहो... तो क्या पुष्पा उन्हीं के पास रहती है?'

'साहब वह बीमार हो गई थीं। कुछ रोज के लिए बुला लिया था। यहां मैं भी अकेला रहता हूं-पुष्पा मुझे छोड़ने को भी तैयार नहीं होती।'

'भली बेटी का कर्त्तव्य पूरा करती है।' फिर उसने पुष्पा से पूछा-'तुम पढ़ती भी हो?'

'घर में ही पढ़कर प्राइवेट बोर्ड से परीक्षा दे लेती हूं-10वीं पास कर ली है- अब 12वीं की तैयारी कर रही हूं।'

'बहुत खूब, किसी प्रकार की परेशानी हो या सहायता चाहिए तो कहलवा देना।'

'जी साहब, धन्यवाद!'

'धर्म सिंह, पुष्पा को पढ़ने की इतनी लगन है, तो तुम इसे कॉलेज में एडमिशन क्यों नहीं दिला देते-ताकि रेगुलर क्लासेस अटैंड कर सके?'

'साहब, आमदनी इतनी कहां है कि कॉलेज का खर्च उठा सकूं। वैसे भी पुष्पा जैसी युवती का कॉलेज में पढ़ना सम्भव नहीं।'

'देखो, हम सोचेंगे कि तुम्हारे लिए क्या कर सकते हैं।'

'धन्यवाद साहब!'

फिर कार रुक गई।

धर्म सिंह ने कहा-'यही सामने वाली खोली है साहब, हरे दरवाजे वाली।' उसने कार से उतरकर पुष्पा की ओर का दरवाजा खोला-फिर कार से उतरकर पुष्पा ने एक बार फिर किशोर को प्रणाम किया। जब वह खोली की ओर जा रही थी तो किशोर उसे पीछे से चलते देख रहा था—उसकी हृदय गति फिर बढ़ गई थी कि बस वह चलती ही रहे और उसे पीछे से देखते रहे।

धर्म सिंह ने खोली का दरवाजा खोला-पुष्पा को पहुंचाकर वह लौट आया-कार चल पड़ी-किशोर सोच रहा था कि कीचड़ में खिला कमल का यह फूल एक बार उसे सूंघने को मिल जाये तो हजार फूलों के समान होगा-वह सोचने लगा कि पुष्पा पर कैसे डोरे डाले जा सकते हैं-इतनी सीधी-भोली युवती को फंसाना कोई कठिन काम नहीं था।

***

किशोर ने घंटी बजाकर चपरासी को बुलाया और बोला-'मालूम किया, धर्म सिंह क्यों ड्यूटी पर नहीं आया आज?'

'जी साहब, मैं गया था-चाचा को टायफायड हो गया है।'

'ओहो किसी डॉक्टर को दिखाया?'

'वैद्य जी को दिखाया है।'

'हूं...चलो, ब्रीफकेस कार में रखो।'

चपरासी ब्रीफकेस उठाकर किशोर के पीछे चल पड़ा। किशोर सोच रहा था कि बहुत समय के पश्चात् यह अवसर प्राप्त हो रहा है। जिसकी उसे प्रतीक्षा थी—इसे गंवाना नहीं चाहिए। कुछ समय बाद कार सड़क पर दौड़ रही थी-किशोर स्वयं ड्राइव कर रहा था।

बड़ी बेचैनी से रास्ता तय हुआ-कार खोली के सामने रुकी तो किशोर का हृदय एक बार फिर जोर से धड़का। कार से उतरकर उसने दरवाजे पर दस्तक दी। दरवाजा पुष्पा ने ही खोला, उसकी आंखें लाल हो रही थीं-चेहरा सफेद पड़ा था।

वह भारी स्वर में बोली-'प्रणाम साहब!'

'प्रणाम-कैसे हैं धर्म सिंहजी?'

'पता नहीं क्या हो गया है।' वह रुंधे गले से बोली-'अन्दर आकर देख लीजिए।'

किशोर ने अन्दर प्रवेश किया तो धर्म सिंह लेटा हुआ थर-थर कांप रहा था।

किशोर ने जल्दी से उसकी नाड़ी देखी-हृदय की गति जांची और चौंककर बोला-'इन्हें तो बहुत तेज बुखार है।'

'जी, कुछ समय पहले वैद्यजी ने 104 बताया था।'

'अरे! अब तो खतरे की सीमा पार कर गया होगा-तुमने अभी तक इन्हें अस्पताल ले जाने का प्रबंध नहीं किया?'

सहसा पुष्पा फूटकर रो पड़ी।

किशोर ने उसके कंधे पर धीरज बंधाने वाली थपकी दी और बोला-'अच्छा हुआ, मैं सही समय पर आ गया-जल्दी से किसी पड़ोसी को बुलाओ-इन्हें तुरंत अस्पताल ले जाना है।'

पुष्पा जल्दी से जाकर एक पड़ोसी को बुला लायी। जिसकी सहायता से किशोर ने धर्मसिंह को कार की पिछली सीट पर लिटा दिया-पुष्पा उसका सिर गोद में रखकर बैठ गई। कुछ देर बाद कार सड़क पर दौड़ रही थी।

किशोर ने कहा-'मुझे फोन करके सूचित कर दिया होता तो स्थिति इतनी खराब न होती।'

'जी, मुझे फोन नम्बर मालूम नहीं था-बापू की स्थिति आपके सामने है।'

'कान से गर्दन तक दाने निकल रहे हैं-यही टायफायड की निशानी है-इसमें बहुत सावधानी की आवश्यकता होती है।'

'जी...पर अब क्या होगा?'

'ईश्वर से प्रार्थना करो सब ठीक होगा।'

'जी!'

'अस्पताल के सीएमओ के अलावा कई बड़े डॉक्टर मेरे मित्र हैं-इनका इलाज अच्छी तरह हो जायेगा।'

'मैं आपका उपकार कभी नहीं भूलूंगी।'

'कैसा उपकार? मानवता का भी तो कोई कर्त्तव्य होता है।'

पुष्पा कुछ न बोली।

किशोर बैक व्यू मिरर में उसकी छवि देख रहा था-लाल-लाल सूजी हुई आंखें-रोई-रोई-सी-इस स्थिति में वह कुछ अधिक ही सुन्दर दिखाई दे रही थी-किशोर सोच रहा था कि अब जल्दी ही यह कीचड़ का कमल उसकी झोली में आने वाला है। अब उसे अपनी सफलता का विश्वास हो गया था।

कुछ देर बाद कार अस्पताल के कम्पाउंड में पहुंचकर रुक गई।

किशोर दरवाजा खोलकर उतरा और बोला-'तुम बैठो, मैं प्रबन्ध करके 5 मिनट में आता हूं।'

फिर वह तेजी से अन्दर प्रवेश कर गया-लगभग 5 मिनट बाद ही वह लौटा-15-20 मिनट के भीतर धर्म सिंह एक प्राइवेट वार्ड में एडमिट था। कई बड़े-बड़े डॉक्टर उसकी जाँच कर रहे थे।

पुष्पा कुछ दूरी पर किशोर के पास ही खड़ी थी। उसके चेहरे पर और आंखों से गहरी व्याकुलता झलक रही थी-होंठ सूख रहे थे। वह हाथ से सिर मसल रही थी और स्वयं से बड़बड़ा रही थी—'हे प्रभु-हे भगवान..!'

एक डॉक्टर ने थर्मामीटर देखकर चिल्लाने के-से अंदाज में कहा-'ओ गॉड 106!' फिर वह किशोर की ओर देखकर चिल्लाया-'अब तक आप क्या कर रहे थे?'

दूसरा डॉक्टर चिल्लाकर बोला-'बर्फ के पानी का टब लाओ।'

एक मिनट से भी कम समय में टब आया-धर्म सिंह के तमाम वस्त्र उतार दिए गए। केवल अंडरवीयर रह गई—फिर उसे वार्ड ब्यॉय ने उठाकर टब में डाल दिया।

...जल्दी-जल्दी उसे बर्फ के पानी से नहलाया जाने लगा- उसके शरीर में ऐसी थरथरी थी जैसे करंट लग गया हो।

दूसरी ओर पुष्पा भयभीत होकर थर-थर कांप रही थी-उसकी आंखें फटी हुई थी-एक हाथ से उसने कसकर किशोर की भुजा पकड़ रखी थी और किशोर उसके हाथ पर धीरज भरी थपकी दे रहा था-इस समय वह स्वयं तनाव में था।

दस मिनट पश्चात्, एक डॉक्टर ने थर्मामीटर लगाकर ताप कह जाँच की और दूसरे से बोला-'104...अभी और नीचे आना चाहिए।'

फिर वह लोग धर्म सिंह को नहलाते गये और बार-बार चैक करते गए-कुछ देर में ताप 98 तक आया। तब धर्म सिंह को बिस्तर पर लिटाकर पंखा चलवा दिया गया-धर्म सिंह थर-थर कांप रहा था—फिर भी उसके शरीर को ढंका नहीं गया।

कुछ देर पश्चात् पानी का टब हटा दिया गया-सब चले गए। एक डॉक्टर रह गया। उसे सम्बोधित करक किशोर ने पूछा-'अब कोई खतरा तो नहीं?'

'नहीं...बस यह समझ लीजिए यमराज के चंगुल से निकल आये हैं। कुछ और देरी कर देते यहां लाने में तो केस हमारे हाथों से निकल जाता।'

'ओ गॉड!'

'आपके कोई सगे वाले हैं?'

'सगे वाले ही समझ लीजिए। मानवता के नाते हर मनुष्य एक-दूसरे का सगे वाला है-वैसे यह मेरे ड्राइवर हैं।'

'ड्राइवर! तब तो आप वास्तव में देवता हैं-जिन्होंने छोटे-बड़े का अन्तर भी नहीं समझा-वरना आजकल तो सगे वाले भी काम नहीं आते।'

'अब आप इनका ट्रीटमेंट लिख दीजिए।'

'अभी तो हम इन्हें जनरल दवाइयां ही देंगे-इनके कई चेकअप होंगे-एक्स-रे भी होगा, क्योंकि ऐसी स्थिति में ताप का प्रभाव दिमाग पर पड़ता है और फेफड़े भी प्रभावित होने की आशंका रहती है-शेष ट्रीटमेंट बाद में लिखा जाएगा।'

'कब तक रहना है यहां इन्हें?'

''कम-से-कम एक सप्ताह।'

'होश में कब तक आ जाएंगे?'

'सुबह से पूर्व असम्भव है-वैसे जितनी देर सोते रहें अच्छा ही है-इस प्रकार उनके दिमाग को शन्ति मिलेगी और शीघ्र स्वास्थ्य लाभ होगा।'

‘थैंक्यू डॉक्टर! आप सम्पूर्ण ट्रीटमेंट दीजिए। रुपये-पैसे की चिन्ता मत कीजिए।’

‘मैं अभी प्रबन्ध करता हूं।’

फिर डॉक्टर चला गया-एक नर्स रह गई।

पुष्पा इस तरह खड़ी थी जैसे पत्थर की हो गई हो। किशोर ने उसका कंधा हिलाया तो वह चौंक पड़ी।

किशोर ने कहा-‘क्या सोच रही हो?’

‘मैं...मैं...आपका उपकार कभी नहीं भूलूंगी।’ कहते-कहते वह रो पड़ी।

किशोर ने उसे थपथपाकर कहा-‘नहीं पुष्पा, अब रोने की आवश्यकता नहीं है, तुम्हारे बापू को नया जीवन मिल चुका है।’

‘यदि आप न होते तो...।’

‘नहीं यह सब भगवान की दया है।’

फिर कुछ देर बाद नर्स ने धर्म सिंह पर कम्बल डाल दिया और पुष्पा को उसके पास बैठने की आज्ञा भी मिल गई।

एक वार्ड ब्वॉय पर्चा लेकर आया और बोला-‘बड़े डॉक्टर साहब ने यह दवाइयां लाने को कहा है।’

किशोर ने नोटों की गड्डी देकर कहा-‘जाओ, दौड़कर ले आओ।’

वार्ड ब्वॉय चला गया।

पुष्पा किशोर को श्रद्धा से देखने लगी। उसकी आंखों में आंसू झलक रहे थे।

***

‘कहिए मि. किशोर, अब कैसा है आपका पेशेंट?’

‘मौत के चंगुल से निकल आया है डॉ. विकास।’

‘आपका ड्राइवर है?’

‘हां।’

‘और वह युवती उसकी बेटी है न?’

‘आपने सही पहचाना।’

डॉ. विकास हंसकर बोला-‘मि. किशोर मैं तो पहले ही समझ गया था कि आप अपने ड्राइवर पर इतने दयावान क्यों हो रहे हैं। वैसे लगता है तीर निशाने पर बैठा है।’

‘तीर तो चल गया है, परन्तु उसे अभी निशाना नहीं मिला है।’

‘क्या मतलब?’

‘आज रात मेरी सफलता की रात हो सकती है-यदि उस वार्ड में नाइट ड्यूटी के लिए कोई नर्स उपलब्ध न हो।’

‘बस, इतनी-सी बात-अरे, हम तो बैठे ही हैं मित्रता निभाने के लिए-जाइए न कोई नर्स मिलेगी न वार्ड ब्वॉय-न नाइट ड्यूटी का डॉक्टर चैक करने आयेगा, क्योंकि वैसे भी स्वास्थ्य के लिए पेशेंट को गहरी नींद चाहिए और गहरी नींद के लिए इंजेक्शन की आवश्यकता होती है।’

'थैंक्यू डॉ. विकास!'

फिर किशोर ऑफिस से निकल आया-वह वार्ड में आया तो बिस्तर के पास की एक कुर्सी पर पुष्पा बैठी थी-बिस्तर पर धर्म सिंह चित्त लेटा गहरी-गहरी सांसें ले रहा था-पुष्पा किशोर की ओर देखकर जल्दी से उठ गई।

किशोर ने उसके कंधे पर जोर डालकर कहा-'बैठो, तुम बहुत थकी हुई हो।'

पुष्पा बैठ गई।

किशोर दूसरी कुर्सी पर बैठ गया और बोला-'मैं अभी डॉ. से मिलकर आ रहा हूं-उन्होंने कहा है पेशेंट को अब कोई अब कोई खतरा नहीं-जो चेकअप हुए हैं उनकी रिपोर्टें भी कल आ जायेंगी। फिर पूरे सप्ताह की दवायें लिख दी जायेंगी।'

'जी...!'

'आज की रात बहरहाल जागकर गुजारनी होगी- तुम अकेली होगी तो घबराओगी-इसलिए आज रात मैं यहीं रहूंगा-मैंने बंगले पर फोन कर दिया है।'

'जी... आप...!'

'मेरा ठहरना आवश्यक है पता नहीं किस समय किस चीज या डॉक्टर की आवश्यकता पड़ जाये-तुम तो किसी को भी नहीं जानतीं।'

'आप बहुत महान हैं।'

इतने में एक जूनियर डॉक्टर इंजेक्शन लगाने आ गया-उसके साथ एक वार्ड ब्वॉय भी था।

किशोर ने डॉक्टर से कहा-'रात को पेशेंट की देखभाल के लिए एक सिस्टर की आवश्यकता होगी डॉक्टर।'

'वी आर एक्सट्रीमली सॉरी किशोर जी-बाई चांस आज कोई भी नर्स उपलब्ध नहीं है।'

'ओहो...!'

'ऐनी वे किसी भी इमरजेंसी में आप इमरजेंसी वार्ड को डायल कर दीजिएगा। यदि वार्ड ब्वॉय की आवश्यकता हो तो बोर्ड पर हरा बटन पुश कर दें।'

'थैंक्यू डॉक्टर।'

'इट्स ऑल राइट-इस समय कोई काम हो तो वार्ड ब्वॉय मौजूद है।'

किशोर ने वार्ड ब्वॉय से कहा-'कैंटीन तो बंद होगा।'

'यस सर-परन्तु अस्पताल के बाहर सामने वाला रेस्टोरेंट पूरी रात खुलता है।'

किशोर ने उसे कुछ नोट देकर कहा-'ऐसा करो-एक वेज और एक नॉनवेज ले आओ।'

'जी सर।'

'साहब!' पुष्पा ने कहा-'मुझे बिलकुल भूख नहीं है।'

'पगली हो-अब तुम्हारे बापू बिलकुल ठीक हैं-तुम पता नहीं कब की भूखी हो-सुबह तक कैसे भूखी रह सकती हो।'

पुष्पा चुप रह गई।

वार्ड ब्वॉय चला गया-दूसरा वार्ड ब्वॉय दवाएं दे गया।

किशोर का हृदय फिर जोर से धड़कने लगा। उसने पुष्पा से कहा-'मैं जरा कार तक होकर आता हूं।'

किशोर बाहर आया, कार का दरवाजा खोलकर बैठ गया। स्कॉच की बोतल निकालकर एक पूरा गिलास भरकर पी गया-थोड़ी देर बाद ही उसकी कनपटियां गर्म हो गईं-रगों में रक्त लावे की मानिन्द दौड़ने लगा। कल्पना में पुष्पा की छाती घूमने लगी-जिसके शरीर पर से बार-बार वस्त्र उतरते दिखाई पड़ते।

कुछ देर बाद वह कार से उतर आया-अन्दर आया तो वार्ड ब्वॉय खाना दे गया था। दोनों ने थोड़ा-थोड़ा खाया-तब किशोर का नशा और अधिक गहरा हो गया था। उसकी कल्पना में बार-बार पुष्पा वस्त्र उतार रही थीं। वार्ड ब्वॉय टिप और थालियां लेकर चला गया।

किशोर पुष्पा के पास खड़ा हो गया और झुककर धर्म सिंह को देखने लगा। फिर मुड़कर मुस्कराकर पुष्पा से बोला-'चिन्ता की कोई बात नहीं, तुम्हारे बापू वापस आ गए हैं।'

'जी! आपकी कृपा से यह सम्भव हुआ है।'

'अरे नहीं पुष्पा, दया और कृपा तो दुनियादारी के शब्द हैं-वास्तव में तो तुम अपने बापू के जीवन का कारण बनी हो।'

'जी...मैं...!'

'हां पुष्पा, तुम शायद स्वयं नहीं जानतीं कि तुम कितनी सुन्दर हो।...' कहते-कहते किशोर ने पुष्पा का हाथ पकड़ लिया।

पुष्पा जल्दी से हाथ छुड़ाकर बोली-'साहब, यह क्या कर रहे हैं?'

'मेरा नाम साहब नहीं, किशोर है।' इस बार किशोर ने उसकी भुजा पकड़कर अपनी ओर खींचा।

पुष्पा तड़पकर उसकी पकड़ से निकल गई और क्रोध में कांपती हुई बोली-'आपने पी रखी है-आप अपने होश में नहीं हैं।'

'होश तो तुम्हें पहली बार देखकर ही खो चुका था।'

'साहब...!'

'बस, अब अधिक नखरे मत दिखाओ-दुनिया की कोई युवती ऐसी युवती नहीं, जो कभी-न-कभी इस दौर से न गुजरती हो-तुम्हें भी गुजरना ही है।'

फिर उसने पुष्पा को पकड़कर खींचना चाहा-इस बार पुष्पा झटके से पीछे हट गई। साथ ही उसका एक जोरदार थप्पड़ किशोर के गाल पर पड़ा और किशोर का शरीर झनझना गया।

वह जल्दी से गाल पर हाथ रखकर पीछे हटता हुआ बोला-'पुष्पा!'

पुष्पा ने क्रोध से कांपते हुए कहा-'मैं तो आपको महान ही नहीं देवता समझ रही थी। किन्तु आप एक घटिया एवं स्वार्थी व्यक्ति निकले। बापू की जान बचाने का मूल्य आप मुझसे वह मांग रहे हैं, जिसकी सुरक्षा के लिए स्त्री आत्महत्या तक कर लेती है—एक स्त्री की वह आबरू जिसकी सुरक्षा के लिए पिता अपने प्राण तक त्याग देता है। मेरे पिता को आपके नीयत की खोट की भनक भी मिल गई तो वह आत्महत्या करके आपकी सहायता का गंदा बोझ अपनी आत्मा पर से उतार फेकेंगे।'

'पुष्पा...!'

'अरे मुझे आपकी नीयत मालूम होती तो मैं अपने बापू के जीवन की भी चिन्ता नहीं करती। आपका उपकार कभी न स्वीकारती, मैं एक भारतीय नारी हूं-सड़कों पर घूमता-फिरता पश्चिमी कल्चर का विज्ञापन नहीं हूं, जो चंद करकराते नोटों की खड़क सुनकर आपकी कार में आ बैठूगीं। निकल जाइए आप अभी यहां से, चाहें तो मेरे बापू को विष का इंजेक्शन लगवाकर खत्म करा दीजिए-आप नहीं जायेंगे तो मैं अभी शोर मचाकर सबको बुला लूंगी और आपके चेहरे पर से यह शराफत का मुखौटा उतार दूंगी-दिखा दूंगी लोगों को कि सफेदपोश लोग कितने गंदे होते हैं, अन्दर से-उनकी दृष्टि में हर वस्तु बिकाऊ होती है, जो सरलता से खरीदी जा सकती है।

साहब! मैं एक शुद्ध भारतीय नारी हूं। मैं जितनी भोली दिखाई पड़ती हूं वास्तव में हूं नहीं-मैंने किसी इंगलिश मीडियम स्कूल में पढ़ाई नहीं की, न ही पश्चिम की इम्पोर्ट की हुई शिक्षा मिलती है-जहां सिखाया जाता है कि आबरू नाम की कोई वस्तु नहीं होती-यौन व्यवहार एकमात्र तफरीह का जरिया होता है।'

किशोर के कानों में सीटियां-सी बज रही थीं।

पुष्पा का चेहरा क्रोध से लाल भभूका हो रहा था-वह द्वार की ओर उंगली उठाकर चिल्लाई-'आप जाते हैं या मैं शोर मचाऊं?'

किशोर चुपचाप बाहर निकल आया-कुछ देर पश्चात् उसकी कार सड़क पर फर्राटे भर रही थी-उसकी कल्पना में पुष्पा की शोला ज्वाला बनी छवि घूम रही थी-शरीर का रक्त जैसे लावा बन गया था-इस समय की पराजय उसकी आत्मा पर एक जख्म बन गई थी-इस आयु तक कभी किसी युवती से उसे इतना अपमान सहन नहीं करना पड़ा था।

एक जगह उसने कार किनारे करके रोक ली और बोतल निकालकर कई घूंट भर गया। उसका रोयां-रोयां जल रहा था। अब उसे पुष्पा के कठोर शब्दों से अधिक अपने जीवन की प्रथम असफलता, पराजय और अपमान का अहसास हो रहा था, जो उसका कलेजा नोच रहा था।

'वह दो कौड़ी की ड्राइवर की छोकरी अपने आपको समझती क्या है?'

'क्या औकात है उसकी?'

'उससे कहीं अधिक उत्तम स्तर की युवतियां मेरे सामने स्वयं को समर्पित करना अपने लिए गौरव समझती हैं।'

'और उस उल्लू की पट्ठी ने मेरा अपमान किया।'

'पुष्पा की बच्ची-अब तुझे प्राप्त करना ही मेरे जीवन का प्रथम लक्ष्य होगा। अब तुझे अपने कदमों में झुकाकर ही मानूंगा। यही मेरी प्रतिज्ञा है।'

सहसा कार की खिड़की में एक सुन्दर-सी युवती का चेहरा दिखाई पड़ा और वह मुस्कराकर बोली-'सर, मे आई सर्व यू?'

'शटअप एंड गेट लास्ट।' किशोर चिल्ला पड़ा।

युवती हड़बड़ाकर पीछे हट गई और कार फर्राटे भरने लगी-किशोर ने धीरे-धीरे स्वयं को शांत करने का प्रयास आरम्भ कर दिया। वह सोच रहा था कि पुष्पा को पराजित किए बिना वह किसी महिला से शारीरिक सम्पर्क नहीं बनायेगा।

'आज के बाद मेरे बिस्तर सजावट की बनने वाली पहली युवती केवल पुष्पा ही होगी-यही मेरी प्रतिज्ञा है।'

वह कुछ शांत हो गया-कार उसके बंगले पर पहुंच गई।

***

दरवाजे पर दस्तक सुनकर किशोर की नींद खुल गई। उसका सिर भारी हो रहा था-आंखों में दुखन हो रही थी।

उसने भर्राए-से स्वर में कहा-'कम इन।'

दरवाजा खुला, एक नौकर बेड टी लेकर आया।

वह उठकर बैठ गया।

नौकर ने उसे कप देकर कहा-'मालिक, आज आप ऑफिस नहीं जाएंगे?'

'क्या बजा है?'

'11:30।'

'ओ गॉड! रात बहुत देरी से सोया था न-आज मैं ऑफिस फोन कर दूंगा।'

'जी मालिक!'

नौकर चला गया।

किशोर गर्म-गर्म चाय पीने लगा। उसकी कल्पना में फिर पुष्पा की छवि जाग उठी। उसे ऐसा अनुभव हो रहा था जैसे वह चाय नहीं पुष्पा का रक्त पी रहा हो। बड़े जतन से वह अपने क्रोध को शांत करने लगा। साथ ही वह यह भी सोच रहा था कि अब यदि पुष्पा उसकी भुजाओं में आए तो उसका स्वाद ही अलग होगा। ऐसा ही जैसे किसी अड़ियल घोड़ी की पीठ पर जीन कसकर सवार हुआ जाये-परन्तु कैसे?

उसने सोचा अड़ियल बिगड़े घोड़े को वश में करने के लिए सवार को पहले उसकी पीठ थपथपानी पड़ती है-उसे प्यार से चुमकारना पड़ता है-अपनी शराफत का सिक्का जमाकर तो बिगड़े हाथी को भी पराजित किया जा सकता है।

चाय पीते-पीते उसने अपना माइंड सेट किया। फिर प्याली रखकर उसने अस्पताल का नम्बर मिलाया।

कुछ देर बाद दूसरी ओर से आवाज आई—

'हैलो!'

'डॉ. विकास!'

'स्पीकिंग।'

'मैं हूं किशोर।'

'ओह कहिए-आप तो रात को यहीं रुकने वाले थे।'

'एक इमरजेंसी निकल आई थी, इसलिए वापस आना पड़ा-ऐनी वे धर्म सिंह का क्या हाल है?'

'ही इज ऑल राइट। किन्तु उसकी बेटी कह रही है कि उसे जल्दी-से-जल्दी डिस्चार्ज कर दिया जाए-जबकि अभी उसकी टेस्ट रिपोर्ट्स और एक्स-रे भी नहीं आया है।'

'उसे समझा दीजिए-मैं थोड़ी देर में आ रहा हूं।'

'ओके।'

उसने रिसीवर रखकर सिर खुजाकर कुछ सोचा, फिर बाथरूम में घुस गया-नहाते में भी वह पुष्पा के ही बारे में सोच रहा था-वह जानता था कि ऐसी महिलाओं को जोर-जबर्दस्ती से प्राप्त नहीं किया जा सकता-न किसी और प्रकार का प्रभाव डालकर ही विवश किया जा सकता है-क्योंकि अपनी आबरू के सामने वह अपनी तो क्या अपने बाप की भी जान की चिन्ता नहीं करती।

नहा-धोकर तैयार होकर उसने पहले ऑफिस फोन करके कह दिया कि आज वह ऑफिस नहीं आ सकेगा-फिर नाश्ता किया-कुछ देर बाद वह कार में अस्पताल की ओर जा रहा था-रास्ते में कार रोककर उसने एक बड़ा-सा फूलों का गुलदस्ता लिया।

अस्पताल के कंपाउंड में कार छोड़कर गुलदस्ता लेकर वह अन्दर बढ़ा तो उसकी हृदय गति फिर बढ़ गई थी।

वार्ड में प्रवेश किया तो धर्म सिंह कमर से तकिया लगाये बैठा था। पुष्पा नहीं दिखाई दी।

धर्म सिंह उसे देखकर जल्दी से आदर से सीधा बैठ गया और श्रद्धापूर्वक स्वर में बोला-'प्रणाम मालिक!'

'प्रणाम धर्मसिंह-अब तो एकदम स्वस्थ दिखाई दे रहे हो।' उसने गुलदस्ता देकर कहा-'सत्य मानो इस समय तुम्हें स्वस्थ देखकर कितनी प्रसन्नता हो रही है शब्दों में नहीं बयान कर सकता।'

'आप ही की कृपा की देन है यह नया जीवन मालिक, आपने जो कुछ किया है उसका उपकार तो जीवन भर नहीं उतारा जा सकता-वास्तव में आप देवता हैं।'

'नहीं धर्मसिंह-मैं भी तुम्हारी मानिन्द एक साधारण व्यक्ति हूं-एक-दूसरे के काम आना तो मानवता का प्रथम कर्त्तव्य है।'

'मालिक, यदि आप जैसे सभी बड़े लोग इसी प्रकार सोचने लगें तो धरती स्वर्ग बन जाए और हर व्यक्ति देवता।'

इतने में नर्स स्पंज करने का सामान लेकर आ गई। किशोर ने पूछा-'पुष्पा कहां है?'

'जी बड़े डॉक्टर से कुछ पूछने गई।'

'अच्छा, मैं भी बड़े डॉक्टर से मिलकर आता हूं तब तक सिस्टर अपना कार्य निपटा लेगी।'

वह जैसे ही बाहर निकला तो सामने से पुष्पा आती दिखाई पड़ी। किशोर को देखकर उसके तेवर कठोर हो गए। किशोर स्वयं को शांत रखने का प्रयास करने लगा-उसके निकट पहुंचकर रुका तो वह भी रुक गई।

किशोर ने धीरे से कहा-'अभी तक क्रोध नहीं समाप्त हुआ?'

'मैं आज ही बापू को घर ले जाना चाहती हूं।'

'यदि सम्पूर्ण ट्रीटमेंट से पूर्व ऐसा किया गया तो खतरनाक परिणाम भी निकल सकता है।'

'अधिक-से-अधिक मर ही जायेंगे।'

'वह जीवित हैं यह बात तुम इतनी सरलता से इस कारण कह रही हो। तनिक कल्पना तो करो कि तुम्हारे बापू मर चुके हैं और तुम उनकी चिता जलती देख रही हो।'

पुष्पा के होंठ केवल हिलकर रह गये। कुछ बोल नहीं पायी। किशोर ने धीरे से कहा-'वास्तव में कल तुम्हारे बापू को नया जीवन मिला है और मेरे अन्दर एक शराबी की मृत्यु हो गयी है।'

किशोर ने फिर कहा-'पुष्पा तुम मेरी सोसाइटी को जानती ही हो। तुमने ही मुझे समझाया है कि उस सोसाइटी मे यौन व्यवहार एक तफरीह समझा जाता है यह शत-प्रतिशत सत्य है—यह बात मैंने कल रात भर जाग कर सोची। कल तक मै वही था, जो मुझे सोसाइटी ने बनाया—कल रात तो तुमने मुझे जीवन का एक नया पथ दिखाया है-हिन्दुस्तानी नारी का असल रूप, उसकी असल प्रतिमा दिखाई है। जिसने तुम्हें मेरी दृष्टि में महान बना दिया है। यदि तुम चाहो तो मैं इसी समय इसी स्थान पर तुम्हारे चरण छूकर तुम्हारे उस अपमान की क्षमा मांग सकता हूं-जो अनजाने में मेरे हाथों हो गया।'

पुष्पा के तेवरों की कठोरता समाप्त हो गई। उसने कहा-'आपने भूल स्वीकार कर ली, इतना ही बहुत है।'

'थैंक्यू पुष्पा-रात तुमने थप्पड़ मारकर मेरी सोई हुई आत्मा को जगा दिया है। अब वह कभी न सोने पाये, यह तुम्हारी जिम्मेदारी है।'

'बापू राह देख रहे होंगे, अन्दर चलिए।'

'आओ, तुम चाहो तो अपने बापू से मेरी शिकायत कर सकती हो—मैं उन्हें अभी डिस्चार्ज करा दूंगा।'

'नहीं, अब सम्पूर्ण इलाज होने दीजिए।'

'थैंक्यू पुष्पा, तुमने मेरी आत्मा पर से बहुत बड़ा बोझ हटा दिया।'

फिर वह अन्दर आ गई। नर्स स्पंज कर चुकी थी।

नर्स ने कहा—'पेशेंट के कुछ कपड़े आदि मंगवा लीजिए—ताप में पहने कपड़े उतारकर दोबारा पहनना हानिकारक भी हो सकता है और कुछ बर्तन भी मंगवा लीजिए।'

'चलो पुष्पा।' किशोर ने कहा—'मेरे साथ चलकर ले आओ।'

पुष्पा कुछ झिझकी तो किशोर ने कहा—'मुझे चाबी दे दो, मैं नौकर को साथ जाकर ले आऊंगा।'

'नहीं...मैं चल रही हूं।'

फिर वह किशोर के साथ बाहर आ गई—किशोर ने उसके लिए पिछला दरवाजा खोला तो वह अंदर जाकर बैठ गई। कुछ देर बाद कार सड़क पर दौड़ रही थी। किशोर बहुत शरीफ बना बैठा ड्राइव कर रहा था।

खोली के सामने पहुंचकर किशोर ने हाथ बढ़ाकर पिछला दरवाजा खोला और बोला—'तुम सामान ले आओ—मैं यहीं बैठा हूं।'

पुष्पा उतर गई—खोली का दरवाजा खोलकर वह अन्दर चली गई।

किशोर ने मुस्कराकर सोचा—'आधा कांटा निगल गई मछली, एक दिन पूरा कांटा भी निगलेगी। एक रोज तुम स्वयं मुझे अन्दर बुलाओगी।'

कुछ देर बाद पुष्पा ने सामान लाकर पीछे रखा और बैठ गई। किशोर ने कार खड़ी शराफत से स्टार्ट कर दी।

***

किशोर ने कार रोककर खोली के दरवाजे पर दस्तक दी—दरवाजा खुला, सामने ही पुष्पा खड़ी थी।

उसने धीमी-सी मुस्कराहट के साथ कहा—'मैं तुम्हें यह बताने आया था कि आज तुम्हारे बापू रात में घर नहीं आ सकेंगे। अचानक ओवर टाइम करना पड़ गया है।'

'ओवर टाइम...!'

'हां-बॉस की कार का नाइट ड्यूटी का ड्राइवर नहीं आया था और बॉस के कुछ विदेशी मेहमान आए हुए हैं, जिन्हें अटैंड करना आवश्यक है।'

'जी....ठीक है।'

किशोर ने कार की खिड़की में हाथ डालकर एक बड़ा पैकेट निकाला और बोला—'यह कुछ जनरल नॉलेज की किताबें हैं और डायमंड स्पीकिंग कोर्स यह तुम्हारे काफी काम आयेगी।'

पुष्पा ने पैकेट ले लिया और बोली—'आप पहले ही इतना कुछ ला चुके हैं—अब इनकी क्या आवश्यकता थी?'

'इसकी आवश्यकता है—तुम्हारे भविष्य के लिए।'

फिर वह कार में बैठने लगा तो पुष्पा जल्दी से बोली—'अरे, सुनिए तो सही।'

'हां बोलो।'

'चाय पीकर जाइएगा।'

'छोड़ो कष्ट की आवश्यकता नहीं।'

'आप जब भी आते हैं बाहर से ही लौट जाते हैं, आज तो मैं आपको चाय पिये बिना हर्गिज नहीं जाने दूंगी।'

'सोच लो, कहीं अन्दर जाकर मेरी नीयत में खोट आ गई तो...।'

पुष्पा हंसने लगी और बोल मुझे मालूम है अब आप शराब नहीं पीते।

किशोर मुस्कराता हुआ खोली में आ गया।

पुष्पा ने दरवाजा भेड़कर मुड़कर कहा—'अब मुझे आपसे बिलकुल डर नहीं लगता।'

'सच कह रही हो?'

'कसम से।'

किशोर बैठ गया, वह चाय बनाने लगी।

किशोर ने मुस्कराकर कहा—'यदि मैं इस समय तुम्हें जबर्दस्ती पकड़ लूं तो...?'

'पकड़कर देखिए।'

'चैलेंज कर रही हो मुझे।'

'यही समझ लीजिए।'

किशोर की धड़कनें बढ़ गई, उसने उठकर पुष्पा की भुजा पकड़ ली। पुष्पा ने कोई रुकावट नहीं डाली—किशोर ने उसे खींचकर सीने से लगा लिया—पुष्पा ने स्वयं को ढीला छोड़ दिया। किशोर का हृदय सीने में हथौड़े की मानिन्द बजने लगा।

पुष्पा अपना सिर उसके सीने में लगाकर बोली—'जब कभी मुझे वह रात याद आ जाती है, तो मुझे अपने आपसे लज्जा आने लगती है कि मैंने आप जैसे सज्जन के ऊपर हाथ उठाने का साहस कैसे किया?'

'पुष्पा!'

'आप तो वास्तव में देवता हैं। मैं तुरन्त आपको समझ नहीं पाई थी।'

'और अब?'

'भली प्रकार समझ गई हूं।'

'क्या यह भी समझ गई हो कि मैं क्या चाहता हूं?'

'हां।'

'बताओ।'

'आप मुझे अपनाना चाहते हैं।'

'तुमने सत्य समझा, मैं तुम्हें सदा के लिए अपनाना चाहता हूं।'

किशोर ने पुष्पा के होंठों को चूमना चाहा, तो पुष्पा बीच में हाथ लाकर मुस्कराकर बोली—'नहीं, अभी नहीं।'

'पुष्पा...!'

'शादी से पूर्व यह सब पाप है।'

'पुष्पा...!'

'बापू भी आपको देवता समझते हैं, परन्तु...।'

'परन्तु क्या?'

'मैं एक ड्राइवर की बेटी क्या आपके योग्य हूं?'

'प्यार करने वाले ऊंच-नीच नहीं देखते।'

'तो फिर बापू से बात कर लीजिए।'

'उनसे मेरी मामी बात करेंगी।'

'कहां है वह?'

'अमेरिका में।'

'ओहो...!'

'मुझे मामी-मामा ने पाला है—वही मेरे माता-पिता समान हैं—मामा को कैंसर हो गया है, उनका ऑपरेशन कराने मामी उन्हें अमेरिका ले गई है—अगले महीने वापस आयेंगे दोनों।'

'तो अगले मास तक प्रतीक्षा कीजिए।'

'नहीं पुष्पा, अब तुमसे यह दूरी सहन नहीं होती।'

'शादी से पूर्व तो यह दूरी सहन करनी ही पड़ेगी।'

'शादी तो दिलों के मिलाप का नाम है—फिर भी तुम चाहो तो आज ही शादी कर लें।'

'ऊई मां...!'

'घबराओ मत—अगले मास मामी-मामा के लौटते ही कोई शुभ मुहूर्त निकलवाकर हम समाज के सामने यह बंधन मजबूत कर लेंगे। एक शानदार रिसेप्शन पार्टी दे देंगे।'

'मगर इस तरह छिपकर....?'

'क्या तुम्हें मेरे प्यार पर विश्वास नहीं?'

'शिश....भगवान के लिए फिर कभी ऐसा मत कहिएगा।'

'आओ चलें।'

'कहां...?'

'मंदिर में।'

'किशोर....!'

'यदि तुम्हें मेरे प्यार पर विश्वास है और मुझसे प्यार है तो तुम्हें मेरी सौगंध।'

'किशोर....!'

'देर मत करो पुष्पा, आज हमारे मिलन की रात होगी।'

पुष्पा के चेहरे पर कई रंग आए-गए, फिर वह किशोर के साथ बाहर आ गई। कुछ ही क्षणों बाद वह दोनों कार में थे। कार सड़क पर दौड़ रही थी। किशोर का हृदय सफलता की खुशी से जोर-जोर से धड़क रहा था।

***

मंदिर में दोनों ने भगवान को साक्षी माना—किशोर ने उसकी मांग में सिन्दूर भरा—दोनों ने एक-दूसरे के गले में मालाएं डालीं—फिर वह कार में बैठकर बंगले की तरफ रवाना हो गए—पुष्पा ने किशोर के कंधे से सिर लगाकर आंखें मूंद लीं। किशोर एक विजेता की मानिन्द मुस्करा उठा।

कुछ देर बाद कार बंगले पर पहुंच गई—किशोर ने जल्दी से उतरकर दरवाजा खोला-पुष्पा शरमाई हुई उतर आई-दोनों अन्दर आये। किशोर ने वार्डरोब से एक लुंगी-कुर्ता निकालकर दिया।

पुष्पा ने आश्चर्य से पूछा—'यह क्या है?'

'नाइट सूट।'

'इसका मैं क्या करूं?'

'डार्लिंग!' किशोर उसके कंधे पर हाथ रखकर मुस्कराकर बोला—'इस बंगले में कोई महिला नहीं रहती। इसलिए लेडिज कपड़ों का यहां कोई प्रबन्ध नहीं है।'

'हाय राम...तो क्या मुझे यह कपड़े पहनने पड़ेंगे?'

'मजबूरी है—वैसे इस लुंगी-कुर्ता में तुम इस साड़ी से अधिक सुन्दर दिखाई दोगी।'

फिर उसने बाथरूम का दरवाजा खोला—पुष्पा को अन्दर ले जाकर शावर दिखाया, टब दिखाया, लिक्विड सोप, टॉवल आदि दिखाकर नहाने का तरीका बताया और बोला—'तुम तैयार हो जाओ, तब तक मैं खाने का प्रबंध करता हूं।'

फिर वह नीचे आ गया—इस समय उसे अपनी इस विजय से बिना पिये ही नशे का अनुभव हो रहा था—उसके शरीर में एक स्वाद भरी सनसनी दौड़ रही थी—वह रात उसकी सफलता की रात थी और अब सफलता उसके इतनी निकट थी कि उसे कोई जल्दी नहीं थी—इस सफलता को वह स्वाद ले लेकर एंज्वॉय करना चाहता था।

काउंटर पर बैठकर उसने अपने लिए एक बड़ा पैग बनाया। दो लम्बे-लम्बे घूंट भरे और फिर किचन में आकर फ्रिज खोली—उसमें से खाने की चीजें निकालने लगा। उसके होंठों से इस समय स्वयं ही सीटी निकल रही थी।

लगभग आधे घंटे के पश्चात् जब वह गिलास से घूट भर रहा था तो उसे पुष्पा नजर आई—नहाई-धोई गुलाब की मानिन्द खिली, निखरी हुई—जिसके बाल जूड़े के रूप में बंधे हुए थे। कुर्ते-लुंगी में उसकी सुन्दरता जैसे फटी पड़ रही थी।

किशोर के सीने में उसका हृदय फड़फड़ करने लगा, जैसे कोई कैद किया हुआ पंछी पर फड़फड़ाकर पिंजरा तोड़कर निकलने को व्याकुल हो उठे—आंखों में बिजलियां सी कौंधने लगी। उसने गिलास खाली करके उठकर पुष्पा को अपनी भुजाओं में उठा लिया।

वह हड़बड़ाकर बोली—'अरे, अरे यह क्या कर रहे हैं?'

'अब किसी पराये घर में डाका नहीं मार रहा।'

किशोर सीढ़ियों चढ़ने लगा तो पुष्पा ने लज्जित होकर उसके सीने में मुंह छिपा लिया।

***

टाईम पीस का अलार्म सुनकर किशोर की नींद टूट गई-वह चित लेटा था और पुष्पा किसी बच्ची मानिन्द उससे चिपटी हुई गहरी नींद सो रही थी। उसके शरीर में अब भी भीनी-भीनी सुगंध फूट रही थी। किन्तु अब किशोर के मन में कोई हलचल नहीं थी, क्योंकि उसके स्वभाव के अनुसार जिस फूल की सुगंध वह एक बार सूंघ लेता, वह उसके लिए बासी हो जाता था।

उसने धीरे से अपनी भुजा पर से पुष्पा का सिर हटाया तो पुष्पा को होंठों से हल्की-सी आवाज निकली।

किशोर ने उसे धीरे-धीरे हिलाकर पुकारा—'पुष्पा, ऐ पुष्पा...!'

पुष्पा की आंखें खुल गई—कुछ पल तक वह इस तरह किशोर को देखती रही जैसे कोई सपना देख रही हो।

किशोर ने फिर पुकारा—'ऐ पुष्पा! क्या आंखें खोलकर सो रही हो?'

पुष्पा चौंक पड़ी। फिर उसने जल्दी से सिकुड़ सिमटकर अपने शरीर से चादर लपेट ली और उठकर बैठ गई।

किशोर ने मुस्कराकर कहा—'इस समय तुम बिलकुल इन्द्रलोक की अप्सरा दिखाई दे रही हो।'

'म....म....मेरे कपड़े....।'

'बाथरूम में छोड़े थे न।'

'प....प....पहन लूं?'

'अवश्य पहनो—किसने रोका है?'

'आप बाहर जाइए।'

किशोर हंसकर उठ गया और बोला—'4:30 बज रहे हैं—तुम्हें 6:00 बजे से पूर्व अपनी खोली में होना है। 7:00 बजे तक तुम्हारे बापू अपनी ड्यूटी समाप्त करके खोली पहुंच जाएंगे।'

'हे भगवान....!' वह जल्दी से खड़ी हो गई।

किशोर गाऊन पहनकर नीचे आ गया। अब उसे जल्दी थी किसी तरह पुष्पा को उसकी खोली पहुंचा आए। उसे एक-एक पल भारी लग रहा था। इस बंगले में कई लड़कियां उसके साथ रातें गुजार चुकीं थी, परन्तु सवेरे-सवेरे स्वयं ही चलीं जाती थीं, किन्तु...।

पुष्पा को पहुंचाने के लिए उसे स्वयं जाना था—यह बात उसे बहुत खल रही थी—हालांकि पुष्पा का शरीर पाने की यह कीमत कुछ अधिक नहीं थी। फिर भी ऐसा उसे पहली बार करना था।

पुष्पा जल्दी ही आ गई। उसने अपनी वही पुरानी साड़ी पहन रखी थी।

किशोर ने जबरदस्ती मुस्कराकर कहा—'चाय पियोगी?'

'नहीं।' पुष्पा ने व्याकुल स्वर में कहा—'मुझे जल्दी-से-जल्दी खोली पहुंचना है।'

'चलो, मैं गाड़ी निकालता हूं।'

'नहीं आप रहने दीजिए।'

'क्यों...?'

'इतनी सवेरे मैं कार से उतरूंगी तो पड़ोसी क्या सोचेंगे? मैं बस से चली जाऊंगी। अभी दिन भी पूरा नहीं निकला है।'

'मैं तुम्हारी स्थिति समझ रहा हूं पुष्पा। इसलिए जोर भी नहीं दे सकता। 7:00 बजे बापू भी खोली पहुंच जाएंगे—उन्हें तो तब तक भनक भी नहीं मिलनी चाहिए, जब तक मामा-मामी आकर उनसे हमारे रिश्ते की बात न कर लें।'

'भगवान करे मामाजी स्वस्थ हो जाएं और दोनों शीघ्र आ जाएं। अब तो मैं आपसे दूर रहकर एक पल भी सुखी नहीं रह सकती।'

'मैं भी अब तुमसे दूर नहीं रह सकता पुष्पा।'

किशोर ने रस्म अदा करने के लिए उसके होंठ चूमे, फिर उसे बरामदे तक छोड़ने भी आया—जब पुष्पा फाटक से निकल गई तो उसने शांतिपूर्ण सांस ली—वापस अन्दर आकर दरवाजा अन्दर से बन्द किया, फिर ऊपर बेडरूम में आकर बिस्तर पर गिरकर बेहोशी की नींद सोया-जैसे कोई बहादुर फौजी अपने दुश्मन को पराजित करके सोता है।

फिर फोन की घंटी की आवाज पर ही जागा। उसने लम्बी जम्हाई लेकर फोन उठाकर कहा—'हैलो!

'मैं असिस्टेंट मैनेजर बोल रहा हूं सर।'

'हां बोलिए।'

'सर 10:30 हो रहे हैं। 'क्या आज भी ऑफिस नहीं आएंगे?'

'बस अभी तैयार होकर निकलता हूं।'

'बॉस ने आपको बहुत अर्जेन्ट बुलाया है।'

'सब ठीक तो है?'

'मालूम नहीं, परन्तु बहुत जरूरी मीटिंग है।'

किशोर ने तुरन्त बिस्तर छोड़ दिया।

***

'मे आई कम इन सर!'

'यस मि. किशोर, कम इन।'

किशोर ने अन्दर प्रवेश किया।

बॉस ने सामने की सीट की ओर संकेत करके कहा—'प्लीज बी सीटेड!'

'थैंक्यू सर!' वह बैठता हुआ बोला—'आई एम सॉरी फॉर लेट सर!'

'आई डोंट माइंड, आपके सामने एक बहुत ही महत्त्वपूर्ण प्रस्ताव रखना था।'

'आदेश सर!'

'हमारी फर्म एक नई ब्रॉन्च प्रोजेक्ट कर रही थी, यह तो आपको मालूम ही है।'

'यस सर।'

'यह ब्रांच मुम्बई में खोलनी है।'

'यस सर।'

'ऊपर से आदेश आया है कि वह ब्रांच हमें इसी सप्ताह के अंत तक शुरू कर देनी है।'

'जी सर।'

'उस ब्रांच का इंचार्ज आपको बनाने का निर्णय लिया गया है।'

'ओ...थैंक्स सर, 'वेरी-वेरी थैंक्स।'

'क्या आप इस स्थिति में हैं कि शाम तक की किसी भी फ्लाईट से मुम्बई निकल जाएं? बाद में आपका सामान पहुंचाने की जिम्मेदारी हमारी है।'

'क्यों नहीं सर...यह तो मेरा सौभाग्य है कि मेरे मालिकान मुझ पर इतना विश्वास करते हैं।'

'विश्वास मनुष्य की सूरत पर नहीं कार्य पर किया जाता है—आप अपने मैनजमेंट में जितने परफेक्ट और कार्य में जितने मेहनती हैं, उसी को देखकर यह निर्णय लिया गया है।'

'थैंक्स फॉर दी कम्प्लीमेंट-सर!'

'ऑफिसर लिया जा चुका है—कुछ स्टाफ यहां से ट्रांसफर हो रहा है—कुछ मुम्बई का लोकल स्टाफ होगा। जिसका प्रबंध आप स्वयं करेंगे।' उसने फाइल बढ़ाकर कहा—'इसमें पूरी जानकारी हैं—आप जितना उचित समझें, नगर साथ लें जायें—फर्म के नाम से एकाउंट खुलने हैं, तमाम डॉक्सूमेंट्स तैयार हैं—आप मि. सिन्हा से कांटैक्ट कर लीजिए।'

'यस सर!'

बॉस ने ड्राअर खोलकर कुछ चाबियां निकालकर रख दीं—'यह बंगले और कारों की चाबियां हैं—आप अभी ऑफिस छोड़ दीजिए ताकि आज शाम तक मुम्बई पहुंचकर कल से एक्शन में आ जाएं। आपको फर्दर इंस्ट्रक्शन यहां से मिलती रहेंगी।'

'ओके सर!'

किशोर चाबियां और फाइल उठाकर तेजी से बाहर निकल आया—उसका मन अति प्रसन्न था—क्योंकि उसे मालूम था कि मुम्बई बहुत रोमांटिक शहर है—भारत की सबसे अधिक सुन्दर धरती।

कुछ देर बाद उसकी कार सड़क पर फर्राटे भर रही थी।

***

सहसा फोन की घंटी बजी—किशोर ने जोर से सिर को झटका दिया। वह काउंटर पर था। स्कॉच से भरा गिलास सामने रखा था। उसने मुड़कर रिसीवर उठाया तो उसकी दृष्टि पुष्पा पर पड़ी, जो सोफे पर बैठी हुई थी।

किशोर ने रिसीवर कान से लगाकर कहा—'हैलो!'

'हाय बॉली डॉल।' दूसरी ओर से आवाज आई—'मैं हूं—रवीना राय।'

'रांग नम्बर।' उसने संजीदगी से कहा।

फिर उसने डिस्कनेक्ट करके रिसीवर तिपाई पर रख दिया। फिर गिलास से घूंट भरकर वह मुड़ा तो पुष्पा उठ खड़ी हुई—उसकी आंखों में आशा और निराशा की मिली-जुली झलक थी।

किशोर ने सीढ़ियों की ओर कदम बढ़ाये तो पुष्पा ने जल्दी से उसे पुकारा—'सुनिए!'

किशोर ने उसकी ओर मुड़कर संजीदगी से कहा—'तुम बैठो—मैं अभी आता हूं।'

पुष्पा के होंठ हिलते रह गए।

किशोर ऊपर आया—बेडरूम में रखी सेफ खोलकर उसमें से एक मोटी-सी गड्डी निकाली—सेफ बन्द करके नीचे आया तो पुष्पा उसकी ओर आशा भरी दृष्टि से देखने लगी।

किशोर ने गड्डी मेज पर डालकर कहा—'एक लाख रुपये हैं।'

'जी!' पुष्पा के जहन में छनाका-सा हुआ।

'मेरा विचार है तुम्हारी एक रात की कीमत से यह रकम कुछ अधिक ही होगी।'

पुष्पा के दिमाग में जैसे बम-सा फटा। उसने कांपते स्वर में कहा—'नाथ—यह आप क्या कह रहे हैं?'

'अब यह नाथ-पाथ का नाटक बंद कर दो।'

'भगवान के लिए ऐसे शब्द मत बोलिए—मुझे मालूम है आपको सब कुछ याद है—आपको यह भी याद होगा कि जब आपने पहली बार...।'

किशोर ने उसकी बात काटकर कहा—'तुम्हें छुआ था तो तुमने मुझे थप्पड़ मारा था—हर समझदार महिला अपना मूल्य बढ़ाने के लिए यही करती है।'

'कीमत...! क्या आप मुझे बिकाऊ समझते हैं?'

'दुनिया की हर युवती बिकाऊ होती है—बस कीमत की प्राप्ति के अलग-अलग ढंग होते हैं।'

'नहीं नाथ—आपने तो मुझे मंदिर में शादी करके भगवान को साक्षी मानकर मेरी मांग भरी थी तब मैंने आपको अपने निकट आने दिया था।'

'वह भी कीमत बढ़ाने का एक फार्मूला था।'

'नाथ...!'

'पुष्पा, मैंने कहा न—दुनिया में हर लड़की बिकाऊ होती है—चाहे वह फेरों की कीमत पर बिक जाये सदस के लिए—चाहे प्रेम के नाम पर—चाहे अपनी पसन्द के पुरुषों के हाथों बार-बार बिकती रहे।'

'भगवान के लिए शादी जैसे पवित्र बंधन को इतनी बड़ी गाली मत दीजिए।'

किशोर धीरे से हंसकर बोला—'शादी कितना पवित्र बंधन होता है—इसका नमूना मैं बचपन से देखता आया हूं और आए दिन देखता रहता हूं—अभी-अभी भी फोन आया था। वह भी एक ऐसी ही शादी के पवित्र रिश्ते में बंधी महिला का था—जिसने एक रात बिना कीमत के मेरे साथ होटल में गुजारी थी और उसका पवित्र रिश्तेदार यानी उसका पति होटल के बाहर कार लिए खड़ा रहा था और वह फिर मुझसे मिलना चाहती है।'

पुष्पा के चेहरे पर कई रंग आए-गए।

किशोर ने उसे समझाने के अंदाज में कहा—'यह रुपये रख लो तुम्हारे काम आएंगे। यदि तुम्हें लगता है कि यह कम हैं, तो मैं तुम्हें कुछ और रकम दे सकता हूं।'

'यह रुपये क्या मुझे एक पति और मेरे होने वाले बच्चे को बाप का नाम दे सकते हैं? समाज में वह सम्मान दे सकते हैं, जो एक पत्नी या सन्तान को मिलना चाहिए।'

'ओहो, तुम गर्भवती भी हो!'

'मैं आप ही के बच्चे की मां बनने वाली हूं।'

'मेरे बच्चे की मां...?'

'हां स्वामी, मेरे गर्भ में आप ही की सन्तान है।'

'खूब, यदि एक ही रात में कोई स्त्री किसी पुरुष से गर्भवती हो सकती है, तो इसका मतलब है अब तक वे सभी लड़कियां भी मुझसे गर्भवती हो चुकी होंगी।'

'नाथ—यह आप ही की सन्तान है—मैंने तो किसी पराये पुरुष की परछाई को भी अपने निकट से नहीं गुजरने दिया।'

'पुष्पा! जो महिला किसी एक पुरुष के साथ रात गुजार सकती है, वह किसी दूसरे पुरुष के साथ भी रात गुजार सकती है। ऐसे ढकोसलों के जाल में फंसने वाला नहीं हूं—यदि तुम सन्तान के जाल में फांसकर कुछ अधिक रकम ऐंठना चाहती हो तो मैं तुम्हें लाख दो लाख और दे सकता हूं—इतनी रकम से तुम्हारे बापू तुम्हारे लिए कोई पति नाम का मूर्ख पुरुष भी खरीद सकते हैं।'

'मेरे बापू...!' पुष्पा ने रुंधे स्वर में कहा—'मेरे बापू का तो उसी रोज हार्ट अटैक से देहांत हो गया था, जिस रोज उन्हें पता चला था कि मैं गर्भवती हूं।'

'ओहो मुझे खेद है।'

'बहुत दिनों तक आपकी राह देखी—फिर जब पता चला कि आपका मुम्बई ट्रांसफर हो गया है, तो मैं पता लेकर यहां आ गई।'

'उचित यही होगा कि तुम नागपुर वापस चली जाओ और अपने किसी सगेवाले की सहायता से कोई पुरुष ढूंढकर शादी कर लो।'

'स्त्री का घर तो एक ही बार बसता है—मेरा घर तो आपके साथ बस चुका है।'

'बेकार की बातों में अपना और मेरा समय मत खराब करो—शुक्र करो कि मुझे याद भी आ गया कि कभी एक रात तुम्हारे साथ बिता चुका हूं—उसकी कीमत मैं तुम्हें दे रहा हूं—वरना ऐसी जाने कितनी लड़कियां मेरे जीवन में आयी हैं—मैं किसी को दूसरी बार देखकर पहचान भी नहीं सकता।'

'परन्तु मैं उस पुरुष को कैसे भूल सकती हूं जिसने पहली और अन्तिम बार मेरा शरीर छुआ है—वह भी भगवान को साक्षी मानकर मेरी मांग में सिन्दूर भरने के पश्चात्।'

'देखो पुष्पा, अभी तक मैं नरमी से पेश आ रहा हूं। यदि तुमने तुरन्त बाहर का रास्ता नहीं पकड़ा तो विवश होकर मुझे कोई कठोर कदम उठाना पड़ेगा।'

'मैं कहां जाऊं नाथ, अब आपके सिवा मेरा कोई नहीं है।'

'जहन्नम में जाओ, मगर मेरा पीछा छोड़ दो।'

'जिस तरह आप मुझे ठुकरा रहे हैं, ऐसे ठुकराई हुई नारी या तो आत्महत्या कर लेती है या वेश्या बन जाती है।'

'तुम आत्महत्या करो या वेश्या बनो मेरी बला से, परन्तु यहां से तुरन्त चली जाओ।'

'स्वामी...!'

'मैं तुम्हें अन्तिम चेतावनी दे रहा हूं—नहीं गई तो मैं पुलिस को बुला लूंगा—जबर्दस्ती मेरे सिर पड़कर अपना पाप मेरे सिर थोपने के अपराध में तुम्हें जेल जाना पड़ेगा।'

पुष्पा के चेहरे पर एक भूकम्प-सा दिखाई दिया—फिर उसकी आंखों में वही क्रोध की ज्वाला दिखाई पड़ी, जो नागपुर के अस्पताल में देखी थी।

उसने कहा—'ठीक है किशोर, अभी तक तुमने केवल एक स्त्री का रूप देखा था, जो अपने पति से अपना अधिकार मांग रही थी—परन्तु मुझे नहीं मालूम था कि मैं जिस पुरुष को अपना भगवान मान बैठी थी, वह वास्तव में शैतान का एक रूप है और एक शैतान को उसके अपराध की क्या सजा मिलनी चाहिए, यह अब मैं तुम्हें दिखाऊंगी।'

'क्या बक रही हो?'

'किशोर, मैं तुम्हें वह सजा दूंगी जिसे तुम सात जन्म याद रखोगे। अब मैं आत्महत्या करके कायरता और मूर्खता का उदाहरण नहीं बनूंगी—अब मैं अपने अन्दर एक ऐसी नारी को जन्म दूंगी, जो तुम जैसे शैतानों के चेहरे से शराफत के मुखौटे उतार फेंकेगी—समाज को तुम्हारा असल रूप दिखायेगी।'

'गेट लास्ट।'

'मैं जा रही हूं और अब मैं जीवित रहूंगी—इसी शहर में रहूंगी और तुम्हें दिखा दूंगी कि स्त्री यदि किसी पुरुष को भगवान समझकर उसकी पुजारिन बन सकती है, तो उस पुरुष के शैतान होने पर उसका जीवन नर्क भी बना सकती है।'

'मैं कहता हूं निकल जाओ, वरना धक्के दिलवाकर निकलवा दूंगा यहां से।'

'परन्तु एक रोज तुम गिड़गिड़ाकर मुझे अपने घर आने को कहोगे, यह मेरा वचन भी है और मेरी प्रतिज्ञा भी।'

'हां-हां जाओ—तुम जैसी बहुत देखी हैं—तुम्हारा जो मन चाहे कर लेना।'

पुष्पा ने एक गहरी शांत दृष्टि से उसे देखा, फिर उतने ही शांत अंदाज से चलती हुई दरवाजे से निकल गई। किशोर उसके पीछे दरवाजे तक आया। फिर उसने इतनी जोर से दरवाजा बन्द किया, जैसे दरवाजा पुष्पा के ऊपर मारा हो—वापस मुड़ते हुए लड़खड़ाया।

'तमाम बना-बनाया मूड चौपट करके रख दिया।'

फिर वह अपना मूड ठीक करने के लिए काउंटर पर बैठकर घूंट भरने लगा—उसके कानों में पुष्पा की आवाज गूंजी, परन्तु उसने अपना सिर जोर से झटक दिया और सोचा—'हुंह—मैं एक वेश्या के पांव पकड़कर गिड़गिड़ाऊंगा उससे विनती करूंगा कि सदा के लिए मेरे गले में फंदा बनकर लटक जा।'

फिर उसने घूंट भरा—नोटों की गड्डी अभी तक मेज पर पड़ी थी, जो पुष्पा छोड़कर चली गई थी—फिर जूते और सूट पहने ही वह बिस्तर पर गिरकर सो गया।

***

किशोर ऑफिस से निकलने की तैयारी कर रहा था कि फोन की घंटी बजी।

उसने रिसीवर उठाकर कहा—'हैलो!'

'हें-हें-हें किशोर डार्लिंग मैं हूं रवीना।'

'वह तो तुम्हारे स्टार्ट से ही समझ गया था।'

'प्लीज...आज तुमसे कुछ मांग रही हूं—इनकार मत करना।'

'यदि तुम सोच रही हो कि मैं तुम्हारा नाइट पार्टनर बनने को तैयार हो जाऊंगा, तो यह तुम्हारी गलतफहमी है मिसेज राय।'

'अब क्या मैं इतनी बुरी हूं।'

'तुम अच्छी हो, बहुत स्वीट हो—परन्तु मैं अपने उसूल से विवश हूं...किसी एक महिला के संग दूसरी रात बिताना मेरे उसूल के खिलाफ है।'

'सोच लो घाटे में रहोगे।'

'मेरे घाटे या लाभ की चिन्ता तुम मत करो।'

'यार बड़े कठोर हो—अरे, तुम सात महीने पहले की बात गिरह में बांधे बैठे हो? इतनी मुद्दत के पश्चात् तो अपनी पत्नी भी नई और गैर स्त्री मालूम होने लगती है।'

'मैं अविवाहित हूं—इसलिए पत्नी के मामले में मेरा अनुभव कोरे कागज की मानिन्द है।'

'यदि मैं तुम्हें एक सरप्राइज दूं तो?'

'कैसा सरप्राइज?'

'सोसाइटी में एक बिलकुल नया हीरा आया है।'

'फिर...?'

'उसे मैंने अपनी फ्रेंड कहकर इन्ट्रोड्यूस कराया है—अभी तक तो वह बिलकुल अनछुई है।'

किशोर का हृदय धड़क उठा। उसने पूछा-'फिर?'

'उसका चार्ज मेरे हाथ में है—जिधर चाहूं घुमा दूं—कई बड़े-बड़े धनवान मंडराने लगे हैं, किन्तु अभी किसी को उसके निकट नहीं आने दिया है मैंने।'

किशोर कुछ सोचने लगा।

दूसरी ओर से आवाज आई—'हैलो...!'

'मैं लाइन पर हूं।'

'तो फिर क्या सोचा है तुमने?'

'एक बात बताओ।'

'पूछो।'

'क्या तुम्हें मेरे अलावा कोई बेडरूम पार्टनर नहीं मिलता, जो तुम मेरे ही पीछे लगी हुई हो?'

'अब क्या बताऊं...पसन्द है अपनी-अपनी—तुमसे एक बार मिलकर जी खुश हो गया था। तब से तुम जितना दूर भागते हो, मन उतना ही तुम्हारी ओर खिंचता है।'

'जब तक तुम असल कारण नहीं बताओगी, मैं तुम्हें दोबारा कंसीडर नहीं कर सकता।'

'आमने-सामने बैठकर ही बता सकती हूं।'

'कहां आऊं?'

'अपना तो एक ही ठिकाना है—सन एंड सैंड।'

'मुझे ऑफिस से बंगले जाना है—चेंज करके पहुंचने में जितनी भी देर लगे।'

'मैं व्याकुलता से तुम्हारी प्रतीक्षा करूंगी।'

किशोर ने रिसीवर रख दिया। वह सोचने लगा जब रवीना इतनी सुन्दर है, तो वह लड़की कितनी सुन्दर होगी, जिसकी प्रशंसा रवीना जैसी महिला कर रही है।

फिर उसने ऑफिस छोड़ दिया। कुछ देर बाद उसकी कार सड़क पर दौड़ रही थी।

***

नहा-धोकर उसने अपना बेहतरीन सूट पहना—विदेशी सेंट स्प्रे किया—दर्पण के सामने खड़ा होकर सिर से पांव तक अपना जायजा लिया। अपने अक्स को आंख मारकर बाहर निकल आया।

नीचे हॉल में पहुंचा तो फोन की घंटी बजी। उसने बढ़कर रिसीवर उठाकर कहा—'हैलो!'

'मेरी आवाज भूले तो नहीं?'

'कौन हो तुम?'

'तुम्हारी पुष्पा।'

'ओहो तुम हो!'

'यानी इस बार तुम मुझे भूले नहीं हो और कभी भूलोगे भी नहीं।'

किशोर के मस्तक पर बल पड़ गये, उसने रूखे स्वर में पूछा—'अब किसलिए फोन किया है?'

'तुम्हें एक शुभ समाचार देना था।'

'कैसा शुभ समाचार?'

'आज तुम पिता बन गये हो।'

'ह्वाट नॉनसेंस?'

'तुम्हारी प्रथम संतान बेटी है और वह अभी से बहुत सुन्दर है।'

'बकवास मत करो तुम। किसी दूसरे का पाप मेरे गले नहीं मढ़ सकतीं।'

'मैंने तुम्हें शुभ सूचना देने के लिए फोन किया था—तुम्हारी बेटी को मैं तुम्हारे गले नहीं मढ़ूंगी। उसे मैं अपने ढंग से पालूंगी।'

'मेरी बला से तुम उसे जहन्नुम में झोंको या पालो—फिर कभी तुम मुझे फोन करोगी तो मैं पुलिस को रिपोर्ट लिखवा दूंगा।'

दूसरी ओर से हल्के-से ठहाके की आवाज आई और डिस्कनेक्ट हो गया। किशोर का मूड बिगड़ गया था। परन्तु उसने शीघ्र ही स्वयं को सम्भाल लिया—सोचकर कि एक महिला के झूठे फोन से वह अपना मूड क्यों खराब करे?

एहतियात के तौर पर उसने एक छोटा पैग बनाकर गले से उतारा, फिर बाहर निकल आया। कुछ देर बाद उसकी कार सड़क पर दौड़ रही थी—बालकेश्वर से जुहू काफी दूर था—रास्ते में बांड बॉक्स के निकट ही रवीना का ऑफिस था, उसने कार उधर मोड़ दी।

ऑफिस के बाहर सड़क पर एक कीमती कार खड़ी दिखाई दी—जिसके पास ही रवीना खड़ी थी। उसकी कार के बोनट के नीचे कोई मिस्त्री झुका हुआ कुछ काम कर रहा था—रवीना पास खड़े राय पर बिगड़ रही थी—राय भीगी बिल्ली बना हुआ खड़ा था।

किशोर ने उसके बिलकुल निकट ले जाकर कार रोकी और हॉर्न बजाया तो, रवीना ने झटके से गर्दन मोड़कर चिल्लाकर कहा—'ओ शटअप पीं-पीं।'

फिर राय की ओर मुड़ी, किन्तु तुरन्त ही वह फिर मुड़ी और किशोर को देखकर खुशी से चिल्ला पड़ी—'अरे किशोर, माई स्वीट हार्ट।'

फिर उसने जल्दी से अगला दरवाजा खोला, अन्दर बैठकर किशोर के गले में बाहें डालकर चटाक से उसका गाल चूम लिया।

किशोर ने उसे हटाकर कहा—'केम टू सेंस—यह रोड है।'

'ओ डियर, मैं तुम्हें देखकर अपने ऊपर काबू नहीं रख पाई प्रसन्नता से।'

'तुम्हारा हसबैंड क्या सोचेगा?

'लेट हिम गो टू हेल।' रवीना ने बुरा-सा मुंह बनाकर कहा—'मुझे लिफ्ट मिल गई वह भी तुम्हारी गाड़ी में।'

'और राय?'

'वह गाड़ी ठीक कराके ले आयेगा—दो-ढाई घंटे का काम बता रहा है मैकेनिक।'

'कम-से-कम राय से कह तो दो।'

'वह क्या अंधा है? देख रहा होगा—तुम चलो।' किशोर ने कार बढ़ा दी।

रवीना किशोर से बिलकुल सटकर बैठती हुई बोली—'हाउ प्लीजेंट सरप्राइज।'

'तुम किसी हीरे की बात कर रही थीं?'

'ऑफकोर्स।'

'कौन है वह...?'

'हे-हे-हे...अपने स्वार्थ से आये हो न?'
'यही समझ लो।'
'परन्तु मेरी शर्त भी याद है?'
'अभी तुमने शर्त बताई ही कहां है।'
'पूरी करनी पड़ेगी।'
'इसका निर्णय तो शर्त सुनने के बाद ही हो सकता है।'
'प्लीज, तुम न नहीं करोगे।'
'मैंने कहा न—निर्णय शर्त सुनने के बाद।'
'अच्छा सुनो—दुनिया की हर स्त्री की इच्छा जीवन में एक बार मां बनने की होती है।'
किशोर के जहन में छनाका-सा हुआ। उसने धीरे से कहा—'क्या कहना चाहती हो तुम?'
'और अच्छा सुन्दर बच्चा एक अच्छे सुन्दर पुरुष का ही काम है।'
'फिर...?'
'मेरा हसबैंड राय तो एक चुगद पर्सन है।'
'फिर...?'
'मेरे जीवन में बहुत-से पुरुष आए, परन्तु तुम अकेले पुरुष हो, जिसे देखकर मेरे मन में यह इच्छा शिद्दत से उभरी कि मैं तुम्हारे बच्चे की मां बनूं।'

किशोर ने जल्दी से कार साइड में लेकर रोकी तो रवीना ने कहा-'अरे, अरे! यहां नहीं—होटल में रूम लेकर—यह सड़क है।'

'तुम होश में तो हो रवीना।'
'शत-प्रतिशत होश में हूं।'
'तुमने यह भी सोचा है कि तुम क्या कह रही हो?'
'ऑफकोर्स, मैं एक बच्चे की मां बनना चाहती हूं।'
'और उसका बाप मुझे बनाना चाहती हो।'
'डोंट वरी—किसी को नहीं मालूम होगा कि मेरे बच्चे के बाप तुम हो—दुनिया उसे राय का ही बच्चा समझेगी।'

'और राय क्या समझेगा?'

'वह घामड़—उसे तो मैं चुटकियों में विश्वास दिला सकती हूं कि मेरे बच्चे का बाप वही है।'

'यानी तुम जीवन भर न केवल दुनिया को बल्कि अपने हसबैंड और अपने बच्चे को भी धोखा देती रहोगी।'

'तो क्या हुआ? सोसाइटी में ही जाने कितनी मैरेड महिलायें तो ऐसी हैं, जिन्हें स्वयं ही नहीं मालूम कि उनके बच्चे का बाप कौन है...और फिर अमेरिका, इंग्लैंड, फ्रांस, इटली में तो वर्जिन युवतियां केवल मां बनने का शौक पूरा करने के लिए ही बच्चे पैदा करती हैं और उन्हें परवरिश के लिए चिल्ड्रन होम छोड़ आती हैं।'

'और तुम अपने बच्चे को किसी अनाथालय में छोड़ आओगी।'

'ओ नो—मैं अपने बच्चे को स्वयं पालूंगी।'

'तो फिर तुम अमेरिका, इंगलैंड, फ्रांस या इटली क्यों नहीं चली जातीं?'

'क्या आवश्यकता है...? 10-20 वर्ष पश्चात् भारत ही अमेरिका, इंग्लैंड, फ्रांस, या इटली हो जाएगा।'

'मिसेज राय, जब भारत अमेरिका, इंग्लैंड, फ्रांस या इटली बन जाए, तब मुझसे संपर्क करना।'

'ह्वाट...?'

'यस—नाऊ गेट आउट फ्रॉम माई कार।'

'किशोर प्लीज!'

'आई से गेट आउट फ्रॉम माई कार।'

'क्या तुम उस हीरे से भी नहीं मिलना चाहते....?'

'आई डोंट वांट टू बी इन्ट्रोड्यूस्ड विद हर थ्रो योर सेल्फ—तुम तुरन्त गाड़ी से उतर जाओ।'

'देखो किशोर, तुम मेरा अपमान कर रहे हो और एक महिला का अपमान कभी-कभी पुरुष को बहुत महंगा पड़ जाता है।'

'तुम उतरती हो या नहीं....?'

'यार कम-से-कम सन एंड सैंड तक तो छोड़ दो।'

'नॉट ऐट ऑल।'

सहसा रवीना के तेवर बदल गए। उसने क्रोध से कहा—'शटअप—तुम अपने आपको समझते क्या हो? तुम जैसे जाने कितने पुरुष मेरे तलवे चाटते हैं। मैंने तुम्हें थोड़ा प्रीफेंस क्या दे दिया, तुम भाव खाने लगे।'

फिर वह कार से उतरकर क्रोध में बोली—'याद रखो—मेरी मॉडल एजेंसी के ही को देखकर तुम्हारी राल अवश्य टपकेगी, परन्तु अब मैं तुम्हें उसकी हवा भी नहीं लगने दूंगी।

फिर वह मुड़कर जोर से चिल्लाई—'टैक्सी!'

किशोर ने उसकी ओर ध्यान दिए बिना कार बढ़ा दी—वह सोच रहा था रवीना अवश्य उसके ऊपर किसी प्रकार का जाल फेंकने का प्रयास कर रही थी—अच्छा हुआ, जो उसने पहले ही बता दिया—यदि वह पहले न बताकर अपना लक्ष्य पूरा कर लेती तो क्या होता? पहले ही पुष्पा जैसी महिला अपनी बेटी उसके गले मंढ़ने का प्रयास कर चुकी है—उसने कार की गति बढ़ा दी।

***

किशोर ने कार पोर्च में रोकी तो एक नौकर ने जल्दी से बढ़कर दरवाजा खोला—प्रणाम करके पीछे हट गया।

किशोर कार से उतरता हुआ बोला—'मालिक हैं?'

'जी हां साहब!'

किशोर ने बरामदे में जाकर घंटी बजाई—कुछ देर बाद नौकर ने दरवाजा खोला—किशोर ने प्रवेश किया तो पुरुषोत्तम किसी से जोर से फोन पर बातें कर रहे थे।

'हां...हां, जल्दी बताओ।'

'.....'

'अच्छा बिलकुल मां पर गई है?'

'.....'

'रजनी तो ठीक है।'

'.....'

'हां-हां—मैं रजनी से बात करूंगा।'

फिर कुछ देर रुककर वह बहुत जोर से खुशी भरे स्वर में बोले—'हैलो रजनी! अच्छी तो हो तुम?'

'.....'

'उफ्फोह...रजनी मैं कितना खुश हूं—तुमने मुझे कितना अच्छा गिफ्ट दिया है—काश! मैं इस समय तुम्हारे पास होता।'

'......'

'अरे बेटी तो लक्ष्मी होती है—तुमने मुझे तोहफे में लक्ष्मी दी है रजनी—मैं तुम्हारा बहुत ही आभारी हूं।'

'......'

'क्या बताऊं रजनी, मैं काम में कितना व्यस्त हूं, वरना कभी का तुम्हारे पास पहुंच गया होता।'

'......'

'बस जितनी जल्दी हो सके चली आना।'

'......'

'हां-हां सब ठीक है—उसे मैंने फोन कर दिया था, आता ही होगा।'

'......'

'देखो मैं बात करूंगा, परन्तु मुझे विश्वास नहीं कि वह मान ही जाएगा। आजाद पंछी जो ठहरा।'

'......'

'अच्छा अब तुम आराम करो। मैं कल फिर तुम्हें फोन करूंगा—बेबी को मेरी तरफ से खूब प्यार करना, कहना कि उसके पापा उसे देखने को बहुत व्याकुल हैं।'

'.....'

'ओके गुड डे।'

फिर वह रिसीवर रखकर मुड़े—उनकी आंखें खुशी से चमक रही थीं—किशोर को देखते ही चौंककर बोले—'अरे, तुम कब आ गए?'

'जब तुम भाभी से बातें करने में बहुत अधिक व्यस्त थे।'

'ओहो...!'

'कहां गई है भाभी?'

'इंग्लैंड।'

'अरे, कब चली गईं?'

'उन्हें तो गए हुए भी 4-5 महीने हो गए—तुम्हें तो इधर आने का समय ही नहीं मिलता।'

'आई एम सॉरी।'

'ऐनी वे...आज मैं बहुत प्रसन्न हूं।'

'वह तो मैं भी देख रहा हूं—परन्तु यह बेबी का क्या मामला है?'

'किशोर! भगवान ने तुम्हारी भाभी की गोद भरी है—एक प्यारी-प्यारी चांद-सी बच्ची दी है।'

'रीयली? क्या भाभी गर्भवती गई थीं?'

'हां भई।'

'और तुमने उन्हें इस हालत में इंग्लैंड भेज दिया था?'

सहसा पुरुषोत्तम के चेहरे की खुशी गुम हो गई—दुःख के भाव चेहरे पर फैल गए। उन्होंने ठंडी सांस लेकर कहा—'सन्तान का मोह बहुत बुरा होता है किशोर।'

'सन्तान—क्या मतलब?'

'तुम्हारे सामने कभी बात नहीं निकली—तुम्हारी भाभी इंग्लैंड में ही एक बेटे की मां बन चुकी थी।'

किशोर ने चौंककर आश्चर्य से कहा—'ओ माई गॉड! मुझे पता तक नहीं, किन्तु तुम उसे इंग्लैंड में किसके पास छोड़ आये थे?'

'रजनी की बहन के पास।'

'क्यों?'

'रजनी की छोटी बहन मंदकिनी भी एक बेटे की मां थी—उसकी डिलेवरी ऑपरेशन द्वारा हुई थी, जिसके बाद वह मां बनने के योग्य नहीं रही थी।'

'ओहो!'

'जब हम इंग्लैंड से मायग्रेट करने की तैयारी कर रहे थे, एक कार एक्सीडेंट में मंदाकिनी का पति मारा गया—मंदाकिनी और उसका बच्चा बुरी तरह घायल हुए—अस्पताल जाते-जाते मंदाकिनी का बच्चा भी मर गया—मंदाकिनी के दिमाग पर बहुत चोटें आई थीं—वह बेहोशी में भी अपने बच्चे को पुकार रही थी।'

'फिर?'

'डॉक्टरों ने बताया कि दिमागी चोट बहुत गहरी है—मंदाकिनी को यदि अपने पति और बच्चा दोनों के मरने की सूचना मिली तो वह पागल भी हो सकती है, मर भी सकती है—कम-से-कम एक का बचना जरूरी था। वह अपनी आंखों की रोशनी भी खो चुकी थी।'

'ओ नो!'

'उसका और रजनी का बच्चा लगभग बराबर ही थे—इसलिए यह निर्णय लिया गया कि मंदाकिनी को रजनी का बेटा देकर, बताया जाए कि उसका बच्चा बच गया है—जो उसके प्रेमी और पति की निशानी है।'

'और तुमने अपना बच्चा मंदाकिनी को दे दिया?'

'हां, मंदाकिनी को जीवित रखने के लिए ऐसा करना आवश्यक था।'

'भाभी ने कैसे अपने हृदय पर पत्थर रख लिया?'

'दोनों में बहुत प्यार है न।'

'और तुम...?'

'मुझे रजनी से बहुत प्यार है—उसकी खुशी के लिए मैं कुछ भी कर सकता हूं। वैसे भी मानवता के लिए इस धरती पर सब कुछ करना पड़ता है।'

फिर उन्होंने किशोर के कंधे पर हाथ रखकर कहा—'छोड़ो—आज हम दोनों सलिब्रेट करेंगे।'

फिर वह दोनों काउंटर पर आ गए—दो-दो पैग बनाए गए—उठाए और कहा गया—'चीयर्स।'

'चीयर्स—तुम्हारी बेबी की सौभाग्य के नाम।'

फिर दोनों ने घूंट भरकर गिलास रख दिए। किशोर, पुरुषोत्तम को ध्यानपूर्वक देखकर बोला—

'अजीब-सा लगता है जब लोगों से सुनता हूं कि फलां ने फलां के लिए कुरबानी दे दी। अरे! इस दुनिया में अपने आपको देखो—किसने कह दिया है कि अपना ऐसा कुछ उठाकर किसी दूसरे को दे दो।'

पुरुषोत्तम हंस पड़े, फिर अचानक उनके चेहरे पर गहरे कष्ट का भाव दिखाई दिया—उन्होंने कसकर अपनी पेट दबाई।

किशोर ने घबराकर पूछा—'क्या हुआ?'

'कुछ नहीं—बस यूं ही कभी-कभी बहुत कष्ट भरी पीड़ा उठती है।'

'चेकअप कराया था?'

'वह तो इंग्लैंड में ही करा लिया था।'

'रिपोर्ट क्या थी?'

'अरे छोड़ो कोई दूसरी बात करो—जब तक जीवन है कुछ नहीं बिगड़ता। मृत्यु ही आने वाली हो तो कोई रोक नहीं सकता।'

'यार क्यों मुझे परेशान कर रहे हो।'

'वास्तव में मेरा एक किडनी बहुत खराब हो गया है।'

'ओ नो!'

'दूसरे पर हल्का-सा असर है।'

'किस बीमारी का....?'

'कैन्सर।'

'नहीं...!' किशोर के जहन में छनाका-सा हुआ। पुरुषोत्तम ने कहा—'डॉक्टरों ने कहा है दोनों किडनी तुरन्त निकलवा दिए जाएं और कोई एक किडनी डोनेट कर दे और लगवा लिया जाए तो लाइफ बढ़ सकती है।'

'और तुम हाथ-पर-हाथ धरे बैठे हो।'

'क्या करूं—कोई अच्छा-सा स्वस्थ व्यक्ति क्या मुझे अपना किडनी देने को तैयार हो जाएगा।'

'मैं दूंगा—गधे कहीं के...भगवान ने मनुष्य को एक किडनी बतौर स्टेपनी दिया—यदि एक किडनी निकल जाए तो कुछ नहीं बिगड़ता।'

'छोड़ो यार।'

'अरे तुम अभी इंग्लैंड फोन करो—या मैं करता हूं और कल की ही प्लेन से 2 सीटें बुक करा लो।'

'क्या तुम संजीदा हो?'

'मैं थप्पड़ मार दूंगा—जीवन-मृत्यु के मामले में क्या मैं तुझसे मजाक करूंगा? अरे तुझे कुछ हो गया, तो तेरे जैसा दोस्त मैं कहां से लाऊंगा?'

दूसरे ही क्षण पुरुषोत्तम ने एक जोरदार ठहाका लगाया और देर तक हंसते रहे—किशोर उन्हें घूरता रहा।

बड़ी मुश्किल से हंसी रोककर पुरुषोत्तम ने उससे कहा—'तू मुझे अपना किडनी देगा?'

'तू क्या समझ रहा है? मैं तेरा मन बहला रहा हूं?'

'तो क्या कुछ देर पूर्व तूने यह कहकर मजाक किया था कि इस दुनिया में केवल अपने आपको देखो, किसने कह दिया है कि अपना कुछ उठाकर किसी को दे दो। जबकि मैंने और रजनी ने तो अपनी संतान ही मंदाकिनी को दी है, तू तो अपने शरीर का एक भाग अपना किडनी ही मुझे देने को तैयार हो गया।'

'तो क्या तुझे....?'

'नहीं मुझे कोई बीमारी नहीं—मैंने तो केवल तेरी परीक्षा ली थी।'

'फिर कभी तूने ऐसी परीक्षा ली तो तेरा गला घोंट दूंगा।'

'पगले इसी का नाम है मानवता के लिए कुर्बानी देना।'

किशोर कुछ न बोला।

दोनों ने घूंट भरे, फिर वह कुछ सोचकर बोला—'भाभी से मेरे बारे में क्या बात हो रही थी?'

'तेरी भाभी का सजेशन है कि अब तुझे शादी कर लेनी चाहिए।'

'क्यों....? मैंने भाभी का क्या बिगाड़ा है, जो उन्होंने इतना भयंकर सजेशन दिया है?'

'यार कब तक तू एक यूनिवर्सल ट्रूथ को झूठा साबित करने का प्रयास करता रहेगा?'

'पता नहीं—परन्तु इस जन्म में मेरे हाथ में शादी की रेखा है ही नहीं।'

'रेखायें तो मनुष्य अपने हाथों से ही बनाता बिगाड़ता है।'

'तो मैं अपने हाथ में ऐसी रेखा बनाना ही नहीं चाहता, जो मेरे पैरों में जंजीर बन जाये।'

'अपने लिए न सही, अपनी भाभी की खुशी के लिए ही शादी कर लो।'

'अरे भाभी को एक देवरानी की इतनी सख्त आवश्यकता क्यों पड़ गई है।'

'तुम्हारी भाभी को वास्तव में अपनी बहन के लिए एक पति की आवश्यकता पड़ गई है।'

किशोर के जहन में एक झटका-सा लगा। उसने धीरे से कहा—'तुम मंदाकिनी की बात कर रहे हो?'

'हां....रजनी से अधिक सुन्दर है—अभी आयु भी अधिक नहीं है—नेत्रहीन होने के कारण कोई दूसरा उसे स्वीकार नहीं कर सकता—पहाड़ जैसा जीवन पड़ा है—कैसे गुजारेगी?'

'इतनी धनवान युवती से तो कोई भी शादी कर सकता है।'

'कोई भी यदि उसे स्वीकार करेगा तो एक पत्नी पाने के लिए नहीं। बल्कि उसकी दौलत पाने के लिए और ऐसा पति क्या मंदाकिनी को सच्चा सुख दे सकता है? यदि उसने अपनी आंखों की रोशनी न खोई होती तो कोई भी उसे स्वीकार कर लेता।'

किशोर ने एक घूंट भरा और धीरे से बोला—'नहीं पुरुषोत्तम-आई एम सॉरी—मैं मंदाकिनी से शादी नहीं कर सकता।'

'क्यों....?'

'मैं भाभी का बहुत आदर करता हूं—मंदाकिनी उनकी बहन है। यदि मेरे कारण मंदाकिनी को कोई दुःख पहुंचेगा तो भाभी को दुःख होगा और तुम जानते ही हो कि इस रिश्ते पर से मेरा विश्वास बचपन में ही उठ गया था। मंदाकिनी लाख भाभी की बहन सही, किन्तु शादी के पश्चात् तो मेरी पत्नी ही होगी—उसके बारे में सोचने का मेरा अंदाजा ही बदल जायेगा। यों भी आजादी मेरा मिजाज बन चुकी है और आवारगी मेरा स्वभाव, जिसे मैं अब किसी भी रिश्ते के लिए बदल नहीं सकता।'

'तुम यह क्यों नहीं सोचते हो कि वह तुम्हारी भाभी जैसी भी हो सकती है?'

'मैं कब कहता हूं कि कोई महिला भाभी जैसी नहीं हो सकती और मंदाकिनी तो भाभी की बहन है।'

'फिर....?'

'मैं अब उस मंजिल से बहुत दूर निकल आया हूं। जहां मनुष्य एक सुखी घरबार के सपने देखता है—फिर यह भी तो आवश्यक नहीं कि जिससे मैं शादी करूं, वह भाभी जैसी ही हो—मैं बचपन से ही डाल-डाल भटकने वाला पंछी-दिल-दिल प्यार-व्यार के झंझट से मैं कोसों दूर हूं। मैं कम-से-कम इस जन्म में तो एक डाल पर आशियाना नहीं बना सकता।'

फिर उसने गिलास खाली करके कहा—'प्लीज पुरुषोत्तम, डोंट माइंड। मैं तुम्हें या भाभी को धोखे में रखने का पाप नहीं कर सकता—इस टॉपिक को यहीं समाप्त कर दो। अब मैं चलता हूं—रात की रंगीनी मुझे पुकार रही है।'

फिर वह उठा और पुरुषोत्तम के कंधे पर थपकी देकर बोला—'आई एम सॉरी पुरुषोत्तम, भाभी को मेरी ओर से एक्सक्यूज कर लेना।'

फिर वह बिना पुरुषोत्तम की ओर देखे बाहर निकल गया।

***

किशोर सूट पहनकर तैयार हुआ तो फोन की घंटी बजी।

उसने रिसीवर उठाकर कहा—'हैलो!'

'शायद तुम अपनी रात हसीन बनाने के लिए बाहर जाने को तैयार हो रहे होगे।'

किशोर के जहन को झटका-सा लगा। उसने पूछा—'कौन हो तुम?'

हल्की-सी दिलकश हंसी के बाद आवाज आई—'इतनी जल्दी भूल गए अपनी पुष्पा को।'

'ओह अब कोई नई सूचना देने को फोन किया है?'

'हां—एक बिलकुल नई सूचना वह भी बधाई के साथ।'

'बको।'

'इस समय तक मैं केवल तुम्हारी पत्नी थी—आज मैंने उस दुनिया में पहला कदम रख दिया है, जिसमें तुम जैसे लोग अपनी वासना के लिए हर रात एक नया शरीर खरीदते हैं।'

'फिर....?'

'मैंने सोचा तुम्हें सूचना दे दूं कि तुम जो कुछ मुझे बनाना चाहते थे, मैं बन गई हूं। आज पहली बार एक धनवान से मेरे शरीर का सौदा हुआ है—जो मुझे अनटच्ड समझकर खरीद रहा है।'

'तो यह सब मुझे बताने की क्या आवश्यकता क्यों अनुभव होती है? मेरी बला से तुम जहन्नुम में जाओ।'

'मैं तुम्हें यह सब इसलिए बताती हूं कि एक घरेलू युवती को, जो तुम्हारे जाल में न फंसती तो किसी परिवार की सफल बहू होती, उसे वेश्या बनाने वाले तुम हो—केवल तुम।'

'तुमने स्वयं कहा था कि तुम्हारे सामने दो रास्ते हैं—वेश्या बन जाना या आत्महत्या कर लेना—तो तुमने दूसरा रास्ता क्यों नहीं चुन लिया।'

'इसलिए कि आत्महत्या कर लेती तो तुम्हें शिक्षा कैसे देती, जो अब तुम्हें वेश्या बनकर दूंगी।'

'शटअप—मैं तुमसे पहले भी कह चुका हूं और फिर वार्निंग दे रहा हूं कि तुमने मुझे फोन करना न छोड़ा तो मैं पुलिस को सूचित कर दूंगा।'

'अवश्य कर दो, कसम से मेरे जीवन का लक्ष्य और अधिक सरल हो जाएगा। गिरफ्तार होने के पश्चात् मैं प्रेस कांफ्रेंस बुलाकर बयान दूंगी कि तुमने किस प्रकार एक भोली-भाली युवती को अपने झूठे प्यार के जाल में फंसाकर मंदिर में झूठी शादी करके एक बच्ची की मां बनाया और फिर उसे ठुकराकर वेश्या बनने पर विवश कर दिया।'

'शटअप यू डर्टी स्वेन।'

फिर किशोर ने रिसीवर पटक दिया—उसके जहर में झुंझलाहट की लहर भी उठी, परन्तु उसने अपने सिर को जोर से झटककर सोचा कि जिस महिला से मेरा कोई सम्बन्ध नहीं, वह कुछ भी बकवास करती रहे—मुझे तनावग्रस्त होने की क्या आवश्यकता है?

फिर उसने एक छोटा पैग बनाकर पिया और बंगले से निकल पड़ा। कई बार उसके कानों में पुष्पा की आवाज गूंजी, परन्तु उसने अपना सिर झटक दिया और होटल की रंगीनी की ओर ध्यान देने लगा।

सन एंड सैंड के पार्किंग में कार रोककर वह उतरा। उसी समय एक जींस जैकेट वाला उसकी ओर लपका। किशोर उसे जानता था—वह सोसाइटी गर्ल्स का दलाल था, जो नया-नया धंधा आरम्भ करती थीं।

वह निकट आकर बोला—'गुड इवनिंग सर।'

'वेरी गुड इवनिंग, सम गुड न्यूज?'

'यस सर, एक बिलकुल फ्रैश फेस है, आज की बुकिंग तो हो चुकी है, कल के लिए कई कंडीडेट्स लाइन में है। आप पुराने मेहरबान हैं, सोचा पहले आपसे पूछ लूं।'

'भई वह तो तुम्हारा फ्रेश फेस देखकर ही कुछ निर्णय लिया जा सकता है।'

'श्योर.....श्योर सर! हाथ कंगन को आरसी क्या अन्दर जाकर स्वयं देख लें। पिंक लबादा पहने एक ही चेहरा झिलमिल करता दिखाई देगा।'

'देखते हैं उस झिलमिलाते चेहरे को।'

किशोर अन्दर आया—एक ग्रुप में उसे उस महिला की पीठ दिखाई दी, जो पिंक वस्त्र पहने थी। वह हाथ में गिलास लिए हंस-हंसकर बातें कर रही थी—उसके शरीर की बनावट पीछे से देखने पर ही गजब ढा रही थी।

किशोर की हृदय गति बढ़ गई—उसने एक वेटर से गिलास लिया और ऐसी पोजीशन में आने लगा कि उस गुलाबी लबादे वाली का चेहरा सामने आ जाये।

सहसा वह किसी से टकरा गया और झटकेदार आवाज आई—'नॉनसेंस!' कहती हुई वह मुड़ी तो किशोर हल्की सांस लेकर रह गया—वह रवीना थी—किशोर को देखते ही उसके तेवर ढीले पड़ गए—वह मुस्कराकर बोली—'हाय हैंडसम कैसे हो?'

'तुम्हें कैसा दिखाई दे रहा हूं?'

'क्रेजी-तुम्हारी आंखें उस पिंक डायमंड को निकट से देखने के लिए उत्तेजित दिखाई पड़ रही हैं।'

'तुम्हारा उससे क्या सम्बन्ध है?'

'हे-हे-हे अरे वही तो मॉडलिंग एजेंसी की जान नया हीरा है।'

'ओ नो!'

'जाओ मालूम कर लो, जब तक मेरी शर्त पूरी नहीं करोगे तुम उसे पा नहीं सकते।'

उसी समय किशोर ने उस गुलाबी लबादे वाली को मुड़ते देखा—और वह सन्नाटे में रह गया—क्योंकि वह पुष्पा थी—वह भोली-भाली-सी पुष्पा, जो इस समय सोसाइटी की एक माहिर तितली दिखाई दे रही थी। एक-एक अदा में कारोबार झलक रहा था।

पुष्पा ने उसे नहीं देखा था—उसी समय एक वेटन ने आकर पुष्पा से कुछ कहा और वह खाली गिलास रखकर वेटर के साथ चली गई।

रवीना ने हंसकर कहा—'खड़े क्यों रह गए? अरे अपनी खोज है—आज की रात उसकी बुकिंग हो चुकी है—यदि कल चाहो तो आज...।'

किशोर ने शांत स्वर में कहा—'शटअप!'

फिर वह दूसरी तरफ चला गया, जहां उसे एक सोसाइटी गर्ल अकेली दिखाई दे रही थी।

***

रात के 20:00 बजे किशोर एक रूम से निकला तो रवीना दूसरे रूम से निकली।

उसने हंसकर कहा—'रह गए न-पिंक डायमंड को सेठ वालिया एक महीने के लिए स्विट्जरलैंड ले गए।'

'टू हेल विद हर।'

वह लिफ्ट से नीचे पहुंचा। पता नहीं क्यों उसके जहन में विचार आ रहा था कि वह अब सन एंड सैंड में रातें बिताना ही छोड़ देगा। शायद इसलिए कि सन एंड सैंड रवीना का स्थायी अड्डा था।

***

'यस...!'

'किशोर मैं हूं—पुरुषोत्तम।'

'ओ हां पुरुषोत्तम बोलो।'

'यार कहां गुम हो जाते हो? आज तीन मास से तुम्हारी सूरत नहीं दिखाई दी।'

'सॉरी यार—शहर में नहीं था।'

'अच्छा तो क्या तफरीह को निकल गए थे?'

'नहीं यार, फर्म की तरफ से स्पेशल ट्रेसिंग के लिए बंगलोर चला गया था—रात ही लौटा हूं।'

'ओहो!'

'और सुनाओ—भाभी और मंदाकिनी कैसी है?'

'मंदाकिनी तो इंग्लैंड में ही है, तुम्हारी भाभी आ गई है।'

'कब....?'

'एक महीना हो गया—कई बार फोन किया, परन्तु घंटी बजकर रह गई। फर्म में फोन करने पर मालूम हुआ कि तुम बाहर गए हो। मैं समझा था ऑफिस से ही बाहर गए होंगे।'

'यार भाभी को सॉरी बोल देना।'

'केवल सॉरी से काम नहीं चलेगा।'

'फिर...?'

'आज रात तुम हमारे साथ डिनर ले रहे हो...।'

'कोई विशेष बात करनी है क्या?'

'हां—आज अपनी बेबी की प्रथम वर्षगांठ है।'

'रियली?' किशोर खुश होकर बोला—'तब तो मैं अवश्य आऊंगा—बेबी को पहली बार देखूंगा न।'

'कब निकल रहे हो ऑफिस से?'

'अरे—बस अभी छोड़े देता हूं ऑफिस...थोड़ी देर के लिए बंगले जाऊंगा, फिर सीधा तुम्हारी तरफ ही आ रहा हूं।'

'आ जाओ जल्दी से।'

फिर दूसरी तरफ से डिस्कनेक्ट हो गया—किशोर ने जल्दी-जल्दी शेष फाइलों पर साइन किए और उठ गया—थोड़ी देर बाद उसकी कार सड़क पर दौड़ रही थी—वास्तव में उसे पुरुषोत्तम और रजनी से जितना लगाव था, दुनिया में किसी से नहीं था।

बंगले पहुंचकर कार पोर्च में छोड़कर जैसे ही वह अन्दर घुसा, फोन की घंटी बजी—घंटी के खिंचाव से ट्रंककॉल मालूम होता था।

उसने रिसीवर उठाकर कहा—'यस किशोर हियर।'

'बधाई हो किशोर। दूसरी तरफ से आवाज आई—'आज तुम्हारी बेटी की पहली वर्षगांठ है।'

किशोर के माथे पर बल पड़ गए। उसने क्रोध से कहा—'कौन बेटी? किसकी बेटी?'

'हा-हा-हा...अरे तुम्हारी बेटी को तुम्हारी ही बेटी कहा जायेगा और तुम्हें यह सुनकर भी खुशी होगी कि तुम्हारी बेटी की वर्षगांठ श्रीनगर में एक बोटहाउस पर मनाई जा रही है और बोटहाउस उस सेठ का है, जिसने मुझे 5 वर्ष के लिए इंगेज कर लिया है।'

'शटअप बास्टर्ड!'

किशोर ने रिसीवर रख दिया। इस बार उसे कुछ अधिक ही क्रोध आ गया था—वह सोच रहा था इस समय पुष्पा सामने होती तो शायद उसे मार बैठता—बड़ी मुश्किल से उसने स्वयं को सम्भाला और वार्डरोब से कपड़े निकालने लगा।

***

कार पोर्च में रुक गई, किन्तु वहां कोई दूसरी गाड़ी नहीं नजर आई, न किसी मेहमान की मौजूदगी ही अनुभव हुई-उसने बरामदे में चढ़कर घंटी का बटन दबाया—दरवाजा खुल गया—नौकरानी पीछे हट गई, किशोर ने अन्दर प्रवेश किया।

हॉल बहुत अच्छी तरह सजा हुआ था—एक मेज पर एक बड़ा-सा केक रखा था।

ऊपर से उतरते हुए पुरुषोत्तम नजर आए—वह किशोर को देखकर मुस्कराकर बोले—'आ गए तुम?' फिर वह नीचे आ गए।

किशोर ने कहा—'यह क्या भई—एक भी मेहमान नहीं दिखाई दे रहा।'

'सबसे अधिक विशेष मेहमान तो तुम ही आ गए।'

'अरे मैं कह रहा था—बेबी की पहली वर्षगांठ है और कोई धूमधाम नहीं की गई है।'

'यह रजनी की इच्छा थी।'

'क्यों....?'

'लन्दन में बहुत थक गई थी—उसकी इच्छा थी कि बेबी की पहली वर्षगांठ पर केवल घर के ही सदस्य होने चाहिए और तुम घर के ही सदस्य हो।'

'अरे तो भाभी और बेबी हैं कहां?'

'आ रही हैं तैयार होकर।'

दोनों काउंटर पर आ गए। पुरुषोत्तम ने दो पैग बनाकर एक उसे दिया। दोनों ने चीयर किया।

'बेबी की पहली वर्षगांठ के नाम पर।'

फिर दोनों ने एक-एक घूंट भरा।

किशोर ने कहा—'इस बार भाभी ने बहुत समय बिताया लन्दन में।'

'हां भई-मंदाकिनी का मामला था।'

'ओहो, कैसी है मंदाकिनी?'

'वैसे तो बिलकुल स्वस्थ है।'

'और बाबा...?'

'उसी के कारण तो मंदाकिनी को नया जीवन मिला है—उसे जरा-सा भी संदेह नहीं कि पप्पू उसका बेटा नहीं।'

'थैंक्स गॉड!'

'कई बड़े-बड़े डॉक्टरों को दिखाया कि शायद मंदाकिनी की आंखों की रोशनी लौट आए, किन्तु सम्भव नहीं हुआ।'

'ओहो...!'

'इस कारण रजनी को भी देर लगी। वैसे एक हिन्दुस्तानी कारोबारी मिल गया है, जो मंदाकिनी से शादी को तैयार है, यदि मंदाकिनी तैयार हो जाए।'

'यह तो बहुत अच्छा समाचार है।'

'भले घर का है—दुःखी भी है—उसके परिवार के तमाम सदस्य समुद्री जहाज के साथ डूब गए थे।'

'ओह गॉड!'

'बहरहाल अभी मंदाकिनी से शादी के लिए नहीं कही है। वैसे इस बात की सम्भावना है कि वह हां कर देगी, क्योंकि वह उससे काफी घुल-मिल गई है।'

'भगवान करे ऐसा हो जाये।'

सहसा पुरुषोत्तम ने ऊपर देखकर कहा—'वह आ गई रजनी और बेबी।'

किशोर ने जल्दी से मुड़कर देखा, रजनी हल्के नीले रंग साड़ी बांधे एक बच्ची को गोद में लिए उतर रही थी।

किशोर जल्दी से गिलास खाली करके खड़ा हो गया और दूर से ही चिल्लाया—'ओ भाभी....!'

रजनी मुस्करा दी और बोली—'आज सूरत दिखाई है, जबकि मुझे एक महीना हो गया आए हुए।'

'अरे भाभी, क्या पुरुषोत्तम नहीं बताया मैं तीन महीने के लिए फर्म के काम से आउट ऑफ स्टेशन था।'

किशोर जल्दी से निकट पहुंचा और रजनी की गोद में एक साल की बेबी को देखकर उसने खुशी भरी झुरझुरी ली।

'ओह माई गॉड, सो स्वीट बेबी।'

उसने रजनी की गोद से बेबी को झपटा तो रजनी ने जल्दी से कहा—'अरे सम्भाल कर।'

परन्तु किशोर ने रजनी की बात सुने बिना ही बेबी को दबोचकर खूब प्यार कर डाला—गोरी झक, गोल चेहरे और छोटी-सी ठोड़ी वाली बिलकुल गुजरिया जैसी बेबी बहुत सुन्दर दिखाई दे रही थी—फिर वह न डरी न रोई—बल्कि एकदम छोटा-सा मुंह खोलकर हंस दी—तो उसके गुलाबी मसूढ़े नजर आये।

किशोर ने उसे किटकिटाकर भींचकर प्यार कर लिया और दांत भीचकर बोला—'मन करता है कलेजे में रख लूं।'

‘इसलिए तो कहती हूं तुम भी शादी कर लो—ताकि पिता बन जाओ।’

‘ऐ भाभी! लड़ाई की बात मत करना। क्या बेबी मेरी बेटी नहीं है।’

‘अरे शत-प्रतिशत तुम्हारी बेटी है—ले जाओ अपने साथ।’

‘अरे यहां रहे या मेरे पास बात तो एक ही है—इस बहाने मैं जल्दी-जल्दी आपके दर्शन करने भी आ जाया करूंगा।’

‘चलो केक तो कटवा दो बेबी से।’

‘इसका नाम क्या रखा है?’

‘शिखा।’

‘शिखा, यानी जलती हुई लकड़ी। इतना गर्म नाम? अरे इसका नाम तो शीतल रखना चाहिए था—ठंडा-ठंडा-सा नाम। कहते हैं नाम का असर मनुष्य के स्वभाव पर अवश्य पड़ता है।’

‘इसीलिए तो रखा है शिखा।’ रजनी ने मुस्कराकर कहा—‘लड़की को जलती हुई लकड़ी ही होना चाहिए—ताकि उसे बुरी नीयत से छूने वाले का गंदा हाथ ही जल जाए।’

किशोर हंसने लगा। फिर चौंककर बोला—‘अरे जरा बेबी को सम्भालना भाभी।’

‘क्या-क्या हुआ?’

‘मैं इसका गिफ्ट तो कार में ही भूल गया।’

‘यह तो तेरी आदत है।’ पुरुषोत्तम ने हंसकर कहा—‘हर किसी का गिफ्ट या तो दुकान पर ही भूल जाता है या कार में।’

किशोर बेबी को रजनी की गोद में देकर बाहर दौड़ पड़ा—रजनी और पुरुषोत्तम हंसकर रह गए।

***

जल्दी-जल्दी कार से एक बड़ा-सा पैकेट निकालकर किशोर दौड़कर अन्दर आया, टेबल पर एक आठ माले का केक रखा था। मेज के गिर्द आठ वर्ष की शिखा के साथ बहुत सारे लड़के-लड़कियां खड़े थे।

शिखा ने उसे देखकर ठिठककर कहा—‘ओ यू डर्टी अंकल! किधर चले गए थे इस समय?’

‘अरे बेबी! तुम्हारा गिफ्ट कार में भूल आया था।’

‘वह तो आपकी आदत है—हर बार गिफ्ट भूलते हैं।’

‘आई एम सॉरी बेटी—आई एम वेरी सॉरी।’

‘पहले जुर्माना फिर क्षमा।’

‘ऐ लो जुर्माना।’

किशोर ने गाल बढ़ा दिया—शिखा ने उसके गले में बाहें डालकर उसके गाल पर प्यार कर लिया।

किशोर ने उसके माथे पर प्यार किया और गिफ्ट देकर बोला—'चलो जल्दी केक काटो—अब मुंह में पानी भर आ रहा है।'

शिखा ने हंसकर उसके साथ केक काटा—फिर सबसे पहला टुकड़ा उसने किशोर के मुंह में रखा।

किशोर ने बच्चों के साथ गाया—'हैप्पी बर्थडे टू यू।'

'हैप्पी बर्थडे टू शिखा।'

'हैप्पी बर्थडे टू यू।'

फिर सबने जोर-जोर से तालियां बजाई, रजनी और पुरुषोत्तम बहुत खुश थे।

इतने में एक नौकर ने आकर किशोर से कहा—'साहब आपका फोन।'

'मैं अभी आया बेटी।' किशोर ने शिखा से कहा।

किशोर ने कमरे में आकर रिसीवर मेज से उठाकर कहा—'यस किशोर हियर।'

'हैलो पापा...!' दूसरी तरफ से आवाज आई—'गुड इवनिंग?'

किशोर ने झटके से रिसीवर कान से हटाकर घूरा, फिर कान से लगाकर बोला—'कौन-सा नम्बर चाहिए तुम्हें?'

'यही नम्बर चाहिए पापा, आपके बंगले पर फोन किया तो मालूम हुआ आप पुरुषोत्तम अंकल के यहां गए हैं।'

'तुम कौन हो?'

'आपकी बेटी शीतल।'

किशोर के जहन में एक छनाका सा हुआ—उसने क्रोध भरे स्वर में कहा—'व्हाट नॉनसेंस, मेरी कोई बेटी नहीं।'

सहसा रिसीवर पर पुष्पा की आवाज आई—'आपने अपनी बेटी को भी नहीं पहचाना?'

'पुष्पा मेरी कोई बेटी नहीं है।'

'इतनी बड़ी सच्चाई को तुम कैसे ठुकरा सकते हो किशोर। अब भी समय है—मैं तो कई हाथों से गुजरती हुई एक अड्डे तक पहुंच गई हूं, परन्तु तुम्हारी बेटी को मैंने एक होस्टल में रख छोड़ा है—मेरे धन्धे की छाया भी अभी तक उस पर नहीं पड़ी है। परन्तु याद रखो, यदि अब भी तुमने आंखें नहीं खोली तो मैं तुम्हारी बेटी को भी वेश्या बना दूंगी।'

'टू हेल विद योर डॉटर—मैं तुमसे कितनी बार कह चुका हूं कि मेरा न तुमसे कोई सम्बन्ध था न शीतल मेरी बेटी है—तुम न जाने किसका पाप मेरे गले मढ़ने के चक्कर में हो। किन्तु यह मत सोचो कि तुम अपने षड्यंत्र में सफल हो जाओगी।'

'यदि तुम इसे षड्यंत्र समझते हो तो यही सही, मैं तुम्हारी बेटी को तुमसे पिता का अधिकार न दिला सकी तो उसे भी बाजार में बिठा दूंगी—जिस रोज तुम्हारी बेटी की पहली नीलामी होगी—उस रोज मैं प्रेस कांफ्रेंस में घोषणा करूंगी कि किस तरह तुमने मुझे झूठे प्यार के

जाल में फांसकर मां बनाया और न मुझे पत्नी का अधिकार दिया न शीतल को बेटी का। इस कारण पहले मैं वेश्या बनी और अब तुम्हारी बेटी शीतल वेश्या बन रही है।'

किशोर ने झटके से रिसीवर रख दिया—उसका मूड बहुत बुरी तरह खराब हो गया था।

***

किशोर का चेहरा देखकर रजनी ने पूछा—'क्या बात है किशोर भैया? तुम्हारी तबियत तो ठीक है?'

'वैसे तो तबियत बिलकुल ठीक है—कल पूरी रात जागना पड़ा-इनकम टैक्स वालों ने फर्म पर रेड कर दी थी—जो कल शाम 5 बजे से आज शाम 5 बजे तक चली। सिर में बहुत जोर का दर्द हो रहा है।'

वीडियो गेम खेलते-खेलते सहसा शिखा ने स्विच ऑफ कर दिया। वह किशोर की तरफ मुड़कर बोली—'आपने इतनी देर से क्यों नहीं बताया अंकल?'

'चलो, अब बता दिया बेटी—अब जल्दी से एक प्याली गर्म-गर्म कॉफी ले आओ और कोई सिरदर्द की गोली हो तो वह भी।

'नॉट ऐट ऑल, अंकल टैबलेट की आदत अच्छी नहीं होती। कॉफी बाद में मिलेगी, पहले मैं आपके सिर में तेल की मालिश करूंगी।'

'अरे तुम बेटी...।'

'जानती हूं...बाल चिकने हो जायेंगे...कोई बात नहीं, बाद में शैम्पू करके नहां लीजिएगा।'

'किन्तु बेटी—मैं तुमसे मालिश नहीं कराऊंगा। कोई नौकर कर देगा।'

'क्यों अंकल? आप यह सेवा का पुण्य मुझसे क्यों छीन रहे हैं?'

'इसलिए कि बेटी से सेवा नहीं ली जाती।'

'अरे वाह! बेटी की हर खुशी पूरी की जा सकती है, परन्तु सेवा नहीं ली जा सकती—यदि मैं अभी आपसे कहूं कि मुझे एलीफैंटा ले चलिए तो आप सिरदर्द की परवाह किए बिना ही तैयार हो जाएंगे।'

'बेटी....!'

'बस—अब आप चुप बैठे रहिए—वरना एक सप्ताह के लिए आपसे बोलना बन्द कर दूंगी।'

'अरे नहीं ऐसा गजब मत करना।'

'तो फिर कोट उतारकर नेकटाई खोल दीजिए—मैं तेल लेकर आती हूं।' फिर वह उठकर चली गई।

किशोर ने उसे बड़े प्यार से देखा और कोट उतारकर रजनी से मुस्कराकर बोला—'बहुत ध्यान रखती है मेरा—जैसे मेरी अपनी बेटी हो।'

'यदि तुम सही समय पर शादी कर लेते तो तुम्हारी सन्तान तो इतनी ही बड़ी होती।'

'कौन जाने लड़का होता या लड़की?'

'लड़के और लड़की में क्या अन्तर है? सन्तान तो केवल सन्तान ही होती है।'

'यह तो मैं नहीं कह सकता, क्योंकि मुझे सन्तान का अनुभव ही नहीं है, परन्तु शिखा जिस प्रकार आपका और पुरुषोत्तम का ही नहीं मेरा भी ध्यान रखती है, उसे देखकर सोचता हूं कि शायद लड़का यह सब न करता।'

'बेटी तो होती ही सेवा के लिए है—किचन में नौकरानी के साथ लगी रहना—सबके लिए खाना लगवाना—बंगले की सफाई-सुथराई—कपड़ों पर प्रेस-बगीचे की देखभाल—मेरी तो टांगे तक दबाने बैठ जाती है—इसके पापा कहते हैं कि बेटी से टांगे नहीं दबवाई जाती।'

'भाभी! शिखा में है ही कुछ अलग-सी बात, वरना पढ़ने-लिखने वाली लड़कियां तो एक गिलास पानी पिलाने में भी नाक भौं सिकोड़ती हैं।'

इतने में शिखा तेल की शीशी लेकर आ गई और बोली—'अरे, आपने अभी तक नेकटाई नहीं खोली अंकल!'

फिर उसने स्वयं ही किशोर की टाई खोली—उसे सोफे पर बिठाकर उसके सिर में तेल डाकर मालिश करने लगी। किशोर को एकदम आराम मिल गया- नींद-सी आने लगी—शिखा के स्पर्श में एक अनोखी सी ममता और प्यार का अनुभव था। शिखा ने मालिश करते-करते कहा—'अंकल एक बात तो बताइए।'

'पूछो बेटी।'

'आप अभी तक गंजे क्यों नहीं हुए—पापा की मानिन्द? उनके सिर पर तो गिनती के बाल रह गए हैं—परन्तु आपके सिर पर तो अभी तक इतने बाल हैं जैसे भेड़ के शरीर पर ऊन।'

किशोर धीरे से हंसकर बोला—'बेटी यदि मैंने भी तुम्हारे पापा की मानिन्द शादी कर ली होती तो अब तक गंजा हो गया होता।'

'क्यों क्या शादी करने से आदमी गंजा हो जाता है?'

'तुम्हारे सामने मेरा और पुरुषोत्तम का उदाहरण मौजूद तो है।'

'ऐसा क्यों होता है?'

'बाल उनके उड़ते हैं जिनके दिमाग में चिन्ता भरी रहती है। मेरी तरह शादी न करने वालों पर न कोई जिम्मेदारी होती है, न कोई पाबंदी—आजाद पंछी की मानिन्द जब जिधर चाहा उड़ गया—इसलिए मेरे बाल अभी तक बचे हुए हैं।'

'अच्छा—आपके बाल अभी तक सफेद क्यों नहीं हुए पापा की मानिन्द?'

'बाल गिरने या सफेद होने का एक ही कारण होता है।'

'शादी...?'

'बिलकुल।'

'अच्छा यदि इस आयु में आपकी शादी कर दी जाए तो....?'

'आगामी वर्ष तुम मेरे बालों नहीं सिर में तेल की मालिश किया करोगी और कहा करोगी—अंकल, कौआ आपके बाल ले गया।'

शिखा हंस पड़ी।

रजनी भी हंसने लगी और बोली—'यदि सारे पुरुष तुम्हारी तरह सोचने लगे तो घर बसने ही बंद हो जाएं—लोग भूल जाएंगे कि घर-गृहस्थी क्या होती है—उसका सुख क्या होता है।'

अचानक ऐनक उतारकर पहली बार पुरुषोत्तम ने कहा—'अरे यह मूर्ख क्या जाने कि घर-गृहस्थी का सुख क्या होता है। इस गधे से पूछो कि मैंने शादी न की होती तो यह भाभी किसे कहता? इसके सिर में तेल डालने वाली शिखा कहां से आती, जो बाद में कॉफी भी पिलाती—वह भी सैंडविच के साथ।'

'ऐ-ऐ पेटू! मेरे ऊपर रखकर शिखा को यह क्यों जता रहा है कि तुझे कॉफी के साथ सैंडविच भी चाहिए।'

'ठहरो।' रजनी ने उठते हुए कहा—'कॉफी और सैंडविच मैं लाती हूं।'

'ओ नो मम्मी!' शिखा जल्दी से बोली—'पापा और अंकल दोनों को आपके हाथ की न कॉफी पसन्द है न सैंडविच।'

'हां-हां—जब तू पैदा नहीं हुई थी, तब तो आकाश से आते थे कॉफी और सैंडविच तेरे पापा और अंकल के लिए।'

'जब मैं पैदा नहीं हुई थी, तब का तो मुझे मालूम नहीं—अब मैं हूं तो जो कुछ मेरे सामने है, वह कह रही हूं।'

बातें करते-करते किशोर को सचमुच नींद आ गई—शिखा ने जल्दी से एक तकिये पर तौलिया डाला और किशोर के सिर के नीचे रख दिया।

किशोर ने नींद भरी आवाज में कहा—'जीती रहो। बेटी—युग-युग जियो।'

फिर वह खर्राटे लेने लगा।

शिखा ने कहा—'पापा यह अंकल इतनी जोर से खर्राटे क्यों लेते हैं? आप क्यों खर्राटे नहीं लेते?'

'अरे सोता थोड़े ही है—बेहोश हो जाता है—इसे चिन्ता किस बात की है? थोड़ी देर के लिए आराम की जरूरत हो तो यहां चला आता है।'

'सुन रहा हूं बुड्ढे!' किशोर ने आंखें बन्द किए-किए कहा—'कर ले बुराइयां। बहका ले मेरी बेटी को, जरा नींद पूरी करके उठ जाऊं, फिर बताऊंगा तुझे।'

पुरुषोत्तम, शिखा और रजनी एकदम हंस पड़े।

***

नहाकर किशोर नीचे आया तो कॉफी और सैंडविच तैयार रखे थे, परन्तु शिखा नहीं थी।

किशोर ने रजनी से पूछा—'यह शिखा कहां गुम हो गई भाभी?'

'पड़ोस के बंगले में एक जज साहब की पत्नी के पास—उनकी बेटी शिखा की दोस्त थी—वह शादी के पश्चात् विदेश चली गई है—जब कभी उसकी याद आती है तो वह शिखा को बुला लेती है।'

'भाभी—शिखा का रिश्ता विदेश में मत कर देना, जज साहब की पत्नी तो शिखा को बुला लेती हैं—पुरुषोत्तम, तुम और मैं, किसको बुलाया करेंगे?'

'भैया रिश्ते तो ऊपर से ही लिखकर आते हैं—मैं या तुम भगवान के निर्णय को कैसे बदल सकते हैं।'

सहसा घड़ियाल ने 8 के घंटे बजाने आरम्भ किए—किशोर चौंक पड़ा। उसने जल्दी-जल्दी कॉफी खत्म की और खड़ा हो गया।

'अच्छा भाभी मैं चलता हूं—शिखा आ जाए तो कह देना—कॉफी सैंडविच बहुत मजे के थे—मेरी तरफ से उसे प्यार कर लेना।'

फिर वह बाहर आ गया—कुछ देर बाद उसकी कार सड़क पर दौड़ रही थी—आज मौसम खुशगवार था—हवा में ठंडक थी—आकाश बादलों से ढका हुआ था—बूंदा-बांदी के आसार थे।

किशोर के शरीर में मधुर-मधुर सी लहरें दौड़ रहीं थीं—वह इधर-उधर देखता हुआ चल रहा था कि शायद किसी स्टॉप पर कोई पसन्द की चीज मिल जाए। एक स्टॉप के सामने से गुजरते हुए उसने शीशा गिराकर स्टॉप का जायजा लिया—सहसा स्टॉप पर से एक जोरदार चींख की आवाज गूंजी।

'हे-के.के. द हैंडसम।'

किशोर उछल पड़ा—उसके पांव ब्रेक और क्लच पर अपने आप ही जम गए—कार रुकते ही एक बहुत मोटी-ताजी लगभग 150 किलो की एक महिला आगे आई, जिसके शरीर पर जींस जैकेट गिलाफ की मानिन्द कसे हुए थे।

अपने फुले हुए गालों के साथ मुस्कराकर बोली—'कितने सही समय पर मिले हो डियर।'

'आई एम सॉरी—मैंने आपको पहचाना नहीं।'

'अरे मैं रवीना हूं—रवीना।'

'रवीना!' किशोर उछल पड़ा—'तुम रवीना हो या रवीना का एनलार्ज एडीशन।'

'ही-ही—नॉटी ब्वाय—मैं वास्तव में रवीना कपूर हूं।'

'परन्तु तुम तो रवीना राय थी—रवीना कपूर कैसे बन गई?'

'अरे राय—वह मरगिल्ला—उसे मरे हुए भी 10 वर्ष हो गए।'

'और यह कपूर कौन बदनसीब है?'

'सब कुछ ऐसे ही पूछ लोगे?'

'कहां जाना है?'

'बता दूंगी—लिफ्ट तो दे रहे हो न?'

'यदि मॉडलिंग एजेंसी चल रही हो तो अवश्य।'

'अरे, मैं फिल्म प्रोड्यूस कर रही हूं।'

'व्हाट...?'

'अभी बताती हूं।' फिर उसने स्टाप की ओर मुड़कर हाथ हिलाकर जोर से कहा—'आ जाओ रूबी—आ जाओ।'

फिर जैसे ही रूबी नाम की युवती निकट आई, किशोर की आंखों में बिजली-सी कौंध गई—बहुत ही सुन्दर युवती थी—ऐसी कि सैकड़ों में अलग दिखाई दे जाए—किशोर ने जल्दी से दूसरी ओर का दरवाजा खोल दिया—रवीना और रूबी दूसरी तरफ से आकर अन्दर बैठ गई—रवीना बीच में थी—कार के शौकर्स चरमारकर रह गए थे।

किशोर का हृदय धड़क उठा—उसने कार बढ़ाते हुए कहां—'कहा चलोगी?'

रवीना ने उसे धीरे से कोहनी मारकर कहा—'जहां आप ले चलें सर!'

किशोर के कानों में घंटी-सी बज उठी, उसने खखारकर कहा-'बंगले चलें?'

'जैसी आपकी इच्छा सर—मैं तो ऑफिस में आपकी राह देखते 7:00 बजे निकली थी। जाज मेरी कार भी वर्किंग ऑर्डर में नहीं थी—टैक्सी की तलाश में थी।'

'सॉरी रवीना—हम एक मीटिंग से बिजी हो गए थे।'

'जानती हूं सर—आप कितने व्यस्त रहते हैं—कितनी फिल्मों में आपका फाइनेंस लगा हुआ है।'

किशोर के कान फिर खड़े हुए और वह खांसकर बोला—'हां, यही कोई 15-20 फिल्मों में।'

'आपकी इन्ट्रोड्यूस कराई हुई कई हीरोइनों ने तो इंडस्ट्री में तहलका मचा रखा है।'

'हां, नसीब है उनका।'

'सर! उनके नसीब से अधिक आपकी कृपा है उन पर। न आप उन्हें चांस दिलवाते, न वह इस ऊंचाई पर पहुंचती। हे-हे-हे।'

'और सुनाओ—कोई नई बात?'

'सर! मैं जो फिल्म प्रोड्यूस करूंगी, उस फिल्म के लिए मैंने जो युवती आपको हिरोईन सजेस्ट की थी, वह यही है—रूबी।'

'ओहो—बड़ी खुशी हुई तुमसे मिलकर।'

'थैंक्यू सर!' रूबी ने जल्दी से कहा।

'तो तुम हिरोईन बनना चाहती हो?'

'सर...यह शौक तो मुझे कॉलेज के जमाने में ही था, किन्तु....।'

'किन्तु कोई ब्रेक नहीं मिला—परन्तु अब तुम्हें ब्रेक मिलेगा और अवश्य मिलेगा।'

'यह बात नहीं सर—वास्तव में मुझे कहीं ट्राई करने का अवसर ही नहीं मिला।'

'वह क्यों?'

'मेरे टू बी हसबैंड को शादी की जल्दी थी—इसलिए कॉलेज से निकलते ही मुझे शादी करनी पड़ गई।'

ऐसा लगा जैसे किशोर की खांसी का फंदा पड़ गया हो—उसने बड़ी मुश्किल से स्वयं को सम्भालकर कहा—'ओहो—यू आर मैरिड!'

सहसा रवीना ने जल्दी से कहा—'अरे सर—इसका टू बी हसबैंड एक क्लर्क का बेटा था। उसे दुबई जाने का चांस मिल गया—जाने से पहले उसकी मां ने शादी के लिए जिद की, इसलिए फेरे करने पड़ गए। बस दो रोज बाद ही वह 5 वर्ष के कांट्रैक्ट पर दुबई चला गया था।'

'कब...?'

'अभी तो एक साल भी नहीं हुआ। मैं चाहती हूं कि वह दुबई में ही, रूबी को हिन्दुस्तानी फिल्म में हिरोइन बनी देखे।'

'वह तो ठीक है मगर'

'सर—रियली एडल्ट है—उसे अपना शौक पूरा करने से कोई नहीं रोक सकता।' फिर उसने रूबी से कहा—'क्यों रूबी'?

'जी-जी हां!'

'सुन लिया सर—वह तो इत्तफाक से रूबी की एक जानने वाली लड़की मेरी मॉडलिंग एजेंसी की निकल आई—उसने रूबी को मुझसे इन्ट्रोड्यूस करा दिया और इसके हिरोइन बनने के चांसेज ब्राइट हो गए।' फिर उसने जोर देर कहा—'एम आई राइट सर?'

'ऑफकोर्स।'

'वह जो आपने लेखक साइन किए है 'मधूराजवंश' उनकी कहानी 'फिर गूंज उठी शहनाई' आउट एंड आउट हिरोइन ओरिएंटेड सब्जेक्ट है न और मैंने निर्णय किया है कि उसतके हिरोईन का रोल रूबी ही करेगी।'

'यदि तुम रूबी के टैलेंट के बारे में श्योर हो तो मुझे क्या आपत्ति हो सकती है।'

'थैंक्यू सर!' रवीना खुश होकर बोली, फिर उसने रूबी से कहा—'मैंने तुमसे कहा था न सर मेरी बात नहीं टालेंगे, चलो आज मैं तुम्हें 'फिर गंज उठी शहनाई' की कहानी सुनाए देती हूं।'

'ज...ज...जी आज...।'

'क्यों, आज में क्या हर्ज है?'

'वह आज तो बहुत देर हो गई है, मेरी मम्मी और मदर-इन-ला दोनों ही मेरी राह देख रही होंगी। मैं उनसे कहकर आई थी कि अस्पताल अपनी एक सहेली को देखने जा रही हूं।'

'अरे तो क्या अस्पताल में सहेली की हालत बिगड़ नहीं सकती?'

'म...म... मगर...।'

'देखो रूबी ऐसे चांसेज बार-बार नहीं मिलते।'

'क...क...कितनी देर लग जाएगी?'

'अरे बस एक-डेढ़ घंटा।'

रूबी चुप हो गई। किशोर ने कार की गति तेज कर दी, बंगले पहुंचकर ही उसने शान्ति का सांस ली। वह लोग कार से उतरे तो रूबी कुछ परेशान और सहमी हुई सी थी।

रवीना ने रूबी से कहा—'देखो तुमने, सर का बंगला कितना शानदार है, करोड़ों का बिजनेस है।'

वह लोग अन्दर आ गए—हॉल की तेज रोशनी में किशोर ने रूबी को देखा तो उसके शरीर में सनसनी सी दौड़ गई—उसका जी चाहा कि रूबी को दबोच ले। परन्तु वह चेहरे से ही प्रोफेशनल नहीं दिखाई दे रही थी। वैसे वह दुबली-पतली और बहुत सुन्दर शरीर की मालिक थी।

'सर!' रवीना ने गले पर हाथ फेरकर कहा—'गला सूख रहा है—कुछ तर हो जाये तो रूबी को कहानी सुनाऊं।'

किशोर और रवीना काउंटर पर आ गए।

रूबी दूर ही खड़ी रह गई तो रवीना ने कहा—'अरे आओ रूबी, तुम क्यों खड़ी रह गई?'

'म...म...मैं ड्रिंक नहीं करती।'

'कोई बात नहीं—तुम बीयर ले लेना।'

'जी मैं बीयर भी नहीं पीती।'

'अरे हिरोइनों को तो एकदम धाकड़ होना पड़ता है—पियोगी नहीं तो हिरोइन कैसे बनोगी?'

'कोई बात नहीं रूबी।' किशोर ने बीच में कहा—'तुम सॉफ्ट ड्रिंक ले लेना।'

रूबी बड़ी मुश्किल से आकर स्टूल पर बैठी।

किशोर ने अपने लिए स्कॉच का बड़ा पैग बनाया-रवीना ने तो नीट से ही गिलास भर लिया। किशोर ने रूबी को थम्स-अप दे दी थी। वह थोड़ी-थोड़ी करके सिप कर रही थी। सहसा बाहर जोर से बारिश होने की आवाज आई।

रूबी एकदम घबराकर खड़ी होती हुई बोली—'हे भगवान! बारिश तेज हो गई।'

'तो क्या हुआ?' रवीना ने कहा—'सर अपनी गाड़ी में तुम्हें ड्रॉप कर देंगे।'

'नहीं...नहीं...!' रूबी ने घबराकर कहा—'किसी पहचान वाले ने कार से उतरे देख लिया तो गजब हो जाएगा—मैं बस से चली जाऊंगी।'

'पागल हो गई है लड़की।' रवीना ने आंखें निकालकर कहा—'ऐसी जल्दी थी तो आई ही क्यों थी? सर के पास क्या फालतू टाइम है?'

किशोर ने जल्दी से कहा—'डौंट हर एक्साइटेड डीयर, रूबी की मजबूरी और परेशानी को भी तो समझो।'

'ओहो...!' रवीना जल्दी से अपना भाव बदलकर बोली—'जब हिरोइन बन जायेगी तो इसकी तमाम झिझक निकल जायेगी—फिर इसकी मां, सास और पति इसके सामने हाथ बांधकर खड़े रहा करेंगे।'

‘चलो रूबी।’ किशोर ने कहा—‘मैं तुम्हें कार से बस स्टैंड तक पहुंचा दूंगा, वरना भीग जाओगी।’

‘थैंक्यू सर! मेरे भीगने की चिन्ता मत कीजिए। मैं चली जाऊंगी।’

‘फि कब सुनोगी कहानी?’ रवीना ने पूछा।

‘मैं आपको फोन करके बता दूंगी।’

‘ओके यू मे गो।’

फिर रूबी जल्दी-जल्दी चली गई।

किशोर को ऐसा लगा, जैसे मछली जाल में आकर निकल गई हो।

रवीना क्रोध में बड़बड़ाई—‘उल्लू की पट्ठी! तुम बीच में न बोल पड़ते तो चोटी पकड़कर तुम्हारे बेडरूम में पहुंचा देती।’

‘पागल हुई हो—वह प्रोफेशनल नहीं है।’

‘मालूम है।’

‘मगर तुम इतने समय से कहां थीं?’

‘अरे वही उल्लू का पट्ठा कपूर—राय के बाद मेरे पीछे पड़ गया। 60 वर्ष का बूढ़ा था, परन्तु धनवान—मैंने उससे शादी कर ली—उस हरामी ने मेरे ऊपर पाबंदियां लगानी शुरू कर दीं।’

‘ओहो!’

‘यदि धनवान न होता तो लात मारकर चली आती। साले खूसट में बिलकुल भी दम न नहीं था, मैं भी उसकी पीठ पर प्याज कतरती रही। साले को ड्रिंक में नशे की गोली दे देती थी, वह बेखबर सोया और मैंने अपने किसी भी मित्र को बुला लिया—कपूर को बेड पर से उतारकर कालीन पर डाल देती थी—बस उसका बेड और अपने ऐश—हे-हे-हे।’

‘परन्तु अब वह है कहां?’

‘ऊपर गया साला।’

‘और यह तुम्हारा मोटापा?’

‘उस हरामी के साथ 5 वर्ष रहकर फूल गई—न एक्सरसाइज, न स्वीमिंग, न जॉगिंग, ढीले-ढाले वस्त्र।’

‘तो अब तुम धनवान हो?’

‘कहां हूं—सब ठिकाने लग गया।’

‘क्यों?’

‘अरे बैठे-बैठे तो कुएं खाली हो जाते हैं। वैसे भी साले आजकल के छोकरे एक घंटे के 1000 ले मरते हैं, ऊपर से तमाम खर्चा उठाओ।’

‘हूं—इसीलिए तुमने फिर से मॉडलिंग शुरू कर दी है।’

‘और क्या करती—रूबी जैसी लड़कियां ऐसी ही मॉडलिंग एजेंसी पर आकर टकराती हैं—कई सेठों से कांट्रैक्ट है।’ फिर वह घूंट भरकर मुस्कराई और बोली—‘परन्तु यह रूबी बड़ी टेढ़ी खीर है—विवश होकर मुझे प्रोड्यूसर बनने का नाटक करना पड़ा है।’

'मगर है बड़ी शानदार चीज।'

'हे-हे-हे....कभी मैं भी इसी की तरह स्लिम थी—याद है न?'

'याद है—अब तो तुम भैंस हो गई हो।'

'रूबी चाहिए न तुम्हें?'

'क्या मतलब?'

'यदि रूबी चाहिए तो...हे-हे-हे...आज मुझे यहीं रहने दो।'

किशोर को ऐसा लगा जैसे गले में कुछ अटक गया हो—बड़ी मुश्किल से उसने घूंट हलक में उतारा।

रवीना ने उसे ताड़ने वाली दृष्टि से देखा और बोली—'मेरे कांटैक्ट में तुमसे अधिक धनवान भी हैं। मैं रूबी से कह सकती हूं कि उसे कोई दूसरा सेठ हिरोइन प्रोजेक्ट करने को तैयार है, वह भी किसी बड़े हीरो के साथ। वैसे भी मेरे पास केवल रूबी ही नहीं, रूबी जैसी दर्जनों मिल सकती हैं।'

'तुम इतनी-सी बात पर नाराज हो गईं?'

'मैं जानती हूं—अब तुम जैसे लोगों के लिए मुझमें कोई अट्रैक्शन नहीं रहा—फिर भी मैं बहुत काम की चीज हूं।'

अचानक फोन की घंटी बजी।

किशोर उठकर दूसरे कमरे में आया। रिसीवर उठाकर बोला—'हैलो!'

'हैलो किशोर! कैसे हो?'

'कौन हो तुम?'

'बहुत समय बाद फोन कर रही हूं—तुम तो मेरी आवाज भी भूल गए होगे—इसलिए स्वयं बता दूं—मैं पुष्पा हूं।'

किशोर के जहन में छनाका-सा हुआ—उसने कुछ क्रोध से कहा—'क्या कहने के लिए फोन किया है?'

'यह बताने के लिए कि अब मेरी मार्केट वैल्यू नहीं रही—बस काम चला रही हूं—परन्तु तुम्हारी बेटी शीतल न केवल जवान हो गई है, बल्कि सुन्दरता में उसने मुझे कोसों पीछे छोड़ दिया है।'

'तुम कितनी ही बकवास करती रहो, मैं किसी को अपनी बेटी नहीं मानता।'

'तुम्हारे इन शब्दों से खून का रिश्ता नहीं बदल सकता और तुम्हें यह सुनकर और खुशी होगी वह कॉलेज की पढ़ाई भी पूरी कर रही है और मैं जल्दी ही उसे मार्केट में लाने वाली हूं—कई बड़े लोगों ने अभी से ऑफर शुरू कर दी है।'

'टू हेल विद हर।'

किशोर ने रिसीवर पटक दिया—उसका मूड बहुत बिगड़ गया था—फिर वह बाहर आया तो मोटी रवीना उसे देखकर मुस्कराने के प्रयास में कार्टून बनकर रह गई।

किशोर को एकदम बहुत जोर का क्रोध आया—वह चिल्लाकर बोला—'गेट लॉस्ट।'

'व्हाट...?' रवीना ने एकदम तेवर बदलकर कहा—'क्या रूबी को भूल गए?'

सहसा किशोर की कल्पना में रूबी घूम गई, उसका हृदय थोड़ा धड़का। पुष्पा के फोन का प्रभाव थोड़ा कम हुआ तो उसने अपना मूड कुछ बदलकर कहा—'आई एम सॉरी। मैं थोड़ा डिस्टर्ब हो गया था।'

'आई डोंट माइंड।' रवीना ने खुश होकर कहा—'मैं जानती हूं इस आयु में थोड़ी-बहुत चिड़चिड़ाहट आ ही जाती है।'

'ऐ रवीना! आयु ने मेरे ऊपर कोई प्रभाव नहीं डाला—मैं आज भी जवानों का जवान हूं।'

'हे-हे-हे....बिना आजमाइश के भला कैसे विश्वास हो सकता है?'

किशोर के मुंह का मजा खराब हो गया, किन्तु उसने चेहरे से प्रकट नहीं होने दिया। पैग से घूंट भरकर बोला—'क्या तुम अब भी इस स्थिति में हो कि मां बन सको?'

'ऑफकोर्स—आई एम स्टील यंग।'

'परन्तु क्या विश्वास है कि रूबी तैयार हो ही जायेगी?'

'अवश्य होगी, क्योंकि मैंने तुम्हारी भूमिका ही ऐसी बांध दी है कि वह तुमसे बहुत प्रभावित है, वैसे भी उसका हिरोइन बनने का शौक उसे तुम्हारे पास अवश्य लेकर आएगा।'

किशोर घूंट भरकर कुछ सोचने लगा।

रवीना ने उसे ध्यानपूर्वक देखकर पूछा—'क्या मेरा मोटापा तुम्हें मेंटली डिस्टर्ब कर रहा है।'

'नहीं—मैं कुछ और सोच रहा हूं।'

'क्या?'

'दैट इज माई पर्सनल प्रॉब्लम।'

'ओह....सॉरी।'

फिर वह लोग घूंट भरने लगे। धीरे-धीरे किशोर के जहन से पुष्पा के फोन का बुरा प्रभाव दूर होता गया। उसकी कल्पना में रूबी घूमने लगी। रूबी बहुत सुन्दर थी—परन्तु यह मोटी, वह सोच रहा था कि अपने और रूबी के बीच से इस मोटी को कैसे हटाये? इसके निकट होने की कल्पना से भी उसे घृणा हो रही थी।

हसा मोबाइल फोन की घंटी ने उसे चौंका दिया—उसने मोबाइल उठाकर कॉल रिसिव किया—'हां बोलो बेबी।'

'अंकल! आप इस समय क्या कर रहे हैं?'

'क्यों बेटी?'

'मैं बहुत बोर हो रही हूं।'

'क्यों? पापा-मम्मी कहां हैं?'

'दोनों एक जगह क्रिया में गए हैं।'

'ओह....फिर....?'

'मैं आ जाऊं?'

'अरे—इस तूफानी रात में तुम जुहू से बालकेश्वर तक कैसे आओगी?'

'तो फिर आप आ जाइए।'

'हां-मैं आ रहा हूं।'

'मेक हर्ट अंकल—मैं बहुत बोर हूं।'

'बस—मैं निकल रहा हूं।'

किशोर ने मोबाइल बन्द करके रवीना को बताया कि उसे तुरन्त जाना है।

रवीना ने मुस्कराकर आंखें मटकाते हुए कहा—'शिखा भी बड़े गजब की निकली है।'

जाने क्यों किशोर का दिमाग भक से उड़ गया। इतनी जोर का क्रोध आया कि इस मोटी के सिर पर गुलदान उठाकर मार दे।

वह अपने ऊपर काबू पाकर धीरे से बोला—'तुमने सुना नहीं? मैं उसे बेटी कहता हूं।'

'बेटी-हे-हे-हे....यों तो हर युवती किसी-न-किसी की बेटी होती है, परन्तु उससे खून का रिश्ता तो नहीं होता।'

किशोर का फिर मन चाहा कि उसे थप्पड़ मार दे, फिर वह अपने पर काबू करके बोला—'मुझे तुरन्त जाना है।'

'हां-हां अवश्य जाओ...मैं यह गिलास तो खाली कर लूं।' उसने गिलास से घूंट भरकर कहा—'मुझे ड्रॉप करते चलोगे? रास्ते में ही तो है मेरा फ्लैट।'

'कर दूंगा'।

'फिर कब आऊं?'

'मैं अपने कल के प्रोग्राम देखकर तुम्हें फोन कर दूंगा।'

'टाल रहे हो?'

'रूबी के होते हुए कह रही हो?'

'देखती हूं।'

कुछ देर बाद वह लोग कार में सवार होकर जा रहे थे—किशोर जल्दी-से-जल्दी रवीना से पीछा छुड़ा लेना चाहता था—पता नहीं क्यों? जब से रवीना ने शिखा के बारे में बेहूदा कमेंट्स पास किए थे, तब से रह-रहकर उसके मन में उसके लिए घृणा उठ रही थी। जी चाह रहा था कि रवीना की जबान ही काट दे।

सहसा एक राहगीर दौड़कर सड़क क्रॉस करता हुआ निकला। यदि किशोर तुरन्त ब्रेक न लगाता तो वह राहगीर कुचल ही गया था। फिर भी कार रुकते-रुकते हल्की-सी टक्कर हो गई। राहगीर गिर पड़ा। रवीना की चीख निकल गई।

किशोर ने बाहर झांककर चिल्लाकर कहा—'आत्महत्या करनी है क्या?'

राहगीर ने उठकर जोर से कहा—'डोंट वरी अंकल, कोई टूट-फूट नहीं हुई, माइनर-सा स्क्रेच हो गया बॉड़ी पर, वास्तव में मुझे बस पकड़ने की जल्दी थी।'

राहगीर के स्वर में कुछ ऐसी बात थी कि किशोर का क्रोध हवा हो गया। होंठों पर स्वयं ही मुस्कराहट आ गई—उसने झांककर पूछा—'कहां जाना है?'

बारिश बहुत तेज थी—कभी-कभी बिजली कड़ककर चमक उठती-बादल भी गरज रहे थे—युवक खिड़की के पास आ गया। लम्बे कद, छरहरे शरीर का एक आकर्षक युवक था—आंखें बड़ी-बड़ी, चंचल और बोलती हुई-सी। वस्त्रों से वह किसी मध्यवर्गीय परिवार का दिखाई दे रहा था।

उसने आंखों पर बहकर आता हुआ पानी पोंछा और बोला—'आपने कुछ कहा अंकल?'

'मैं पूछ रहा था तुम्हें कहां जाना है'?

'मैं पूछ रहा था तुम्हें कहां जाना है?'

'सामने बस स्टॉप तक।'

'बस में सवार होकर कहां जाओगे?'

'प्रेमिका को पटाने।'

किशोर के जहन में हलचल सी मच गई। युवक बड़ा दिलचस्प व्यक्ति मालूम हुआ।

उसने मुस्कराकर पूछा—'जाना कहां है?'

'यह नहीं बताऊंगा।'

'क्यों....?'

'प्रेमिका के मामले में किसी पर विश्वास नहीं करना चाहिए। वैसे भी अभी निश्चित नहीं कि वह पटती भी है या नहीं?'

'चलो मत बताना—तुम जहां कहोगे मैं तुम्हें ड्रॉप कर दूंगा।'

युवक ने अन्दर झांका और आंख मारकर मुस्कराकर बोला—'रहने दीजिए—बिना कारण मैं आपकी प्राइवेसी डिस्टर्ब नहीं करना चाहता—बस से चला जाऊंगा।'

'परवाह मत करो, हमारी प्राइवेसी इतनी स्ट्रेंज नहीं है कि उसे डिस्टर्ब करने के लिए हाई टेंशन वायर चाहिए।'

युवक हंस पड़ा और बोला—'अंदर बैठूंगा तो सीट खराब हो जायेगी।'

'सीट केवल भीगने से खराब नहीं होती—हो भी जाए तो मैं इतना गरीब नहीं हूं कि सीट न बदलवा सकूं।'

'थैंक्यू अंकल—आप इन्ट्रेस्टिंग भी हैं और ओपेन हार्टेड भी।'

किशोर ने हाथ बढ़ाकर पिछला दरवाजा खोल दिया—युवक कपड़े निचोड़ने का प्रयास करता हुआ अन्दर आ बैठा। कार चल पड़ी। इस बीच रवीना चुप बैठी रही थी।

वह बोली—'तुम्हारी आयु क्या होगी?'

'आंटी मेरी आयु बर्थ सर्टिफिकेट पर लिखी है।'

'तुम्हें याद नहीं।'

'कोई पूछता ही नहीं जिसके लिए याद रखूं। आप पहली आंटी हैं जिन्होंने पूछी है। हालांकि मैं विश्वास के साथ कह सकता हूं कि आपकी कोई सन्तान नहीं है, शायद आपका विवाह भी नहीं हुआ।'

एकाएक रवीना के तेवर बिगड़ गए। उसने क्रोधित स्वर में कहा—'तुम मेरी पर्सनल बातों में दखल दे रहे हो।'

'आई एम सॉरी आंटी, परन्तु क्या किसी की आयु पूछना पर्सनल क्वेश्चन नहीं है?'

इतने में बांद्रा आ गया था।

रवीना ने किशोर को सम्बोधित करके कहा—'गाड़ी रोको'।

'अरे! मैं तुम्हें तुम्हारी बिल्डिंग तक ड्रॉप कर दूंगा। बारिश तेज हो रही है।'

'मैं पैदल ही चली जाऊंगी भीगती हुई।'

'अरे भीगने से तुम्हारा वेट और भी अधिक बढ़ जायेगा।'

'मांइड योर कमेंट किशोर।'

'आई एम सॉरी!'

किशोर ने गाड़ी रोकी—रवीना ने उतरकर इतनी जोर से दरवाजा बंद किया जैसे किशोर को खींच मारा हो और तेज-तेज चली गई।

किशोर मुस्कराकर युवक से सम्बोधित हो गया—'आगे आ जाओ।'

'अरे अंकल, आपके पास?'

'तो क्या हुआ यार—इस समय मुझे अपना मित्र समझो।'

'थैंक्यू अंकल—यू आर रियली ग्रेट।' फिर युवक आगे बैठ गया, कार चल पड़ी। युवक ने कहा—'अब कार की स्पीड भी सही और चरर-मरर की आवाजें भी नहीं आ रही।'

'150 किलो वेट कम हो गया न।' किशोर ने हंसकर कहा।

'आप तो इतने स्मार्ट गुड लुकिंग व्यक्ति हैं, आपने इतनी भारी दोस्ती क्यों रखी है?'

'स्वार्थ के लिए।'

'ओहो, इतना मोटा-ताजा स्वार्थ।'

'तुम गलत समझ रहे हो मित्र—स्वार्थ तो एकदम स्लिम है—हाइली 50 किलो तक का।'

'ओ....आई गाट इट।'

'मगर तुमने इस समय मोटी की टांके ढीले कर दिए।'

युवक हंस पड़ा और बोला—'पता नहीं क्यों मुझे बैड लुकिंग और अंगली फेस बिलकुल पसन्द नहीं हैं—साथ में यदि वह बददिमाग भी हो तो ऐसा ही हो जाता है जैसे करेला और नीम चढ़ा।

'एनी वे—पढ़ते हो'?

'पढ़ने की मुसीबत से तो मुक्ति हैं—अब तो एक आदर्श भारतीय युवक की मानिन्द बेरोजगारी झेल रहा हूं और नौकरी ढूंढ रहा हूं।'

'कहां तक पढ़ा है?'

'अपनी खोली से कॉलेज की पहली सीढ़ी तक।'

'बताना नहीं चाहते?'

'देश छोड़ते समय मां का आदेश था—नये लोगों को पहली मुलाकात में अपने बारे में कोई जानकारी मत देना।'

'तो मुम्बई में परदेसी हो?'

'जी अंकल!'

'अपने किसी पहचान वाले के साथ रहते होगे?'

'स्पष्ट है—मुम्बई में तो आजकल खाली जेब फुटपाथ पर भी नहीं रह सकते।'

'मैं एक फर्म में मैनेजर हूं।'

'रियली....'

'यदि नौकरी की आवश्यकता वास्तव में है, तो चौकीदार चपरासी से लेकर अपर डिवीजन क्लर्क तक की नौकरी देना मेरे हाथों में है—योग्यता के आधार पर।'

'तब तो आप मुझे अपना एड्रेस दे दीजिए।'

किशोर ने अपनी जेब से कार्ड निकालकर कहा—'घर का पता भी है, फैक्टरी का भी—तमाम फोन नम्बर भी हैं मोबाइल सहित।'

'थैंक्यू अंकल—मुम्बई में यदि कोई इतनी जल्दी दयावान बन जाये तो मुश्किल से ही विश्वास होता है।'

'तुम्हें मुंबई के बारे में काफी बहकाया गया है।'

'समझाया गया है।'

'मित्र! अच्छे-बुरे लोग तो गांव-देहात में भी होते हैं। वैसे मुम्बई हर व्यक्ति के लिए दर्पण अवश्य है—यहां तुम चोर बनकर आओगे तो तुम्हें हर व्यक्ति चोर नजर आएगा। भले बनकर आओगे तो भले ही नजर आयेंगे।'

'आपके समझाने का अंदाजा निःसंदेह बहुत अच्छा है, फिर भी मैं मां के आदेश का पालन करूंगा।'

'श्योर-श्योर....एक लायक सुपुत्र का प्रथम कर्त्तव्य यही है। अब तुमसे यह तो पूछ सकता हूं कि तुम्हारी प्रेमिका केवल तुम्हरी ही प्रेमिका है या तुम भी उसके प्रिय हो?'

'अभी तक तो केवल वन-वे टैफिक ही है, दाना डाल रखा है।'

'इस समय इतनी तेज बारिश में तो दाना भी बह जाएगा।'

'मैं इतना हल्का-फुल्का भी नहीं हूं।'

'तुम...।'

'आपने हिन्दुस्तानी फिल्में तो देखी होंगी।'

'अब देखने लगा हूं, जब से भले घर की लड़कियां भी हिरोइन बनकर हीरो से लिपटा-चुपटी और किसिंग में नहीं झिझकती। पूरा शरीर एक्सपोज कर देती है। वरना पहले की हिरोइनें तो बाजार वाली भी होती थीं, फिर भी टखनों तक कपड़ों में लिपटकर आती थीं और हीरो से इतनी दूर रहती थीं, जैसे पहले के लोग अछूतों से दूर रहते थे।'

'इन्ट्रेस्टिंग वेरी इन्ट्रेस्टिंग अंकल।'

'हां तो तुम फिल्मों की बात क्यों कर रहे थे?'

'मैंने बहुत सारी फिल्मों में एक सीन कॉमन देखा है।'

'कौन-सा?'

'हीरोइन हीरो को घास नहीं डाल रही—बारिश हो जाती है और हीरो जाकर हिरोइन के दरीचे के सामने खड़ा होकर भीगने लगता है—हीरो सर्दी से अकड़े या न अकड़े, हिरोइन अवश्य पानी से बर्फ की तरह पिघलकर बहती हुई दौड़कर आती है और हीरो से लिपट जाती है।'

'मित्र! इतना तो बता सकते हो कि तुम अपनी मां के इकलौते हो या उन्हें सम्भालने के लिए 2-4 और भी हैं?'

'क्यों अंकल?'

'लड़के तुम वास्तव में जो सीन फिल्मों में देखते हो—उसमें नकली बारिश होती है—यानी मचान पर बैठकर स्पॉट ब्वॉय शावर से पानी गिराते हैं और जितना लम्बा सीन तुम-2-3 मिनट में देख लेते हो, उसकी शूटिंग 2-3 दिन में हो पाती है।'

'ओ...नो...!'

'हां लड़के, कोई भी हीरो 5 मिनट से अधिक भीगने को तैयार नहीं होता। बार-बार बाल और कपड़े सुखाता है और फिर ऐसे सीन में हीरोइन स्वयं नहीं पिघलती, बल्कि लेखक के लिखे हुए सीन और निर्देशक के निर्देश उसे पिघलाते हैं।'

'ओहो....तो मुझे अपने भीगने का कार्यक्रम समाप्त कर देना चाहिए?'

'यदि डबल निमोनिया होकर मरने से बचना चाहते हो तो। वैसे भी तुम जहां खड़े होकर भीगोगे जरूरी नहीं कि उसके सामने ही हिरोइन के बेडरूम का दरीचा हो—उसके बाप का भी बेडरूम हो सकता है—फिर बंगले में केवल हीरोइन नहीं उसका परिवार भी होगा—नौकर-चाकर भी और फाट पर चौकीदार भी—सम्भव है कि वहां कोई खतरनाक रखवाली का कुत्ता भी पला हुआ हो।'

युवक ने झुरझुरी ली और बोला—'आप तो मुझे डरा रहे हैं अंकल।'

'खबरदार कर रहा हूं लड़के।'

'मैं क्या करूं फिर?'

'प्रेम फिल्मी ही है न—या फिर सीरियस हो।'

‘अरे कहां मैं एक खोली का वासी, कहां वह बंगले वाली—बस है ऐसी कि एक बार तो उल्टी-पल्टी को मन तड़प उठे—वरना मुम्बई में क्या कमी है युवतियों की....? बस थोड़ा इम्प्रेशन जमाकर एक बार हाथ लग जाये, वही काफी है।’

‘नाइस—तुमसे मिलकर तो ऐसा लग रहा है—जैसे मैं तुम्हारे रूप में नया जन्म ले बैठा हूं।’

‘ओ रियली अंकल।’

‘ऑफकोस फ्रेंड—दैट्स हवाई आई एम स्टील अनमैरेड—बस हर रोज 4-6 घंटे के लिए शादी करता हूं—दिन निकलते ही सेप्रेशन।’

‘तब तो बड़ी खुशी हुई अंकल, क्योंकि आप मेरा एज्ड एडीशन मालूम होते हैं—खूब गुजरेगी जो मिल बैठेंगे दीवाने दो।’

‘अब यदि जीवन शानदार गुजारना है, तो अपने चेले बन जाओ और लड़की पटाने के गुर हमसे सीखो।’

‘ओ अंकल! किधर हैं आपके चरण—जल्दी लाइए, मैं इसी समय आपको अपना गुरु स्वीकार करता हूं।’

‘चलो चरण फिर छू लेना—पहला गुर अभी सीखो और गिरह में बांध लो।’

‘परन्तु मेरे पास तो रूमाल भी नहीं है बांधूगा काहे में?’

‘मांइड तो है या किसी लड़की ने हड़प लिया?’

‘वह तो है—अपना कुछ कोई लड़की नहीं हड़प सकती।’

‘तो फिर खोपड़ी में कैद कर लो।’

‘कोई भी लड़की सबसे अधिक प्रभावित होती है किसी पुरुष की शराफत से।’

‘ओहो...!’

‘तुम जिस युवती के भी चक्कर में हो, सबसे पहले उसे प्रभावित करो अपनी शराफत और भोलेपन से! उसे ऐसा लगना चाहिए कि तुम उस लड़की के सिवाय किसी दूसरी लड़की की ओर नजर भरकर देखना भी पसंद नहीं करते।’

‘और वह लड़की...?’

‘उस लड़की से तुम्हारा किसी पिछले जन्म का सम्बन्ध है, इसलिए तुम्हारा मन उसकी तरफ अपने आप ही खिंचता है।’

‘यह डायलॉग कब बोलूं?’

‘जब वह तुमसे थोड़ी-सी प्रभावित दिखाई दे।’

‘तो यह प्रथम शिक्षा है अंकल?’

‘ऑफकोर्स।’

‘तो फिर जल्दी से साइड में गाड़ी रोकिए।’

‘क्यों?’

‘मैं आज से ही अपनी खोली के आस-पास से अपनी शराफत की रिहर्सल करूंगा।’

‘क्यों?’

‘वास्तव में जिधर मैं रह रहा हूं—उधर की छोकरियों के बीच मैं ऐसा लगता हूं—जैसे बावले गांव में ऊंट आ गया हो।’

‘ओहो!’

‘छोकरियां तो छोकरियां, ब्याहता स्त्रियां भी अपने ऊपर लाइन मारने पर तुली हुई है।’

‘किधर हाथ साफ किया?’

‘अभी किसी वर्जिन पर तो नहीं, एक विवाहिता पर अवश्य हाथ साफ कर दिया है।’

‘नाइस—तुम अवश्य तरक्की करोगे।’

‘धन्यवाद अंकल।’

कार रुक गई थी, युवक उतरने लगा तो सहसा किशोर को ध्यान आया। उसने पूछा—‘अरे कम-से-कम नाम तो बताते जाओ।’

‘अगली मुलाकात में बता दूंगा।’

‘और अगली मुलाकात कब और कहां होगी?’

‘जल्दी ही—आपकी फैक्टरी में।’

उत्तर देता हुआ युवक दौड़कर एक वापस जाती हुई बस में सवार हो गया—किशारे ने बड़े अच्छे मूड में कार आगे बढ़ा दी। इस समय युवक से मिलकर उसका मूड एकदम फ्रेश हो गया था, क्योंकि उसके रूप में उसे अपनी नौजवानी की झलक दिखाई दी थी।

***

शिखा की कार एक क्रॉसिंग पर रुक गई—उसका वैनिटी बैग उसके पास ही रखा था। एक भिखारी लड़का, जिसके शरीर पर फटे वस्त्र थे और जो सूरत से ही भूखा नजर आ रहा था, शीशे पर हाथ मारकर इशारे से भीख मांगने लगा। शिखा ने उसे इशारे से ड्राइविंग साइड में बुलाया—लड़का उधर आ गया, शिखा अपना वैनिटी बैग उठाकर खोलने लगी।

एकाएक लड़के ने झपटा मारकर बैग छीना और भाग खड़ा हुआ।

शिखा हड़बड़ाकर दरवाजा खोलती हुई चिल्लाई—‘चोर-चोर—पकड़ो-पकड़ो....!’

पास ही वही युवक खड़ा था, जो रात किशोर को मिला था। उसने शिखा पर एक उचटती सी दृष्टि डाली, फिर बड़ी शराफत से दूसरी तरफ देखने लगा।

शिखा ने चिल्लाकर कहा—‘क्या बहरे हो?’

‘जी!’ युवक हड़बड़ाकर बोला—‘नहीं तो—अच्छी तरह सुनता हूं।’

‘तो सुन नहीं रहे मैं क्या चिल्ला रही हूं?’

‘सुन रहा हूं—चोर-चोर चिल्ला रही हैं।’

‘और तुम खड़े-खड़े मुंह देख रहे हो?’

‘मैं तो आपको नहीं देख रहा।’

'अरे तुम्हारे सामने वह लड़का मेरा वैनिटी बैग लेकर भागा है न।'

'जी हां।'

'उसमें 10,000 रुपए हैं, 25,000 की एक लेडिज रिस्टवॉच है, जो मैं अपनी सहेली का उपहार देने के लिए लाई थी।'

'तो मैं क्या करूं?'

'इडियट—तुम उस छोकरे को पकड़ नहीं सकते थे?'

'आप लड़की है, इसलिए मैं आपकी गाली का उत्तर नहीं दे सकता। मेरे गुरु का कहना है कि फिल्मों के सीन रियल लाइफ में नहीं चलते हैं।'

'क्या बक रहे हो?'

'फिल्मों में ही होता है न—कोई पॉकेटमार किसी छोकरी का पर्स ले भागा—हीरो ने पॉकेटमार को पकड़कर फाइट की—पर्स छीनकर वापस लाकर हिरोइन को दे दिया—हिरोइन ने शुक्रिया अदा किया और दोनों में प्यार हो गया।'

'इडियट—मैं तुमसे प्यार नहीं करूंगी।'

'प्रॉमिस।'

'शटअप।'

'किधर गया है वह छोकरा।'

'उधर।' शिखा ने इशारा किया।

दूसरे ही पल युवक पलटकर उधर दौड़ पड़ा—गली में मुड़ा तो वही लड़का वैनिटी बैग लिए सामने ही खड़ा था—युवक ने उसका कंधा थपककर कहा—'शाबाश—तुम्हें इनाम भी मिलेगा।'

फिर उसने लड़के से वैनिटी बैग लेकर उसे पांच रुपये दिए और वापस चल पड़ा। जब वह वापस उस जगह पहुंचा, जहां शिखा को छोड़कर गया था तो शिखा की कार नहीं दिखाई दी, क्योंकि सिग्नल खुल चुका था, वह कुछ देर तक खड़ा होकर इधर-उधर देखता रहा, फिर सामने वाले रेस्टोरेंट में जाकर बैठ गया, एक चाय मंगाकर वह वैनिटी बैग खोलकर देखने लगा।

***

किशोर के मोबाइल की घंटी बजी तो उसने कॉल रिसिव करके कहा—'यस...!'

'कौन बोल रहा है?'

'जिसका मोबाइल है—तुम कौन हो?'

'ओह गुरु अंकल! पहचानिए मुझे।'

'अरे तुम हो चेले मित्र।'

'यस गुरु।'

'हां बोलो।'

'एक समस्या उत्पन्न हो गई है—समाधान बताइए।'

'समस्या बताओ।'

'आज कुछ देर पहले मुझे वही युवती मिली थी।'

'अच्छा।'

'उसकी कार एक क्रॉसिंग पर रुकी हुई थी...मैंने उसे देख लिया। मेरे सामने ही एक पॉकेटमार उसका वैनिटी बैग ले भागा।'

'तुमने उसका पीछा करके उसका बैग छीन लिया?'

'नो अंकल, यह सीन तो फिर पुरानी फिल्मों का हो जाता।'

'फिर....?'

'अच्छा अब मैं आपको असल बात बता दूं।'

'तो अभी तक तुम मुझे झूठी बात बता रहे थे? याद रखो, गुरु से झूठ बोलने वाले की शिक्षा असफल हो जाती है।'

'आई एम सॉरी अंकल। वास्तव में मैंने कुछ ऐसे लड़के इकट्ठा किए हैं, जो झपटमारी में एक्सपर्ट हैं।'

'ओहो यह बात है।'

'अब हालात का तकाजा यही है, तो मैं क्या करूं?'

'आगे बोलो।'

'आज मैं एक लड़के को वाच कर रहा था कि अचानक उस युवती की कार आकर रुकी—मेरे इशारे पर वह लड़का युवती की बैग ले उड़ा—वह चोर-चोर चिल्लाने लगी, परन्तु मैं यूं ही खड़ा रहा।

युवती मेरे ऊपर बिगड़ने लगी कि तुम्हारे सामने वह उचक्का मेरा बैग ले गया और तुम मुंह देखते रहे—मैंने कहा कि यदि मैं उसे पकड़ लेता और बैग वापस आपको लाकर दे देता तो पुरानी फिल्मों वाला सीन हो जाता।'

'यार चेले मित्र, तुम एकदम कोरे हो।'

'यह क्या होता है।'

'जाने दो, फिर क्या हुआ?'

'होता क्या—युवती ने कहा कि मैं तुमसे लव नहीं करने वाली थी। मैंने कहा तो अभी जाता हूं। मैं पास ही की गली में आया, लड़का वह बैग लिए खड़ा था—मैं बैग लेकर वापस आया तो वह युवती जा चुकी थी।'

'यानी वह बैग अभी भी तुम्हारे पास है?'

'जी हां।'

'भरा है?'

'10 हजार कैश—25 हजार की घड़ी और कुछ दूसरी चीजें।'

'और तुम उस युवती पर हाथ साफ करना चाहते हो?'

'गुरु अंकल! अब तो वह लड़की मेरे लिए एक लक्ष्य बन गई है।'

'अब मुझसे क्या मशविरा चाहते हो?'

'यदि मैं उस युवती की रकम रखकर बैग घड़ी सहित फेंक दूं?'

'तो समझो तुमने एक सुनहरा अवसर खो दिया।'

'हूं...मैं स्वयं यही सोच रहा था, परन्तु गुरु होने के नाते आपसे राय लेना आवश्यक था—वरना 10,000 बहुत होते हैं।'

'तो तुम्हारी असल समस्या कमाई है चेले मित्र—गुरु की मानो तो नौकरी के लिए मेरे पास आ जाओ।'

'उस पर बाद में विचार करूंगा, पहले अपनी लाइन क्लीयर कर लूं। अब मुझे बतायें उसके वैनिटी बैग में उसके बंगले का पता भी है और एक इन्वीटेशन कार्ड भी। जहां वह किसी फंक्शन में गई है।'

'फिर...?'

'मैं उसका वैनिटी बैग लौटने कहां जाऊं?'

'बंगले पर तो कल ही जा सकते हो। वह समझेगी कि तुम इस तरह उस घर तक आना चाहते थे—लिहाजा जहां वह फंक्शन में गई है वहीं जाओ ताकि वह समझे कि तुम्हें उसका बैग लौटाने की जल्दी थी। वैसे भी वह 25 हजार की घड़ी शायद फंक्शन में गिफ्ट देने ले गई हो।'

'गुड।'

'दूसरी बात दो-चार मेहमानों से पूछोगे तो उनकी नजरों में भी आ जाओगे कि तुम कितने ईमानदार और बहादुर हो। वह उस युवती से तुम्हारे बारे में बातें करेंगे, इस तरह युवती की नजरों में तुम्हारा मान और बढ़ेगा।'

'वेरी नाइस अंकल—आप बहुत महान हैं गुरु अंकल।'

'अच्छा, अब गुरु की एक सलाह और मानो।'

'आदेश दीजिए गुरु अंकल।'

'यदि उस लड़की को तुम्हारे असल धंधे की भनक भी मिल गई तो वह तुम्हारी सूरत देखना भी पसंद नहीं करेगी।'

'मगर मैं उसे पता ही नहीं लगने दूंगा।'

'फिर भी ऐसा क्यों नहीं करते कि तुम यह धंधा ही छोड़ दो।'

'फिर क्या करूं?'

'मैंने तुम्हें ऑफर की है तुम्हारी योग्यतानुसार तुम्हें नौकरी दूंगा। तुम कल से ही ज्वायन कर लो।'

'वास्तव में गुरु अंकल मुझे आजाद जीवन बिताने की आदत पड़ चुकी है, कोई पाबंदी झेलना मेरे बस की बात नहीं।'

'ट्राई करके तो देखो।'

'विचार करूंगा—अभी तो मैं एक ही लक्ष्य प्राप्त करने का प्रयास कर रहा हूं और अब तो उस युवती को प्राप्त करना मेरी दृढ़ प्रतिज्ञा बन गई है।'

'गॉड ब्लेस यू चेले मित्र।'

'थैंक्यू गुरु अंकल।'

दूसरी तरफ से डिस्कनेक्ट हो गया—किशोर ने मोबाइल रख दिया, उसके होंठों पर मुस्कराहट थी।

***

युवक बस से उतरकर टर्नर रोड की छोटी सड़क सेट सीरील रोड पर आ गया—उसके हाथ में वैनिटी बैग था—दूसरे हाथ में इन्वीटेशन कार्ड—जिस पर पता देखकर वह बड़बड़ाया—'आर्च वे।'

फिर उसने कई माले की सफेद बिल्डिंग को देखा—जिसके गेट पर लिखा था—'आर्च वे।

चौकीदार ने युवक को उसके सस्ते वस्त्रों के कारण संदेह भरी दृष्टि से देखा और बोला—'क्या देख रहे हो?'

'आर्च वे।'

'इसी बिल्डिंग का नाम है।'

'अच्छा—पूरी बिल्डिंग का नाम आर्च वे है?'

'तुम्हें लिखा नहीं दिखाई दे रहा।' चौकीदार ने गेट की ओर इशारा किया।

'अच्छा मैं समझा था इस फाटक का नाम आर्च वे है, जैसे गेटवे ऑफ इंडिया।'

चौकीदार मुस्करा पड़ा और बोला—'तुम्हें किसकी तलाश है?'

'अब तुम्हें क्या बताऊं कि मुझे चीफ एग्जीक्यूटिव सदाशिवकर जी की तलाश है।'

'तुम मुझे मत बताओ, मगर मैं तुम्हें बताये देता हूं।'

'क्या बताये देता हूं?'

'सदाशिवकर जी का फ्लैट।'

'परन्तु मैंने तुम्हें उनका नाम बताया ही कब है?'

'तुम्हारे हाथ में जो कार्ड हैं, मैंने उसे देखकर ही समझ लिया था।'

'ओह...अच्छा।'

इतने में पीछे से आवाज आई—'क्या बात है?'

चौकीदार के साथ युवक भी मुड़ा।

चौकीदार ने जल्दी से कहा—'प्रणाम मेमसाहब।'

'प्रणाम।' युवती ने युवक को ध्यानपूर्वक देखा।

परन्तु युवक ने उसकी ओर ध्यान तक नहीं दिया। चौकीदार से बोला—'हां तो चौकीदार।'

'बीच में से हटो।'

'अरे तो क्या मैं पूरा गेट घेरे खड़ा हूं?' युवक बिगड़कर बोला।

युवती ने चौकीदार से पूछा—'किससे मिलना है इन्हें?'

'इन्हीं से पूछ लीजिए।'

युवती ने युवक के हाथ में इन्वीटेशन देखा तो मुस्कराकर बोली—'मेरे साथ आइए।'

'क्षमा कीजिए, मेरी मां का उपदेश है कि पराई महिलाओं के अधिक निकट होना पाप है।'

'परन्तु मेरी नीयत में तो कोई खोट नहीं और नीयत में खोट का अर्थ क्या होता है? मैं यहां से कुछ चुराकर थोड़े ही ले जाऊंगा।'

युवती के होंठों पर मुस्कान गहरी हो गई, क्योंकि युवक के चेहरे पर बच्चों की-सी मासूमियत थी। वह बोली—'नहीं आप सूरत से चोर नहीं दिखाई देते मेरे साथ आइए।'

'आपके साथ क्यों आऊं?'

'इसलिए कि मैं वहीं जा रही हूं, जहां आपको जाना है।'

'मुझे कहां जाना है?'

युवती ने इन्वीटेशन की ओर इशारा करके कहा—'आप इस इन्वीटेशन पर ही यहां आए हैं न?'

'यह आपने कैसे समझ लिया?'

'आपके हाथ में इन्वीटेशन है न?'

'ऐसे तो मैं इस बिल्डिंग के सामने खड़ा हूं, तो यह बिल्डिंग भी मेरी हो गई।'

'तो फिर वह इन्वीटेशन?'

'किसी की अमानत है।'

'किसकी?'

'जिसका यह वैनिटी बैग है।' उसने वैनिटी बैग दिखाया।

'किसका है यह?'

'क्यों बताऊं कि यह किसी शिखा मल्होत्रा का है।'

'मत बताइए।' युवती मुस्कराकर बोली—'आपको यह इन्वीटेशन इसी वैनिटी बैग में मिला था।'

'जी हां।'

'और यह बैग आपको कहां मिला?'

'मैं आपको क्यों बताऊं कि यह बैग मैं एक चोर से छीनकर लाया हूं।'

'चलिए मत बताइए, शायद आपको यह इन्वीटेशन भी वैनिटी बैग में मिला होगा।'

'जी हां।'

'और इस इन्वीटेशन कार्ड पर लिखा हुआ नाम देखकर आप ढूंढते हुए यहां तक आये होंगे?'

'जी हां।'

'और यह वैनिटी बैग उस लड़की को लौटना चाहते हैं, जिसका यह बैग है?'

'जी हां...परन्तु आप क्या ज्योतिषी हैं?'

'मैं उस लड़की को जानती हूं—आप उचित समझे तो अन्दर चले, वरना मैं उस लड़की को यहां भेज देती हूं।'

'मैं बिन बुलाया, मेहमान बनकर अन्दर क्यों जाऊं?'

'ठीक है, मैं उस लड़की को यहीं भेज देती हूं।'

'धन्यवाद!'

युवती ने चौकीदार से कहा—'इनका ध्यान रखना।'

'जी मेमसाहब।'

युवती अन्दर चली गई।

युवक से चौकीदार ने कहा—'आप चाहें तो यहां बैठ जायें।'

'नहीं, मैं ठीक हूं, परन्तु यह मेमसाहब थीं कौन, जो मुझसे बिना कारण ही इतनी सहानुभूति दिखा रही थीं?'

'यह लेखिका हैं।'

'कैसी लेखिका?'

'फिल्मों की कहानियां लिखती हैं।'

'ओह....अच्छा!'

दूसरी ओर लेखिका अन्दर पहुंची, जहां एक डबल फ्लैट को एक करके 2 ड्राइंगरूम मिलाकर एक हॉल बनाया गया था—वह हॉल सजा हुआ था- जिसमें एक तरफ एक मेज पर केक रखा था—हॉल में चारों तरफ लड़के-लड़कियां छोटे-छोटे ग्रुपों में खड़े थे।

कई तरफ से आवाजें आई—'मधुजी आ गई।'

'हाय मधुजी!'

'हैलो मधुजी।'

'गुड इवनिंग मधुजी।'

मधु ने मुस्कराते हुए सबको विश किया, फिर एक युवती हल्के नीले लबादे में मधु की ओर बढ़कर बोली—'हैलो! मधु आंटी।'

'हैलो सोमी!' मधु ने उसकी तरफ गुलदस्ता बढ़ाकर कहा—'मेनी-मेनी हैप्पी रिटर्न्स ऑफ द डे।'

'थैंक्यू आंटी!' सोमी ने गुलदस्ता लेकर कहा—'आज आप बहुत सुन्दर दिखाई दे रही हैं।'

मधु धीरे से हंसकर बोली—'थैंक्यू फॉर दी कॉम्पलीमेंट।'

'रियली आंटी! आपने अपने आपको खूब मेंटेन करके रखा है।'

'थैंक्यू! अरे हां तुम्हारी दोस्तों में कोई शिखा भी है?'

'जी हां...क्यों?'

'अरे बाहर एक सुन्दर-सा बुद्धू लड़का खड़ा है।'

सहसा एक युवती ने जोर से कहा—'अरे शिखा! बाहर कोई सुन्दर-सा वुद्ध खड़ा तेरी राह देख रहा है।'

शिखा जल्दी से पास आ गई—मधु और लड़कियां उसकी तरफ मुखातिब हो गई।

मधु ने कहा—'तुम्हारा वैनिटी बैग चोरी हो गया था?'

'जी हां, उसमें 10 हजार कैश थे, एक 25 हजार की लेडिज घड़ी थी—एक उचक्का लड़का ले भागा था।'

'उस चोर लड़के से ही शायद वह युवक बैग छीनकर लाया है।'

'ओ हां, उस समय एक बुद्धू खड़ा तो था—उस समय उसने मेरे चिल्लाने पर भी ध्यान नहीं दिया था—बहुत क्रोध आया था मुझे उसके ऊपर।'

'बहरहाल—बाद में शायद उसे बुद्धि आ गई होगी।'

'परन्तु उसे कैसे मालूम कि मैं यहां हूं?'

'बैग में तुम्हारा इन्वीटेशन कार्ड भी था।'

'ओ हां याद आ गया।'

'जाओ।' मधु ने कहा—'उसे अन्दर बुला लो। मैंने उससे कहा था अन्दर आने को, तो कहने लगा मैं बिना बुलाया मेहमान बनकर कैसे पहुंच जाऊं?'

'अरी शिखा...।' एक लड़की ने कहा—'तो उसी की बात कर रही थी न।'

'हां—मैं समझी थी वह महामूर्ख है।'

'मूर्ख यदि सुन्दर भी हो तो बड़े काम की चीज होता है।'

'धत....।' शिखा ने कहा।

'रियली—वह है तो ऐसा कि उसे कहानी का पात्र बनाया जाये।' मधु ने मुस्कराकर कहा।

'तब तो उसे अवश्य अन्दर बुलाना चाहिए।' सोमी ने कहा।

फिर सब लड़कियां शिखा के पीछे लग गईं और शिखा को बाहर आना ही पड़ा—बाहर युवक उसका वैनिटी बैग सम्भाले एक तरफ बिलकुल शांत खड़ा था—शिखा को उसने इस तरह उचटती दृष्टि से देखा, जैसे पहली बार देख रहा हो।

शिखा ने कहा—'हैलो!'

युवक चौंक पड़ा—थोड़ा सा पीछे हटकर बोला—'हैलो!'

'मैं आपकी आभारी हूं।'

'किसलिए?'

'आप मेरा वैनिटी बैग उस चोर से छीनकर ले आये।'

'आपका....? यह वैनिटी बैग आपका है?'

'अरे, आपने मुझे पहचाना नहीं?'

'चेहरा तो कुछ पहचाना-सा दिखाई दे रहा है।'

'अरे एक-डेढ़ घंटे पहले ही तो आप मुझे उस क्रॉसिंग पर मिले थे। जहां से एक उचक्का मेरा यह वैनिटी बैग ले गया था।'

'फिर क्या हुआ था?'

'मैं चिल्लाई थी—आपने ध्यान नहीं दिया था। फिर मैंने आपको बुरा-भला कहा था, तब आप उस चोर के पीछे गए थे।'

'और मैं लोटकर आया तो आप कार लेकर चली आई थीं?'

'मैं समझी थी....।'

'कि मैं उस लफड़े में पड़ूं नहीं?'

'निःसंदेह।'

'क्यों नहीं पड़ता? जब मैंने आपको वचन दे दिया था—यदि मैं वह वैनिटी बैग पुलिस स्टेशन पर पहुंचा देता तो यह आपको खाली ही मिलता—पुलिस कह देती चोर माल निकालकर खाली फेंक गया था।'

'निःसंदेह।'

'अच्छा हुआ, जो मैंने बैग खोलकर देख लिया—इसमें 10 हजार रुपये हैं—एक कीमती लेडिज घड़ी है और यह इन्वीटेशन कार्ड निकला है—जिस पर लिखे पते से मैं यहां पहुंच गया।'

'मैं आपकी आभारी हूं।'

'आभार प्रकट करने की आवश्यकता नहीं—बस यह बता दीजिए कि आपके बैग में क्या-क्या है, तो मैं इस जिम्मेदारी से मुक्त हो जाऊं।'

'अरे, आपने स्वयं ही तो बताया था कि इसमें क्या-क्या है।'

युवक झुंझलाकर बोला—'मैंने बताया था आपको उससे क्या सरोकार? यदि यह बैग वास्तव में आपका है, तो आप बताइए इसमें क्या-क्या है?'

शिखा को उसके भोलेपन और मूर्खता पर हंसी भी आई और प्यार भी—वह मुस्कराकर बोली—'आप ठीक कहते हैं—मुझे सबूत के बतौर कि यह बैग वास्तव में मेरा है, बताना चाहिए कि इसमें क्या-क्या है।'

'और क्या?'

शिखा ने दोहरा दिया कि बैग में क्या-क्या है।

युवक ने शान्तिपूर्वक कहा—'अब ठीक है—संभालिए अपना बैग।'

उसने बैग बढ़ाया तो शिखा ने कहा—'एक शर्त पर।'

'नहीं मुझे भिखारी मत समझिए।'

'यह मैंने कब कहा?'

'आप इनाम देना चाहेंगी, परन्तु मैंने यह काम इनाम के लिए नहीं किया है।'

'मैं तो आपको इनाम नहीं दे रही।'

'फिर....?'

'आपने मेरे लिए इतना कष्ट किया है, तो आपके लिए मेरा भी तो कोई कर्त्तव्य है।'

'क्या कर्त्तव्य है?'

'आप मुझे खोजते हुए यहां तक आये हैं—क्या मुझे आपको अन्दर नहीं ले जाना चाहिए?'

'क्या....?' अन्दर...?

'हां।'

'अरे आप अपना बैग पकड़िए, मैं अन्दर क्यों जाऊं?'

'मैं आपको अपने दोस्तों से बिलाऊंगी।'

युवक एकदम बिदककर बोला—'किसलिए मिलाएंगी?'

'अरे मैं उन्हें अपने बैग की चोरी और नुकसान के बारे में बता चुकी थी—इतने में मधु आंटी आ गई। उन्होंने बताया कि आप बैग वापस ले आए हैं—बस वह सब आपसे मिलने को बेचैन हो गई।'

'और उन्होंने मुझे हीरो समझ लिया।'

'अरे नहीं, ऐसा कोई बात नहीं।'

'फिर क्या बात है?'

'आप एक ईमानदार और अच्छे व्यक्ति हैं, ऐसे लोगों से मिलने की सबकी इच्छा होती है।'

'यानी ऐसे व्यक्ति सबके लिए तमाशा बन जाते हैं।'

'आप गलत समझ रहे हैं।'

'तो सही क्या है?'

'यही कि आप एक अच्छे व्यक्ति हैं—फिर आपने मेरे ऊपर उपकार किया है—यदि आप बाहर से ही लौट जाएंगे तो मेरे मन पर सदा बोझ रहेगा।'

युवक ने उसे ध्यानपूर्वक देखा।

शिखा ने कहा—'आप गलत मत समझिए—अन्दर चलिए।'

'एक शर्त पर।'

'सुने बिना ही स्वीकार है।'

'नहीं पहले सुन लीजिए।'

'सुना दीजिए।'

'आप और आपके फ्रेंड मुझे फिल्मी हीरो नहीं बना देंगी।'

'इस बात का वचन तो मैं आपको पहले ही दे चुकी हूं और उसके लिए वचनबद्ध भी हूं।'

'ठीक है चलिए।'

शिखा के साथ बढ़ते-बढ़ते अचानक युवक रुक गया और बोला—'एक मिनट ठहरिए।'

'क्या हुआ?'

'मेरे कपड़े....।'

‘क्या हुआ कपड़ों को?’

‘क्या यह कपड़े इस योग्य हैं कि मैं कोई फंक्शन अटैंड कर सकूं?’

‘अरे आप स्पेशली तो यह फंक्शन अटैंड करने नहीं आये थे?’

‘फिर भी आत्मसम्मान भी तो कोई चीज है।’

‘तो क्या किया जाए?’

‘आपकी फ्रेंड की अगली बर्थडे कब होगी?’

‘एक वर्ष बाद आज ही की तारीख को।’

‘ठीक है, मैं अगली बर्थडे में शरीक हो जाऊंगा।’

शिखा हंस पड़ी और बोली—‘इतनी-सी बात के लिए आप एक वर्ष प्रतीक्षा करेंगे?’

‘तो क्या हुआ?’

‘अरे बर्थडे पार्टी तो पूरी रात चलेगी—आप घंटे-दो घंटे में आ सकते हैं।’

‘घंटे-दो घंटे में....’

‘जी हां, आपका घर कहां है?’

‘अरे वाह, इस बहाने आप मेरा पता मालूम किए ले रही हैं, फिर आप कोई बहाना निकालकर मेरे घर पहुंच जायेंगी।’

‘आप अजीब व्यक्ति हैं।’

‘मैंने फिल्मों में देखा है।’

‘आपके दिमाग पर फिल्में बहुत सवार रहती हैं—फिल्मों में जो कुछ होता है वह सच्चाई से बहुत दूर होता है—जैसे फिल्मों में हीरो-हिरोइन को सड़कों पर, जंगल में या गार्डेन में नाचते-गाते दिखाते हैं, वैसे क्या असल जीवन में नजर आ सकते हैं?’

‘सच्चाई में तो नहीं दिखाई दे सकते, हालांकि मैंने मुम्बई आकर देखा है कि बहुत सारे व्यक्ति फिल्मी सीन सच्चाई में बदलने के जतन करते रहते हैं।’

‘आप कहीं बाहर से आये हैं?’

‘लीजिए इसी बहाने आप मेरा इंट्रोडक्शन ले लेना चाहती हैं। क्या फिल्मों में ऐसा नहीं होता?’

शिखा हंसकर बोली—‘वैसे तो फिल्मी कहानियां भी कहीं आकाश से नहीं टपकतीं—जीवन की असल घटनाओं को ही फिल्मी कहानियों में परिवर्तित किया जाता है, बस फिल्मों में थोड़े एक्सजीग्रेशन से काम लेना पड़ता है।’

‘जी....!’ युवक की आंखें आश्चर्य से बाहर निकल पड़ीं। उसने खोपड़ी खुजाकर कहा—‘एक बार फिर बात दोहराइएगा।’

शिखा ने अपनी बात दोहराई।

युवक खोपड़ी खुजाकर बोला—‘ओहो....!’

‘क्या सोचने लगे आप?’

'मैं सोच रहा हूं—यह बात पहले कभी किसी ने मुझसे क्यों नहीं कही? न मैंने पहले कभी स्वयं विचार किया कि फिल्मी कहानियां कहां से आती हैं।'

'आइए अन्दर चलें—अन्दर एक फिल्मी कहानियों की लेखिका मौजूद हैं। मैं आपको उनसे मिलाऊंगी।'

युवक कुछ सोचने लगा।

शिखा ने कहा—'आप अन्दर चलिए—झिझक क्यों रहे हैं?'

'जी कुछ नहीं।'

'तो फिर आ जाइए।'

युवक ने फिर अपने कपड़े देखे और बोला—'अभी आपने कहा था कि पार्टी सवेरे तक चलेगी।'

'जी हां।'

'तो फिर मैं कपड़े बदलकर आता हूं एक-डेढ़ घंटे में।'

'उफ्फोह! आपको कपड़ों की इतनी चिन्ता क्यों है?'

'कपड़ों की नहीं, आत्मसम्मान की चिन्ता है।'

'क्या मतलब?'

'मां का आदेश था कि मनुष्य को आत्मसम्मान का ध्यान पहले रखना चाहिए—केवल पशुओं में ही आत्मसम्मान की भावना नहीं होती।'

'आपकी मां और क्या-क्या कहती हैं?'

'फिर बताऊंगा, अभी तो मैं कपड़े बदलकर आता हूं।'

'जाइए बदल आइए।'

'और एक बात याद रखिएगा।'

'क्या?'

'मैं आपके साथ अन्दर जाऊंगा, क्योंकि बिन बुलाया मेहमान हूं।'

'स्वीकार है।'

'और आप मुझे यहीं खड़ी मिलेंगी।'

'अवश्य मिलूंगी।'

'बस मैं गया और आया।'

फिर युवक इस तरह दौड़ने लगा—जैसे वह दौड़ता हुआ ही जायेगा और दौड़ता हुआ ही लौटकर आयेगा।

शिखा ने मुस्कराकर सिर हिलाया और चौकीदार से बोली—'देखो मैं अन्दर जा रही हूं—यह साहब जैसे ही लौटकर आयें मुझे सूचित कर देना।'

'जी मेमसाहब!'

फिर शिखा अन्दर लौट आई—जब साथी लड़के-लड़कियों ने पूछा कि युवक कहां है, तो शिखा ने बताया कि वह क्यों नही आया और कपड़े बदलने गया है, तो कुछ लोग हंसने लगे।

परन्तु लेखिका मधु ने कहा—'उस युवक का मजाक मत उड़ाओ—वह किसी बच्चे के समान भोला है—दुनियादारी और उसकी ऊंच-नीच से अनजान—आज के दौर में ऐसे युवक कहां मिलते हैं?'

इस बार शिखा एकदम संजीदा हो गई—उसकी कल्पना में उस युवक की छवि घूम गई—उसने अपने हाथ में दबे वैनिटी बैग को देखा तो उसे सोमी ने कहा—'अरे चैक तो कर ले कि वैनिटी बैग में कुछ है भी या खाली है?'

शिखा ने घबराकर जल्दी से वैनिटी बैग खोलकर देखा—उसमें सब कुछ ज्यों का त्यों मौजूद था।

***

केक भी कट गया। शैम्पेन खोली गई, घूंट भरने के साथ सभी पार्टी एनज्वॉय करने लगे, परन्तु शिखा की दृष्टि बार-बार दरवाजे की तरफ उठती—उसके चेहरे पर कुछ व्याकुल-सी प्रतीक्षा झलक रही थी।

सहसा एक युवती ने कहा—'किधर खो गई है तू?'

'आं...!' शिखा चौंककर बोली—'कुछ नहीं, कुछ भी नहीं।'

'मैं देख रही हूं तेरी दृष्टि बार-बार दरवाजे की ओर जा रही है—शायद तुझे उसी युवक की प्रतीक्षा है।'

'अरे नहीं।'

'जरा सीने पर हाथ रखकर यही बात कह दे।'

शिखा के होंठ केवल हिलकर रह गए।

मधु ने आगे आकर कहा—'तुम लोग जो कुछ समझ रही हो, वह सच है।'

'यानी शिखा को वास्तव में उस युवक की प्रतीक्षा है।'

'ऑफकोर्स—उस युवक की कुछ बातें ऐसी हैं, जो अवश्य अपने मिलने वालों पर अपना प्रभाव छोड़ जाती हैं।' फिर मधु ने शिखा से कहा—'क्यों शिखा—मैं गलत तो नहीं कह रही?'

'जी नहीं, आपका अनुभव गलत कैसे हो सकता है?'

'मैं ने उस युवक को देखा है, वह इस युग का युवक नहीं मालूम होता—ऐसा लगता है जैसे सतयुग के किसी पुरुष ने पुनर्जन्म ले लिया हो।'

सोमी ने दिलचस्पी से पूछा—'वास्तव में...?'

'हां सोमी, उसकी पर्सनेल्टी में एक ऐसी अलग-सी कशिश है। ऐसा लगता है जैसे सतयुग कलियुग से युद्ध कर रहा हो।'

'ओहो...!'

'देखने में भी आजकल के युवकों से बिलकुल अलग है।'

तमाम लड़कियां मधु के चारों तरफ जमा हो गईं और दिलचस्पी से उसकी बातें सुनने लगीं—शिखा की कल्पना में उस युवक की छवि घूमी और पता नहीं क्यों उसका हृदय धड़क उठा—फिर किसी के आने की सूचना मिली तो शिखा का शरीर हिलकर रह गया।

अन्दर से आवाज आती लगी—'अवश्य वही होगा।'

वह गिलास रखकर जल्दी से बाहर आई—परन्तु वह कोई दूसरा मेहमान था। उसके चेहरे पर कुछ निराशा-सी नजर आई—वह वापस आ गई।

सोमी ने उसे ध्यानपूर्वक देखकर पूछा—'नहीं आया वह?'

'नहीं।'

'आयेगा भी या नहीं?'

'मेरा मन कहता है कि वह अवश्य आयेगा।'

पार्टी चलती रही—रात आधी से भी अधिक बीत गई—शिखा का मेहमान युवक नहीं आया और ऐसा बिलकुल पहली बार हुआ कि शिखा का मन फंक्शन में बिलकुल नहीं लगा। उसका ध्यान उस युवक की तरफ ही लगा रहा—फिर किसी के आने की सूचना मिली—मगर वह भी युवक नहीं निकला।

सोमी ने शिखा से कहा—'तू बेकार ही प्रतीक्षा कर रही है—वह नहीं आयेगा।'

इस बार शिखा ने कोई उत्तर नहीं दिया—परन्तु उसका मन कह रहा था कि वह युवक झूठा नहीं हो सकता—वह आयेगा अवश्य—मधु उसका चेहरा इस तरह देख रही थी, जैसे वह शिखा की भावनाओं को पढ़ने का प्रयास कर रही हो।

पार्टी 5 बजे समाप्त हो गई, परन्तु युवक नहीं आया—शिखा के चेहरे से लग रहा था कि वह दुखी भी है और व्याकुल भी।

***

उस रोज सुबह 7:00 बजे शिखा ने पार्टी ड्रेस उतारा और नाइट सूट पहना—फिर वह बिस्तर पर लेटी ही थी कि फोन की घंटी ने उसे चौंका दिया—उसके मन में एक अलग प्रकार की धड़कन पैदा हुई।

उसने हाथ बढ़ाकर रिसीवर उठाया और बोली—'हैलो!'

'अरी शिखा, मैं सोमी हूं।'

शिखा के जहन को झटका-सा लगा। उसने जल्दी से कहा—'हां बोलो।'

'मैं समझी तू सो गई होगी।'

'अभी चेंज करके लेटी हूं—मगर बात क्या है?'

'वह आया था।'

शिखा झटके से उठती हुई बोली—'वही आया था?'

'हां।'

'कब?' शिखा ने व्याकुल होकर पूछा।

'अभी 6:00 बजे।'

'ओहो...!'

'उसने शेव बनाकर एक अच्छा सूट पहन रखा था—बाल संवरे हुए थे—जैसे पार्टी का मुख्य अतिथि बनकर आया हो।'

'फिर...?'

'उसने वॉचमैन से पूछा, मेमसाहब कहां गईं?

वॉचमैन ने समझा मुझे पूछ रहा है, उसने कहा अन्दर हैं। फिर वॉचमैन ने मुझे सूचित किया, मैं बाहर आई तो युवक ने तेरे लिए पूछा, जब मैंने बताया कि तू तो चली गई, तो ऐसा लगा जैसे उसके ऊपर बिजली गिर पड़ी हो।'

शिखा के हृदय पर एक घूंसा-सा लगा। उसने पूछा—'फिर...?'

'मैंने उससे कहा कि तूने 5:00 बजे तक उसकी राह देखी थी—वह कहने लगा उन्होंने कहा था कि पार्टी सुबह तक चलेगी—जब मैंने कहा था कि मैं आऊंगा तो मुझे आना ही था और जब उन्होंने कहा था कि मेरी प्रतीक्षा करेंगी तो करनी ही थी—चाहे मैं 8:00 बजे ही क्यों न आता।'

'फिर...?' शिखा ने व्याकुल होकर पूछा।

'उसने अचानक गेट के पास ही जमीन पर उकड़ूं बैठकर रोना शुरू कर दिया।'

'ओ नो!'

'मैं बौखला गई, उसे बहुत समझाया, परन्तु वह रोता ही रहा—काफी देर बाद वह उठा—आंसू पोंछकर भर्राई हुई आवाज में बोला—अब मैं उनसे कभी नहीं बोलूंगा, अगली बर्थडे पर हर्गिज नहीं आऊंगा।'

'फिर...?'

'फिर वह चला गया।'

'तूने उसे अन्दर क्यों नहीं बुला लिया, मुझे फोन कर देती।'

'मैंने तो बहुत प्रयास किया, परन्तु उसने एक न सुनी—वह बहुत दुखी मालूम हो रहा था।'

'हे भगवान...!'

'तुझे उसका नाम और पता मालूम है, तो तुरन्त उससे मिलने का प्रयास कर।'

'नहीं सोमी, मुझे तो कुछ भी नहीं मालूम।'

'ओ गॉड! यह तो बहुत बुरा हुआ शिखा। इस बार मैंने उसे बहुत ध्यान से देखा है—वास्तव में वह इस युग का मनुष्य नहीं मालूम होता, वह मिट्टी में पड़ा हुआ हीरा है—तूने एक हीरा खो दिया।'

'मगर इसमें मेरी क्या भूल है?'

'यह भी सही है।'

'मैं क्या करूं सोमी?'

'उसे किसी भी तरह ढूंढ।'

'कहां ढूंढूं? वह तो बस यों ही इत्तफाक से सड़क पर मिल गया था। उसके बारे में और मैं कुछ भी नहीं जानती।'

'शिखा ढूंढने से तो भगवान भी मिल जाते हैं—तू उसे ढूंढने का प्रयास तो कर।'

'ढूंढूंगी—अवश्य ढूंढूंगी।'

'मैंने भी उसे देखा है—मैं भी उसे ढूंढूंगी—कभी भी मिल गया तो मैं उसे बताऊंगी कि शिखा उससे मिलने को कितनी व्याकुल है।'

'थैंक्यू सोमी।'

फिर उसने रिसीवर रख दिया—उसकी आंखों से नींद गुम हो गई थी—कल्पना में युवक की छवि घूम रही थी—जिसे उसने कल से पहले देखा तक नहीं था—मन बार-बार तड़प उठता कि किसी तरह वह युवक उसे एक बार फिर मिल जाये—फिर उसे कभी नहीं खोने देगी।

फिर उसने आंखें बन्द कर लीं, लगा युवक उसके बहुत निकट हो, उसने घबराकर आंखें खोल दीं—परन्तु वहां कोई नहीं था—शिखा ने जल्दी से उठकर पानी का गिलास होंठों से लगा लिया।

***

किशोर की नींद टूटी तो फोन की घंटी बज रही थी। उसने रिसीवर उठाकर कहा—'हैलो!'

'गुड मॉर्निंग डार्लिंग के.के.।'

दूसरी तरफ से रवीना की आवाज सुनकर किशोर का मूड इस तरह बिगड़ गया, जैसे बेड टी की जगह कुनैन का पानी पी लिया हो—उसने सोचा सवेरे-सवेरे किस पनौती की आवाज सुन ली—पता नहीं अब पूरा दिन कैसे बीतेगा?

दूसरी तरफ से फिर आवाज आई—'मैं समझ गई—तुम सोच रहे हो सुबह-सुबह किस पनौती की आवाज सुन ली, पता नहीं दिन कैसा बीतेगा।'

किशोर ने हल्की सांस ली—यह सोचकर कि इस औरत का सिक्स्थ सेंस कितना तेज है—केवल फोन पर मेरी खामोशी से ही समझ लिया कि मैं उसके बारे में क्या सोच रहा हूं। मगर वह संभलकर बोला—'तुम्हें क्या अपने बारे में यही गलतफहमी है कि तुम पनौती हो? या कभी किसी ने तुम्हें इस बात का अहसास दिलाया है?'

'मैंने अपनी उम्र यों ही नहीं गंवाई—तुम जैसे पुरुषों को अच्छी तरह स्टडी किया है। मेरी तरह जिस महिला की फिगर बिगड़ जाती है, तो वह उन्हें पनौती ही लगती है।'

'मैं तुम्हारे अनुभव को चैलेंज नहीं कर सकता, ऐनी वे तुम्हारे फोन की घंटी सुनकर मैं जागा था। पूरी तरह होश में न था।'

'ओहो—तुम अब तक सो रहे हो?'

'अभी टाइम ही क्या हुआ है?'

'केवल 9:30 बजे हैं।'

'ओ गॉड!' किशोर जल्दी से उठकर बैठ गया, घड़ी देखकर बोला—'थैंक्यू रवीना, तुम्हारे फोन ने मुझे जगा दिया, वरना आज ऑफिस ही गोल हो जाता।'

'तुम एक नम्बर के नाशुक्रे हो मेरा उपकार क्या मानोगे?'

'जल्दी बोलो, क्यों फोन किया है तुमने?'

'रूबी याद है न?'

'वह हिरोइन बनने की इच्छुक युवती?'

'वही।'

'वह भी कोई भूलने की चीज है?'

'तो फिर आज ही निर्णय ले लो।'

'कैसा निर्णय?'

'एक धनवान सेठ उसकी फाइनेंस करने को तड़प रहा है।'

'ओहो!'

'मैं पहले तुम्हें प्रीफ्रेंस देती हूं, परन्तु तुम्हारा निर्णय मुझे आज ही मालूम हो जाना चाहिए।'

'इसमें निर्णय की क्या बात है? तुम्हें तो मालूम है कि मुझे तो रूबी चाहिए।'

'मेरी शर्त याद है न?'

'याद है।' किशोर ने बुरा-सा मुंह बनाकर कहा। जैसे किसी अच्छी डिश के साथ मक्खी भी निगल गया हो।

'तो फिर आज कहां मिल रहे हो?'

'आज तो मुश्किल है।'

'मैंने तुमसे कहा था न कि तुम्हें आज ही निर्णय लेना है।'

'ठीक है। ऑफिस टाइम के बाद कहीं भी मिल लो।'

'ठीक तुम अपनी गाड़ी लेकर एनएससीआई आ जाओ।'

'तुम्हारी गाड़ी क्या हुई?'

'वर्किंग ऑर्डर में नहीं है।'

'रूबी तुम्हारे साथ होगी न?'

'हां—उसकी एक समस्या है, जो तुम्हें सुलझानी है।'

'कैसी समस्या?'

'यह तो रूबी ही बतायेगी।'

'तुम्हें नहीं मालूम।'

'मालूम तो है, परन्तु तुम जानते हो कि मैं ऐसी समस्याओं के समाधान में अपनी शक्ति नहीं बर्बाद करती।'

'ओके, मैं रूबी से ही मालूम कर लूंगा— धन की तो कोई समस्या नहीं?'

'यह तुम उसी से मालूम कर लेना।'

'ओके।'

'मैं 6:00 बजे एनएससीआई में तुम्हारी राह देखूंगी।'

फोन दूसरी तरफ से डिस्कनेक्ट हो गया—किशोर ने रिसीवर रख दिया—फिर उसने बिस्तर छोड़ने में देर नहीं लगाई—जल्दी से बाथरूम में घुस गया—उसने आज बेड टी की भी प्रतीक्षा नहीं की थी।

तैयार होकर नीचे आया—नौकर से नाश्ता लगाने को कहा—नौकर नाश्ता लेने चला गया—उसी समय मोबाइल की घंटी बज उठी—उसने हैंडसेट का स्क्रीन देखा-बालकेश्वर का नम्बर थे—उसने कॉल रिसिव करके कहा—'हैलो!'

दूसरी तरफ से आवाज आई—'मैं हूं गुरु अंकल।'

'ओहो मित्र चेले!' किशोर खुश होकर बोला—'हां बोलो।'

'रिपोर्ट देनी है।'

'अच्छा—क्या उससे मुलाकात हो गई?'

'जी हां।'

'बोलो।'

'रिपोर्ट कुछ लम्बी है।'

'समझदार हो, मैं ऑफिस निकलने ही वाला हूं—तुम कहां से बोल रहे हो?'

'बालकेश्वर में ही हूं।'

'वह तो मैंने मोबाइल नम्बर देखकर ही समझ लिया था।'

'आपके बंगले के सामने की एसटीडी से।'

'अरे तो बंगले क्यों नहीं आ गए?'

'आपकी आज्ञा के बिना कैसे आ जाता?'

'मोस्ट इंटेलीजेंट ब्वॉय।'

'थैंक्यू अंकल।'

'मैं बस नाश्ता करके निकल रहा हूं—तुम यदि बंगले से निकट ही हो तो आ जाओ नाश्ता कर लो मेरे साथ।'

'नो अंकल।'

'क्यों?'

'मेरी मां का आदेश है कि यदि एक प्याली चाय भी पीनी हो तो किसी की जेब पर भार मत डालो।'

‘तुम्हारी मां वास्तव में बहुत समझदार हैं।’

‘तो मैं आपकी राह देख रहा हूं।’

‘ओके।’

डिस्कनेक्ट होने पर हैंडसेट बंद करके उसने जेब में रख लिया। इतनी देर में नाश्ता आ गया—वह नाश्ता करने लगा—उसे इस युवक में कोई विशेषता अवश्य अनुभव होती थी—विशेष रूप से इसलिए कि उसे इस युवक में अपनी झलक नजर आती थी। जैसे वह फिर से युवा हो गया हो।

नाश्ते के बाद जब वह कार लेकर निकला तो युवक कुछ ही दूर एक पीसीओ के पास खड़ा दिखाई दिया—उसने कार रोक दी। युवक निकट आ गया तो किशोर मुस्कराया।

‘गुड मॉर्निंग अंकल।’

‘वेरी गुड मॉर्निंग। आओ बैठो।’

‘आपकी आज्ञा से।’ युवक अन्दर बैठता हुआ बोला।

कार चल पड़ी तो किशोर ने पूछा—‘कहां और कैसे मुलाकात हुई उस युवती से?’

‘मैंने आपको बताया था न कि जब मैं उसका वैनिटी बैग लेकर वापस पहुंचा तो वह जा चुकी थी।’

‘हां, बताया था।’

‘आपने सलाह दी थी कि उसका वैनिटी बैग पहुंचा दूं।’

‘हां।’

‘मैंने बताया था कि उसके बैग में एक इन्वीटेशन कार्ड भी था—उस पर वह पता था, जहां वह जा रही थी।’

‘कहां?’

‘ओ नो अंकल—प्लीज जासूसी मत कीजिए।’

‘बहुत सयाने हो।’ किशोर हंसकर बोला।

‘आई एम सॉरी अंकल—मैं अपना नियम नहीं तोड़ सकता।’

‘कोई बात नहीं आगे बोलो।’

‘मैं उसका वैनिटी बैग लेकर उस पते पर पहुंच गया।’

फिर उसने वह सब बताया, जो उसके और शिखा के बीच हुआ था। अन्त में बोला—‘मैंने सोचा था कि अब उसका निमंत्रण ठुकराना नहीं चाहिए—मैंने उससे कहा कि मैं पार्टी योग्य वस्त्र पहनकर आता हूं मुझे यहीं मिलना और चला गया।’

‘फिर...?’

‘उसने बताया कि पार्टी सुबह तक चलेगी—मैंने कई जगह कोई ऐसा व्यक्ति ढूंढा, जिसके वस्त्र मेरे शरीर पर फिट हों। फिर एक गली में मुझे एक अधेड़ उम्र का व्यक्ति ऐसा मिल गया, जो ऐसा कीमती सूट पहने था, जो मेरे शरीर पर फिट आ सकता था। वह शराब के नशे में धुत एक युवती के साथ था, जो स्वयं भी धुत थी—दोनों कार में खर्राटे भर रहे थे।’

'फिर...?'

'उसके वस्त्र उतारने में कोई परेशानी नहीं हुई, पहने तो ऐसा लगा जैसे मेरे ही नाम के सिले हों। मैं खुश हो गया। मैंने घड़ी देखी 3:00 बजे थे, मैं 6:00 बजे तक सड़को पर भटकता रहा—ठीक 6:30 बजे उस जगह पहुंचा जहां पार्टी थी—पार्टी 5:00 बजे ही समाप्त हो चुकी थी।'

'फिर...?'

'फिर मैंने अन्दर सूचना भिजवाई, अंदर से वह युवती आई, जिसकी बर्थडे थी। उसने बताया कि वह युवती जा चुकी है जिसके लिए मैं गया था—बस मैं वहीं धरती पर बैठकर फूट-फूटकर रोने लगा।'

'नाइस—वेरी नाइस।'

'मेरा इम्प्रेशन तो पहले ही काफी जम चुका था—मेरे रोने से और अधिक प्रभावित हो गई वह बर्थडे वाली युवती।'

'एक्सीलेंट—फिर...?'

'फिर मैंने कहा कि जब मैंने कहा था कि मैं आऊंगा तो आ गया। उससे कहा था कि मेरी प्रतीक्षा करे तो क्यों प्रतीक्षा नहीं की? अब मैं उससे कभी नहीं मिलूंगा?'

'एक्सीलेंट।'

'परन्तु अब क्या होगा अंकल?'

'अब वह युवती तुम्हें पागलों की मानिन्द ढूंढेंगी।'

'मगर मैं क्या करूं?'

'अभी कुछ रोज धीरज रखो—उसका चार्ज हाई पीक पर पहुंचने दो—उसके बाद तो वह एकदम शाख की तरह तुम्हारी गोद में आ गिरेगी।'

'मगर वह मुझसे मिलेगी कैसे? उसे तो मेरा पता-ठिकाना अलग रहा, मेरा नाम भी नहीं मालूम।'

'तुम्हें तो मालूम है कि वह कहां रहती है?'

'जी हां।'

'बस तो तुम अचानक उसके सामने ऐसे आ जाना जैसे इत्तफाक से मिल गए हो—फिर उससे बचने की कोशिश करना।'

'मैं आपकी बात का अर्थ समझ गया गुरु अंकल।'

'अरे! यदि गुरु अंकल की बताई डगर पर चले तो जीवन भर ऐश करोगे चेले मित्र—परन्तु एक बात अवश्य गांठ में बांध लो।'

'वह क्या?'

'लड़कियां कभी किसी चोर को पसन्द नहीं करतीं—इसलिए तुम्हें अपना धंधा तो छोड़ना ही पड़ेगा।'

'सोच तो मैं भी यही रहा हूं गुरु अंकल।' युवक सिर खुजाकर बोला।

'केवल सोचने से ही किसी समस्या का समाधान नहीं मिल जाता चेले मित्र—सोचो पर अमल भी करना पड़ता है।'

'आपका मतलब है मैं नौकरी कर लूं?'

'यदि उस युवती को जाल में फांसना है, तो यह तो करना ही पड़ेगा चेले मित्र।'

'परन्तु जितनी कमाई मुझे इस धंधे में ही हो जाती है, क्या उतनी किसी नौकरी में हो सकती है?'

'कितनी कमाई होती है?'

'अपनी मां को खर्चा भेजने के बाद 4-5 हजार तक बच जाते हैं—अपने चेलों को देकर।'

'यह रकम तो कोई बड़ी रकम नहीं—इतनी रकम तो हर फैक्टरी में मजदूरों के सुपरवाइजर को मिलती है।'

'मगर मैं आपकी फैक्टरी के सुपरवाइजर की नौकरी नहीं छीनना चाहता।'

'मैं उसके लिए एक नई पोस्ट क्रीएट कर लूंगा।'

'वह क्या?'

'पुराने सुपरवाइजर को हैडसुपरवाइजर बना दूंगा, तुम्हें उसकी जगह दे दूंगा।'

'इस प्रकार तो आप मेरे लिए फिजूलखर्जी करेंगे।'

'मेरा कर्ज समझ लेना जिस रूप में चाहो।'

'ओके गुरु अंकल, मुझे स्वीकार है।'

'तो फिर मैं तुम्हें फैक्टरी में क्वार्टर भी दे दूंगा।'

'नहीं गुरु अंकल, रहूंगा तो मैं अपनी खोली में ही।'

'जैसी तुम्हारी इच्छा।'

'और मैं आज आपके संग नहीं जा सकूंगा।'

'क्यों...?'

'अपने लड़कों को अपनी जगह कोई दूसरा लड़का नियुक्त करना है—अब तक उनसे लाभ उठाया है—तो अचानक उन्हें छोड़कर कैसे अलग हो जाऊं—यह तो सरासर उनके साथ धोखा होगा।'

'तुम ठीक कहते हो—चलो कल ही जाना।'

'तो फिर अब गाड़ी रोक दीजिए।'

'अब कम-से-कम अपना नाम तो बता दो।'

'मेरा नाम प्रताप है—बस आगे-पीछे कुछ मत पूछिएगा।'

'ठीक है—मैं डिग्री भी नहीं पूछूंगा।'

'थैंक्यू गुरु अंकल—आप बहुत ग्रेट हैं।'

'चेले मित्र, हर गुरु की इच्छा होती है कि उसका नाम आगे चलाने के लिए भी कोई चेला होना चाहिए।'

फिर किशोर ने एक साइड में लेकर गाड़ी रोक ली।

प्रताप ने गाड़ी रुकते ही कहा—'गुड डे गुरु अंकल।'

'वेरी गुड डे।'

फिर प्रताप ने दरवाजा बन्द किया। किशोर ने गेयर डालते हुए उसे पसन्द करने वाली नजरों से देखा—फिर उसकी कार सड़क पर दौड़ने लगी—पता नहीं क्यों आज प्रताप से मिलकर उसका मन कुछ अधिक ही प्रसन्न हो गया था—शायद इसलिए कि उसे प्रताप में अपने अतीत की झलक नजर आई थी।

कुछ देर बाद गाड़ी फर्म के कंपाउंड में पहुंचकर रुक गई।

ठीक 5:00 बजे किशोर ने फाइल बंद कर दी। फिर वह उठने की तैयारी कर ही रहा था कि फोन की घंटी बज उठी।

उसने रिसीवर उठाकर कहा—'हैलो!'

दूसरी तरफ से आवाज आई—'इट इज रवीना कपूर।'

किशोर के तेवर बिगड़ गए, किन्तु उसने अपने आपको सम्भाले रखा—'बोलो।'

'तुम्हें आज शाम का प्रोग्राम याद है न?'

'मैं एनएससीआई के लिए निकलने ही वाला था।'

'मैंने सोचा था—याद दिला दूं।'

'रूबी तो तुम्हारे साथ होगी न?'

'कितनी बार विश्वास दिलाऊं?'

'तो पूछने की क्या आवश्यकता है? तुम्हें तो मालूम है कि मैं रूबी को प्राप्त करना चाहता हूं।'

'ओके।'

'मैं ऑफिस से निकल रहा हूं।'

फिर किशोर ने रिसीवर रख दिया। कुछ देर बाद उसकी कार सड़क पर दौड़ रही थी—वह सोच रहा था कि काश! रूबी से उसकी मुलाकात रवीना ने न कराई होती—क्योंकि रवीना की शर्त मन में आते ही उसका मूड खराब हो जाता था। फिर उसकी कल्पना में वर्षों पहले की वह रवीना घूम गई, जिसे देखते ही किशोर अपने हवाश खो बैठा था—रवीना ने उसे अपना हसबैंड समझकर उसके गाल पर थप्पड़ मार दिया था, क्योंकि उससे रवीना का पांव कुचल गया था—तब की रवीना और अब की रवीना में धरती, आकाश का अन्तर था। कपूर से शादी के बाद रवीना अपने आपको सम्भालकर न रख सकी थी।

फिर उसके होंठों पर अपने आप मुस्कराहट फैल गई—इतनी सुन्दर महिला कभी इतनी बदसूरत भी हो सकती है, यह उसने सपने में भी नहीं सोचा था। जब उसकी पहली मुलाकात रवीना से हुई थी—फिर उसकी कल्पना में रूबी घूम गई—उसका मन मचल उठा। वास्तव में रूबी

बहुत सुन्दर थी—एकदम नवयुवती और शत-प्रतिशत साफ-सुथरी, जो केवल चंद रोज ही अपने पति के साथ गुजार सकी थी।

शायद उसके मन में रवीना ने जान-बूझकर हीरोइन बनने की इच्छा जगाई होगी—या फिर वह वास्तव में स्वयं ही हीरोइन बनना चाहती हो।

गाड़ी एनएससीआई के पार्किंग में रुक गई—किशोर यहां कभीकभार आ जाता था। इसलिए यहां के स्टाफ से उसकी पहचान नहीं थी—उसने अन्दर प्रवेश किया तो पहला झटका उसे उस समय लगा, जब उसने पुष्पा को देखा।

पुष्पा-जिसके साथ केवल एक रात बिताने के लिए उसे उसकी मांग में सिन्दूर भरना पड़ा था—नाटक करना पड़ा था और जिसने यह दावा किया था कि वह किशोर की बेटी की मां बन गई है—पुष्पा को देखकर कोई कह नहीं सकता था कि वह एक नवयुवती की मां होगी—आयु के लिहाज से वह 30-32 से अधिक नहीं दिखाई दे रही थी—उसने अपना शरीर सम्भालकर रखा हुआ था। वह एक कीमती साड़ी पहने थी—चेहरे पर हल्का-सा मेकअप था।

वह लगभग 60 वर्ष के एक पुरुष के साथ बाहर निकल रही थी—वह किशोर को देखकर बड़े मन लुभावने अंदाज से मुस्कराकर बोली—'हैलो किशोर!'

'हैलो!' किशोर ने बड़े रुखे स्वर में कहा।

'कैसे हो?'

'बहुत सुखी हूं।'

बात आगे बढ़ाये बिना ही किशोर आगे बढ़ आया—उसका मूड थोड़ा खराब हुआ, परन्तु उसने अपने मन पर उसका प्रभाव नहीं पड़ने दिया। वह आगे आकर काउंटर की ओर बढ़ गया—उसने यह भी नहीं देखा कि पुष्पा उस पुरुष के संग किधर गई।

काउंटर क्लर्क ने उसे देखकर आदर से पूछा—'यस प्लीज!'

'रवीना कपूर।'

'रूम नम्बर 313।'

'थैंक्यू।'

किशोर ऊपर आया—रूम नम्बर 313 के सामने पहुंचकर उसकी धड़कनें बढ़ गई—उसने धीरे से दरवाजे पर दस्तक दी—दरवाजा खुला सामने रवीना नजर आई।

रवीना मुस्कराकर एक तरफ हटती हुई बोली—'वेलकम किशोर।'

'थैंक्यू।' उसने अन्दर प्रवेश करते हुए कहा।

वह दरवाजा भेड़कर मुड़ी और बोली—'मैंने सही अंदाजा लगाया था कि तुम इसी समय तक फैक्टरी से यहां पहुंच जाओगे।'

'और वह कहां है—रूबी?'

'बस, आती ही होगी तुम बैठो तो।'

'तुमने तो कहा था कि वह साथ होगी।'

'मैं तुमसे उसके लिए झूठ नहीं बोलूंगी—अभी-अभी उसका फोन आया था कुछ परेशान थी—कह रही थी थोड़ी देर लग जाएगी आने में।'

'क्या परेशानी है उसे?' किशोर ने बैठते हुए पूछा।

'यह तो वह आकर स्वयं ही बतायेगी।'

रवीना ने दो पैग बनाए। एक किशोर की तरफ बढ़ा दिया—चियर करके दोनों ने एक-एक घूंट भरा-परन्तु उसकी निगाहें बार-बार दरवाजे की तरफ ही जा रही थीं।

रवीना ने मुस्कराकर कहा—'बहुत व्याकुल हो रूबी के लिए।'

'कभी तुम्हारे लिए भी ऐसा ही व्याकुल था, परन्तु अब तुम्हारी वह आयु बहुत पीछे रह गई है—जिसमें पुरुष स्त्री के लिए व्याकुल होता है।'

रवीना ने हल्का-सा ठहाका लगाया और बोली—'एक-न-एक दिन रूबी भी इस आयु को पहुंच जाएंगी।'

'यदि उसने अपने आपको तुम्हारी मानिन्द संभालकर नहीं रखा तो।'

'हर वह महिला जो पत्नी बनने की भूल कर बैठे—इसी हालत को पहुंच जाती है।'

'कई महिलाएं पत्नी बनकर भी अपने आपको संभालकर रखती हैं।'

'जिनके पति उन पर कोई पाबन्दी न लगाए।'

'ऐसे पति को ठोकर मार देनी चाहिए।'

'रियली।'

'क्या तुमने अपने पति को नहीं झटकाया?'

'रुबी भी इसी समस्या से जूझ रही है।'

'व्हाट....?' किशोर चौंक पड़ा—'यानी रूबी का हसबैंड...?'

'दुबई चला गया था न'?

'तुमने यही बताया था।'

'उसने दुबई से रूबी को बुलाने के लिए वीजा भेज दिया है।'

'ओह....नो...!'

'पता नहीं, कैसे उसे भनक मिल गई है कि रूबी फिल्मों में हीरोइन बनना चाहती है।'

'फिर...?'

'उसका पति इस इच्छा का कट्टर विरोधी है—उसका कहना है तुम तुरन्त दुबई नहीं आई तो तुम्हें तलाक दे दूंगा।'

'रूबी क्या चाहती है?'

'अभी तक खुलकर नहीं बता पाई, क्योंकि वह इन दिनों अपनी मां और सास दोनों के संग रह रही है और उसकी मां तथा सास दोनों ही भारतीय सभ्यता की पुजारिन हैं—अपने-अपने पति को भगवान मानती थीं।'

किशोर ने बुरा-सा मुंह बनाकर कहा—'क्या बकवास है—आज के युग में तो क्या शायद किसी युग में भी पति भगवान नहीं होता—न कोई पत्नी देवी या पति की दासी होती है—मेरे जीवन का अनुभव तो यह है कि कोई भी महिला भले ही वह विवाहित क्यों न हो, जिस किसी भी दूसरे पुरुष को पसन्द करने लगे, उसे अपना शरीर सौंप देती है।'

यही हाल पुरुष का भी है—दुनिया का कोई भी पुरुष भले ही वह किसी भी धार्म या जाति का हो—केवल अपनी पत्नी का ही पाबंद बनकर जीवन नहीं बिता सकता—जो भी महिला उसे अच्छी लगे एवं उसके हत्थे चढ़ जाए, उसके साथ वह शारीरिक सम्बन्ध बना लेता है।'

एक घूंट भरकर उसने रवीना को ध्यान से देखकर कहा—'क्या तुम अपने पहले या दूसरे हसबैंड की पाबंद थीं?'

'नॉट ऐट ऑल।'

'मैंने तो इस झंझट से बचने के लिए आज तक विवाह ही नहीं किया।'

'यह मेरा तुम्हारा अनुभव है, परन्तु यह रूबी का अनुभव नहीं है।'

'तुम कैसी गुरु हो, तुमने रूबी को नहीं समझाया?'

'उसने कल ही तो मुझे यह समस्या बताई है।'

'और मुझसे वह इस समस्या का समाधान चाहती है?'

'यह तुम जानो।'

'मैं तो उसे सीधे शब्दों में यही सलाह दे सकता हूं कि वह तुरन्त अपने पति से तलाक ले ले।'

'जो मन में आये कह देना।'

'परन्तु वह आयेगी कितनी देर में?'

रवीना ने घड़ी देखकर कहा—'बस से यात्रा करनी है। मेरे विचार में बस अब कुछ मिनट में आती ही होगी।'

'तुमने उसे पहले ही से क्यों नहीं बुला रखा था?'

'मैंने उसे बताया था कि तुम 6:30 बजे तक आ जाओगे। उसने कहा था कि वह उसी समयानुसार आ जायेगी।'

सहसा इंटरकॉम का बजर बोला।

रवीना चौंककर बोली—'शायद वह आ गई।'

फिर उसने रिसीवर उठाकर कहा—'यस।'

'सेंड हर।'

फिर उसने रिसीवर रखकर आंखें नचाकर कहा—'आ गई वह।'

किशोर की हृदय गति तेज हो गई—उसने गिलास से घूंट-भरा। वह सोच रहा था कि क्या आज ही यह स्वर्ण मछली उसके जाल में फंस सकती है? साथ ही उसे रवीना की शर्त याद आ गई और उसका मूड फिर खराब होने लगा—फिर उसने तुरन्त स्वयं को सम्भाल लिया।

इतने में दरवाजे पर दस्तक हुई।

रवीना ने दरवाजे की तरफ देखकर ऊंचे स्वर में कहा—'कम इन।'

दरवाजा खुला और किशोर को ऐसा लगा जैसे बहार का झोंका-सा अन्दर आया हो—रूबी ने ही प्रवेश किया था—फिर उसने दरवाजा भेड़ दिया। उसके शरीर पर एक सादा-सा सलवार-सूट और दुपट्टा था। चेहरे पर जरा-सा भी मेकअप न होने पर भी वह किसी अप्सरा से अधिक सुन्दर दिखाई दे रही थी, उसके बाल हवा से बिखरे हुए थे—आंखों में व्याकुलता थी—होंठ सूख गए थे।

उसने आदर से किशोर से कहा—'गुड इवनिंग सर।'

'वेरी गुड इवनिंग।' किशोर मुस्कराया।

रवीना ने बीच में कहा—'सर पूरे एक घंटे से तुम्हारी प्रतीक्षा कर रहे हैं।'

'आई एम सॉरी सर।' रूबी ने होंठों पर जबान फेरकर कहा—'कई बसें निकलने के बाद एक बस में खड़े होने की जगह मिली थी।'

'तुम टैक्सी कर लेती।' किशोर ने कहा।

'सर, मेरे पास टैक्सी का किराया नहीं था।'

'किराया यहां आकर दे दिया जाता।'

'सॉरी सर। मैं इस तरह कुछ नहीं लेना चाहती।'

'फिर कैसे लेती हो।'

रूबी के होंठ हिलकर रह गए—वह कुछ बोल नहीं पाई।

रवीना ने जल्दी से कहा—'बैठ जाओ—तुम थकी हुई हो।'

वह एक सोफे के किनारे पर सिकुड़-सिमटकर बैठ गई—रवीना ने उसे ध्यान से देखकर कहा—'नीचे कोई पहचाना वाला तो नहीं मिला?'

'जी मिली थीं।'

'कौन....?'

'मां की एक पहचान वाली हैं।'

'भला इतने बड़े क्लब में तुम्हारी मां की पहचान वाली कहां से निकल आई?'

'वह किसी के साथ थीं।'

'कौन थीं?'

'जी पुष्पा आंटी।'

किशोर के सिर पर जैसे किसी ने हथौड़ा दे मारा हो—उसके चेहरे पर कई रंग आए-गए, परन्तु उसने शीघ्र ही स्वयं को संभाल लिया।

रवीना रूबी से पूछ रही थी—'पुष्पा-वह जो इन दिनों एक बूढ़े सेठ सिंघानिया के साथ अधिक देखी जाती हैं'?

'जी, वह शायद सेठ सिंघानिया ही थे।'

'पुष्पा ने तुमसे तो कुछ नहीं पूछा?'

'जी पूछ रही थीं।'

'क्या?'

'कह रही थीं—भला तुम्हारा यहां क्या काम?'

'तुमने क्या कहा?'

'मैं घबराई थी। कह दिया कि रवीना आंटी के मॉडलिंग सेंटर में मुझे काम मिलने वाला है—इसी सिलसिले में उनसे मिलने आई हूं मैं।'

'तो उसने क्या कहा?'

'कहने लगीं—रवीना जैसी महिलाओं से तुम जैसी युवती को दूर रहना चाहिए।'

'कुतिया!' रवीना ने दांत पीसकर कहा—'मेरे लिए ऐसा बोल रही है अपने गिरेबान में झांककर नहीं देखती।'

'ज...ज...जब..म...म...मैं...।'

'आई विल किल हर बास्टर्ड।'

किशोर ने बीच में कहा—'कम ऑन रवीना—डोंट गेट एक्साइटेड।'

'आई एम सॉरी सर—बट आई हेट दैट बिच।'

'छोड़ो—क्यों मूड खराब कर रही हो?'

रवीना पैग से ऐसे घूंट भरने लगी जैसे, वह पुष्पा के खून के घूंट भर रही हो—रूबी कुछ अधिक सहम गई थी।

किशोर ने कहा—'डोंट वरी रूबी—इन इज डन।'

'जी...!'

'तुम आज तो शैम्पेन लोगी?'

'नो सर—मैं केवल सॉफ्ट ड्रिंक ही लूंगी।'

किशोर ने गिलास रखकर थम्स-अप का ऑर्डर दिया। फिर वह रवीना से बोला—'अपना मूड ठीक करो रवीना।'

'ओ सर, मैं बिलकुल ठीक हूं।'

किशोर ने एक घूंट भरकर रूबी की ओर देखा। उसी समय दरवाजे पर दस्तक हुई।

किशोर ने ऊंचे स्वर में कहा—'कम इन।'

वेटर अंदर आया। कोल्ड रखकर बोला—'सर, कुछ और तो नहीं चाहिए?'

'फोन पर ऑर्डर दे देंगे।'

'सर डिनर तो लेंगे?'

'कह दिया बाद में बता देंगे।'

'वह सर, 9 बजे तक जितने ऑर्डर मिल जाते हैं वास्तव में वहीं ऑर्डर सर्व होते हैं—9 बजे के बाद फिर कोई ऑर्डर नहीं लिया जाता।'

'ओह!' रवीना ने कहा—'तो फिर ऑर्डर नोट कर लो।'

'तीन डिनर सर?'

रवीना ने रूबी से पूछा—'तुम तो डिनर लेकर जाओगी?'

'जी नहीं, मां और मांजी संदेह करती हैं।'

रूबी ने वेटर से कहा—'दो डिनर नॉन।'

वेटर चला गया, परन्तु किशोर को कुछ निराशा-सी हुई—उसने सोचा कि आज रूबी मिल जायेगी।

उसने रूबी से कहा—'इस तरह डरती रहोगी तो हीरोइन कैसे बनोगी?'

'जी, अभी इस बात का निर्णय ही कब हुआ है।'

'किस बात का?'

'कि मैं हीरोइन बनूंगी भी या नहीं।'

'परन्तु तुम तो निर्णय ले चुकी थीं।'

'जी—एक समस्या आ गई है।'

'कैसी समस्या?'

'क्या रवीना आंटी ने आपको कुछ नहीं बताया?'

'उन्होंने कहा था कि तुम स्वयं बताओगी।'

'हां रूबी।' रवीना ने कहा—'मैंने सोचा तुम अच्छी तरह अपनी समस्या बता सकोगी।'

'जी।'

'क्या समस्या है तुम्हारी?' किशोर ने पूछा।

'जी वह...।'

'बेझिझक होकर बताओ।'

'जी-आप जानते ही हैं, मैं मैरेड हूं।'

'हां।'

'पता नहीं कैसे मेरे पति को मालूम हो गया कि मैं हीरोइन बनने की इच्छुक हूं।'

'फिर...?'

'वह यह सब बिलकुल पसन्द नहीं करते।'

'फिर....?'

'उन्होंने दुबई से मेरे लिए वीजा भेज दिया है और मुझे तुरन्त बुलाया है।'

'फिर—? तुमने क्या निर्णय लिया है?'

'जी मैं अभी तक कोई निर्णय नहीं ले सकी हूं।'

'क्यों...? किसने रोका है तुम्हें?'

'जी, वह मां और मदर-इन-लॉ...।'

'क्या वह दोनों सदा तुम्हारे संग रहेंगी?'

'जी...!'

'एक बात खुलकर बताओ।'

'जी-पूछिए।'

'जब तुमने हीरोइन बनने के लिए सोचा था, तब तुमने अपनी मां या मदर-इन-लॉ से मशविरा किया था?'

'जी, तब मेरी शादी नहीं हुई थी।'

'चलो, मदर-इन-ला न सही मां तो थीं।'

'जी!'

'क्या तुमने उनसे मशविरा लिया था?'

'जी, मां तो कभी आज्ञा न देती।'

'जब तुम्हें यह यकीन था, तो तुमने हीरोइन बनने के लिए सोचा ही क्यों?'

'जी....वह...।'

'तुमने तो प्रयास भी आरम्भ कर दिया था।'

'जी हां।'

'क्या इसलिए कि जब कोई विरोध प्रकट करे तो तुम अपना निर्णय ही बदल दो।'

रूबी के होंठ हिलकर रह गए।

किशोर ने घूंट भरकर फिर कहा—'तुम्हारे इस प्रश्न का कोई उत्तर नहीं।'

रूबी चुप रही तो किशोर ने कहा—'देखो रूबी—दुनिया के हर व्यक्ति के अन्दर कहीं-न-कहीं कोई न कोई कलाकार छिपा होता है—जब वह छोटा-सा बच्चा होता है तो मिट्टी के घरौंदे बनाता बिगाड़ता है, कोयले से लकीरें बनाता है—कोई चित्र बनाने का प्रयास करता है।

कुछ ही भाग्यशाली ऐसे होते हैं जिनके अन्दर के कलाकार को उभरने का अवसर प्राप्त होता है—वरना आमतौर पर प्रैक्टिकल लाइफ में आने से पूर्व ही मनुष्य के अन्दर का कलाकार मर जाता है।'

चंद क्षण चुप रहकर वह फिर बोला—'वास्तव में वह कलाकार मरता नहीं बल्कि उसका मर्डर कर दिया जाता है—बिलकुल इसी तरह जैसे तुम्हारे अन्दर एक कलाकार छिपी है, जो तुम्हारी इच्छा की सीढ़ियां चढ़कर ऊपर आने का प्रयास कर रही है—परन्तु तुम्हारी मां और मदर-इन-ला तुम्हारे अन्दर की कलाकार का मर्डर करने का प्रयास कर रहे हैं। याद रखो, हर कलाकार जनता की अमानत होता है और तुम्हें कोई अधिकार नहीं कि जनता की उस अमानत को जन्म लेने से पहले ही मार डालो।'

कुछ रुककर वह फिर बोला—'और फिर दुनिया बहुत बदल चुकी है—पहले स्त्री पुरुष की दासी थी—अब पूरि दुनिया में महिलाएं मर्दों के बराबर खड़ी है-आए दिन ब्यूटी कंटेस्ट होते

हैं—जिनसे हमें सुन्दर-से-सुन्दर युवतियों की सुन्दरता देखने का अवसर मिलता है—वरना पहले के युग में महिलाओं को घूंघट या बुर्के में लपेटकर रखा जाता था। तब पुरुष स्त्री को अपनी दासी बनाकर रखना चाहता था—उसे अपनी मर्जी से अपना कैरियर चुनने का भी अधिकार नहीं था—पहले घर के बड़े यह निर्णय लिया करते थे कि लड़की को पढ़ाया जाए या न पढ़ाया जाए।'

एक घूंट भरकर फिर बोला—'तुम इस युग की पढ़ी-लिखी स्त्री हो—एक पुरुष की दासी बनकर अपने अन्दर छिपी कलाकार का गला घोंट दो, यह तुम अपने आप पर ज़ुल्म करोगी। फिर तुम किसी की पाबंद नहीं हो, अपना कैरियर चुनने और बनाने का अधिकार तुम्हें ऊपर वाले से मिला हुआ है।

यह निर्णय करना कि तुम कलाकार बनो या एक पुरुष की दासी बनकर आजीवन कारावास ले लो तुम्हारा काम है—इसमें न तुम्हारी मां या सास का दखल होना चाहिए न हसबैंड का।'

कुछ देर चुप रहकर किशोर ने फिर पूछा—'तुम समझ रही हो कि मैं क्या कहना चाहता हूं?'

'जी हां।'

'तो तुम एक कायर नारी की भूमिका निभाओगी या अपना निर्णय स्वयं लोगी?'

'जी, मैं अपना निर्णय स्वयं लूंगी।'

सहसा रवीना ने आंखें चमकाकर कहा—'नाइस, यह हुई न वीरता वाली बात।'

'तो तुम...।' किशोर ने कहा—'अपने पति को सूचित कर दो कि तुम दुबई नहीं आ रही।'

'जी इसमें एक दुश्वारी है।'

'क्या?'

'वास्तव में मेरे हसबैंड ने मेरी मां के ऑपरेशन के लिए कुछ रकम दी थी।'

'और बदले में तुमने रिश्ता कर लिया था।'

'जी, यह रिश्ता मां ने तय किया था।'

'तो यह कहो कि मां के ऑपरेशन की कीमत पर तुम्हें खरीदा था।'

'जी यही समझ लें।'

'कितनी रकम थी?'

'एक लाख।'

'केवल एक लाख।'

'जी हां और मुझसे प्रोनोट साइन करा लिया था।'

किशोर जेब से चेकबुक निकालकर एक चेक भरकर रूबी की तरफ बढ़ाकर बोला—'यह लो, पूरे एक लाख पच्चीस हजार हैं।'

'जी....!' रूबी की आंखें आश्चर्य से फैल गईं।

'लो तो सही।'

रूबी ने चेक ले लिया।

किशोर ने कहा—'अपने हसबैंड की कीमत अदा करके इस रिश्ते से छुटकारा पा लो।'

'जी...मगर...।'

'और सुनो...जो कुछ बचे उससे अपने और मां के लिए अच्छे रहन-सहन इलाज और खाने-पीने का प्रबंध करो—कुछ कमी पड़े तो मुझे बताना।'

'जी...परन्तु यह रकम...?'

'यह मैं तुम्हें कर्ज दे रहा हूं।'

'जी...!'

'परवाह मत करो—मैं इस कर्ज के बदले तुमसे किसी प्रोनोट पर साइन नहीं लूंगा।'

'जी...फिर...?'

'मैं तुम्हें हीरोइन बनवाऊंगा।'

'जी....!'

'शेष मामलात रवीना तुमसे तय कर लेगी।'

'जी—मैं आपका उपकार कभी नहीं भूलूंगी।'

'नो उपकार रूबी—आज के युग में कोई किसी पर मुफ्त उपकार नहीं करता। जो कुछ मेरे पास है, मैं तुम्हें दे रहा हूं—जो कुछ तुम मुझे दे सकती हो, तुम दे देना।'

रूबी के चेहरे पर कई रंग आए-गए तो रवीना ने कहा—'पागल लड़की, इतना बड़ा सौभाग्य हर एक को नहीं प्राप्त होता—मुझे देखकर शिक्षा ले—दूसरे पुरुष के हाथों बिककर मेरी क्या दशा है—वरना मुझसे भी अधिक उम्र की महिलाएं तेरी मानिन्द युवतियां नजर आती हैं।

जरा उस समय की कल्पना कर, जब तेरी फिल्म की शूटिंग होगी। तेरे फोटो छपेंगे—तेरी फिल्म के बड़े-बड़े बैनर लगेंगे—तेरी फिल्म रिलीज होगी तो लोग तुझे स्क्रीन पर देखकर आहें भरेंगे—लाखों फैन्स तुझे चिट्ठियां लिखा करेंगे—तब तुझे अपनी और अपनी सुन्दरता की महत्ता का अंदाजा होगा और तुझे यह सब मिलेगा तो सर के जरिये।'

इस बार रूबी ने चेक तह करके गिरेबान में रख लिया और कोल्ड ड्रिंक का गिलास खाली करने लगी—किशोर का मन खुशी से झूम उठा यह सोचकर कि उसका काम बन गया।

रूबी गिलास खाली करके उठी तो रवीना ने कहा—'अरे! तुम तो जा रही हो।'

'जी मुझे अभी जाकर वकील से बात करनी है।'

'फिर कब मिलोगी?'

'मैं फोन करके बता दूंगी।'

'तो तुम पति का कर्ज अदा कर दोगी?'

'हां।'

'और उससे तलाक ले लोगी?'

'यदि मुझे हीरोइन बनने की अनुमति नहीं मिली।'

'यदि मिल गई तो...?'

'फिर तलाक की क्या आवश्यकता है?'

किशोर ने कहा—'रूबी ठीक कह रही है।'

'तो फिर...।' रवीना ने रूबी से कहा—'सर का ध्यान रखना तुम्हारा पहला काम होगा।'

'सर! आप मुझे किसी प्रोड्यूसर के यहां हीरोइन साइन करायेंगे न?'

'शत-प्रतिशत।'

'और उस प्रोड्यूसर को सर ही फाइनेंस करेंगे।'

'ऑफकोर्स।'

'तो सर बाद में ही फाइनेंस करेंगे न?'

'मैं समझ गई, फिर तुम मुझे कब फोन करोगी?'

'यह तमाम काम निपटने में एक-दो रोज तो लग ही जायेंगे।'

'ठीक है, मैं तुम्हारे फोन की प्रतीक्षा करूंगी।'

'जी ठीक है, अब मैं चलूं?'

'हां, तुम जा सकती हो।'

'थैंक्यू रवीना आंटी।'

'और सुनो।' किशोर ने 500 का नोट बढ़ाकर कहा—'यह रखो।'

'जी...किसलिए?'

'तुमने कहा था कि तुम बिना कुछ तय हुए किसी से कुछ नहीं लेती। अब तो सब कुछ तय हो गया है और तुम अब भविष्य की हीरोइन हो, अब तुम्हें बस में सफर नहीं करना चाहिए।'

'जी!'

उसने नोट ले लिया और चली गई—रवीना उछल पड़ी। उसने खुशी से किशोर के हाथ पर हाथ मारकर कहा—'मार लिया मैदान...।'

'हां—परन्तु अभी काम अधूरा है।'

'काम पूरा ही समझो।'

'मुझे इतनी जल्दी विश्वास नहीं हो सकता।'

'क्यों....'

'लड़की है, बदलते कितनी देर लगती है।''

अचानक रवीना के तेवर बदल गये। उसने आंखें निकालकर क्रोध से कहा—'यह कहो कि तुम बदल रहे हो।'

'व्हाट...?'

'मेरी शर्त भूल गये?'

'देखो रवीना...।'

'सुनो किशोर, यदि मैं काम बना सकती हूं तो चुटकियों में बिगाड़ भी सकती हूं। मुझे मालूम है कि तुम इतने बड़े आदमी नहीं हो कि किसी फिल्म को फाइनेंस कर सको। यदि रूबी को किसी तरह भी यह बात मालूम हो जाए तो समझ लो तुम्हारा सवा लाख तो गया और उसके लिए फाइनेंसर ढूंढने में मुझे जरा भी देर नहीं लगेगी।'

'तुम गलत समझ रही हो।' किशोर ने भर्राई हुई आवाज में कहा—'मैंने तुम्हारी शर्त मानने से कब इंकार किया है?'

फिर उसने इस तरह व्हिस्की का घूंट गले से उतारा, जैसे जबरदस्ती नाली का पानी पीना पड़ रहा हो।

***

प्रताप ने कलाई की घड़ी देखी और उधर देखने लगा, जिधर से शिखा की कार आने वाली थी। इस समय वह उस स्टॉप पर खड़ा था, जिस पर खासी लम्बी लाइन थी।

अचानक शिखा की कार आती नजर आई। प्रताप एकदम तैयार हो गया। यह भी इत्तफाक था कि ठीक उसी समय एक बिलकुल भरी हुई बस आकर स्टॉप पर रुकी, जिसमें से केवल 2 व्यक्ति उतरे और कंडक्टर ने घंटी मारकर बस चलवा दी।

प्रताप 2-3 व्यक्तियों के साथ फुट बोर्ड पर चढ़ने के लिए दौड़ा। फिर जैसे ही शिखा की कार बस के पास आ गई, प्रताप ने एक पांव फुट बोर्ड पर रखा और डंडा ढीला पकड़ा। दूसरा पांव ऊपर रखते-रखते वह लड़खड़ाकर गिरा।

कई लोग चिल्लाये—'अरे क्या करते हो?'

'मरने का है क्या?'

प्रताप लुढ़ककर शिखा की कार तक पहुंचा—यदि शिखा ने तुरन्त ब्रेक न लगाये होते तो कार का पहिया उस पर चढ़ जाता—कार चरमराकर रुक गई—प्रताप इस तरह चित हो गया जैसे बेहोश हो गया हो—भीड़ ने उसे घेर लिया। एक ड्यूटी कांस्टेबल भी आ गया तो शिखा के चेहरे पर हवाइयां उड़ने लगी।

लोग शिखा पर बिगड़ने लगे—'अंधी होकर कार चलाती हो?'

'यह कार वाले पैदल चलने वालों को कीड़े-मकोड़े समझते हैं।'

'इनकी दृष्टि में गरीबों की जिन्दगी की कोई कीमत ही नहीं।'

कांस्टेबल ने बोनट पर डंडा मारकर कहा—'ऐ मेमसाहब नीचे उतरो।'

'जी...मगर इसमें मेरा क्या दोष? वह तो अचानक ही बस से गिरकर सामने आ गया था।'

'अरे दोष-फोश का निर्णय अदालत करेगी—पहले इस गरीब को अस्पताल पहुंचाओ—फिर तुम्हें मेरे साथ पुलिस स्टेशन चलना पड़ेगा।'

'वह जिन्दा तो है'?

'हां, केवल बेहोश है।'

फिर शिखा ने कंपकंपाते हाथों से पिछला दरवाजा खोल दिया। कुछ राहगीरों ने प्रताप को उठाकर पिछली सीट पर डाल दिया और कांस्टेबल अंदर बैठकर बड़े रौब से बोला—'चलो।'

शिखा ने कंपकंपाते हाथों से इंजन स्टार्ट किया—कार सड़क पर दौड़ने लगी।

कांस्टेबल ने रौब से कहा—'लाइसेंस है तुम्हारे पास?'

'जी पक्का लाइसेंस है।'

'कब से कार चला रही हो?'

'जब से ड्राइविंग सीखी है।'

'कब से सीखी है ड्राइविंग?'

'जब से मैं कार चला रही हूं।'

'अब तक कितने लुढ़का चुकी हो?'

'केवल 111।'

'व्हाट...? 111!' कांस्टेबल उछल पड़ा।

'जी हां।'

'और अब तक गिरफ्तार नहीं हुई?'

'मेरे डैडी मंत्री हैं।'

'तुम्हारे डैडी कौन है?'

'मिनिस्टर।'

'कौन-से मिनिस्टर?'

'लाशों के पोस्टमार्टम डिपार्टमेंट के मिनिस्टर।'

'हे प्रभु!'

'उनके मातहत रिपोर्ट बदल देते हैं—जो पुलिस वाला पकड़ता है उसे सजा हो जाती है—मैं साफ बच जाती हूं।'

कांस्टेबल का चेहरा फक हो गया। वह थूक निगलकर बड़ी मुश्किल से बोला—'ग....ग...गाड़ी रोकिए।'

'क्यों?'

'म...म...मुझे सूसू लग रहा है।'

'अभी अपने आप ही निकल जाएगा।'

'क...क...क्या मतलब?'

'अभी एक्सीडेंट होने वाला है।'

'क...क...क्यों?'

'क्योंकि गाड़ी रुक नहीं सकती।'

'क...क...क्यों नहीं रुक सकती।'

'ब्रेक वहीं गिर गया है।'

'कहां?'

'जहां इस व्यक्ति को बचाने के लिए फुल ब्रेक लगाए थे।'

'त....त...तो अब गाड़ी कैसे रुकेगी?'

'यदि अस्पताल तक एक्सीडेंट नहीं हुआ तो किसी फुटपाथ पर चढ़ाकर खम्भे से रोकनी पड़ेगी।'

'अरे बाप रे...!'

फिर एक मोड़ पर जान-बूझकर शिखा ने स्पीड कम कर दी और कांस्टेबल ने दरवाजा खोलकर चलती कार से छलांग लगा दी—वह लुढ़कता चला गया—शिखा ने कार की रफ्तार एकदम बढ़ा दी।

काफी दूर आने के बाद शिखा कार एक ऐसी छोटी सड़क पर ले आई, जहां ट्रैफिक बिलकुल नहीं थी—एक साइड में कार रोककर बड़बड़ाई—'जान बची लाखों पाये।'

इंजन बन्द करके उसने इधर-उधर देखा, फिर अपने ही आप बड़बड़ाई—'यह जगह ठीक रहेगी।'

फिर उसने दरवाजा खोला और नीचे उतर आई-पिछला दरवाजा खोलकर उसने प्रताप को नीचे उतारने का इरादा किया—फिर जैसे ही उसकी नजर प्रताप पर पड़ी, वह चिल्ला पड़ी—'हां-यह तो वही है।'

फिर उसने हड़बड़ाकर जल्दी-जल्दी प्रताप को टटोला, नाड़ी देखी, धड़कनें देखीं—खुशी से शांति भरा सांस लेकर बड़बड़ाई—'धन्य हो भगवान, बिलकुल ठीक है।'

फिर वह दरवाजे को बन्द करते-करते रुककर बड़बड़ाई—'हे भगवान! अब मैं क्या करूं-कहां ले जाऊं इसे?'

'पहले किसी डॉक्टर को दिखाना चाहिए।'

'मगर नहीं, अंदरूनी चोट हुई तो क्या बताऊंगी?'

फिर वह बड़बड़ाई—'क्यों न सोमी के यहां आर्च वे ले चलूं।' फिर उसने चुटकी बजाई—'गुड आइडिया।'

फिर वह दरवाजा बन्द करके जल्दी से अगली सीट पर आ बैठी—वह इंजन स्टार्ट कर रही थी कि अचानक कानों में कराहने की आवाज आई—एक बार फिर वह उछल पड़ी।

'आ गया होश में।'

फिर उसने मुड़कर देखा—प्रताप के होंठों से हल्की-हल्की कराहें निकल रही थीं—पलकें भी झपक रही थीं—शिखा जल्दी से उल्टी होकर टनों के बल सीट पर चढ़ गई और प्रताप को हिलाने लगी।

'ऐ हैलो-हैलो!'

प्रताप ने इस तरह आंखें खोल दी जैसे वह काफी देर तक सोते रहने के बाद गहरी नींद से जागा हो—फिर वह शिखा को ध्यानपूर्वक इस तरह देखने लगा जैसे कोई सपना देख रहा हो।

शिखा ने उसका कंधा हिलाकर कहा—'ऐ तुम होश में आ गए।'

प्रताप चुप रहा।

शिखा ने फिर कंधा हिलाकर कहा—'तुम सुन रहे हो?'

'नहीं यह झूठ है।' प्रताप इस तरह बोला जैसे सपने में बोल रहा हो।

'क्या झूठ है?'

'आप-आप भला कैसे मेरे सपने में आ सकती है।'

शिखा के जहन में छनाका-सा हुआ। उसने फिर उसका कंधा हिलाकर कहा—'ऐ तुम सपना नहीं देख रहे।'

'झूठ मत बोलिए।'

'तुम वास्तव में होश में हो।'

'होश में होता तो आपका चेहरा कैसे सामने होता?'

'तुम जाग रहे हो।'

'नहीं—मैं सो रहा हूं।'

प्रताप ने फिर आंखें बन्द कर लीं।

शिखा ने जल्दी से उसका कंधा फिर जोर से हिलाकर कहा—'अरे सुनो तो सही।'

'प्लीज, डोंट डिस्टर्ब मी।'

'अरे, मिस्टर...!'

'मुझे सोने दीजिए।'

'तुम सो नहीं रहे।'

'मैं सो रहा हूं—सोते में ही आप सपने में आ सकती हैं—वरना भला कैसे नजर आ सकती हैं।'

-अरे बाबा! तुम जाग रहे हो और मैं तुम्हारे सामने हूं।'

'नहीं!'

'तुम आंखें तो खोलो।'

प्रताप ने फिर आंखें खोल दी—इस समय उसके चेहरे पर एक बच्चे जैसा भोलापन था।

शिखा की धड़कनें बढ़ गई, उसने प्रताप को हिलाकर कहा—'तुम वास्तव में जाग रहे हो।'

'नहीं!'

'मैं सपने में नहीं, वास्तव में तुम्हारे सामने हूं।'

'नहीं....!'

'तो मुझे छूकर देखो।'

शिखा ने अपना हाथ उसके हाथ पर रख दिया—प्रताप ने उसका हाथ छुआ और दूसरे ही पल वह बुरी तरह उछल पड़ा।

हड़बड़ाकर उठता हुआ चिल्लाने के-से अंदाज में बोला—'मैं कहां हूं?'

'मेरी कार में।'

'आप कौन हैं?'

'जिसे तुम सपने में देख रहे थे।'

'मैं सपने में किसे देख रहा था?'

'जिसे अब देख रहे हो।'

'अब सामने क्यों देख रहा हूं?'

'इसलिए कि तुम मेरी कार में हो।'

'मैं आपकी कार में कैसे पैदा हुआ?'

'तुम मेरी कार से टकरा गए थे।'

'टकरा गया था।' प्रताप चिल्लाया—'यानी मर गया हूं।' फिर वह धड़ाम से लेट गया।

शिखा बौखलाकर चिल्लाई—'अरे! तुम मरे नहीं, जिन्दा हो।'

प्रताप ने आंखें बन्द किए रुंधी आवाज में कहा—'प्लीज मरने के बाद मुझे जिन्दा होने का विश्वास मत दिलाइए, क्योंकि मैंने मन में गिड़गिड़ाकर ईश्वर से प्रार्थना की थी कि यदि मुझे शिखाजी के दर्शन जीवन में न हो सके तो मरने के बाद अवश्य हो जाए और मेरी प्रार्थना ईश्वर ने स्वीकार कर ली है।'

शिखा सन्नाटे में रह गई।

प्रताप की आवाज जैसे गले में फंसी रह गई, कुछ पल बाद वह फिर बोला—'मैंने जीवन में जो कुछ मृत्यु के पश्चात् मांगा था, वह ईश्वर ने दे दिया। अब मुझे ऐसा जीवन नहीं चाहिए, जिसमें शिखा के दर्शन करने का सौभाग्य ही प्राप्त न हो।'

शिखा के मन पर इतना गहरा प्रभाव पड़ा कि उसके सीने में गोला—सा अटक गया, आंखें छलक पड़ीं। उसने रुंधे गले से कहा—'क्या तुम सच कह रहे हो?'

'मरने के पश्चात् कोई झूठ नहीं बोलता शिखाजी।'

'तब तो शायद यह मेरा सौभाग्य है कि तुम मरे नहीं, जीवित हो।'

'मेरी मृत्यु हो चुकी है शिखाजी—वरना ईश्वर ने मेरी प्रार्थना कैसे सुन ली होती?'

'तुम्हारी प्रार्थना ईश्वर ने इसलिए सुन ली कि तुम्हारी लगन सच्ची थी...।'

'जीते जी...।'

'हां।'

'यानी मैं वास्तव में जीवित हूं?'

'हां, आंखें खोलकर तो देखो।'

प्रताप ने आंखें खोल दीं।

शिखा ने भारी आवाज में कहा—'यह देखो, गौर से—मैं तुम्हारे सामने खड़ी हूं।'

'नहीं...!'

'हां, यह सत्य है।'

अचानक प्रताप ने इतनी जोर से चीख मारी कि शिखा हड़बड़ाकर पीछे हट गई—साथ ही प्रताप उछलकर बैठ गया—फिर वह फुर्ती से सरककर कार से निकला और एकदम भाग खड़ा हुआ।

पीछे से शिखा चिल्लाई—'अरे सुनो तो सही।'

किन्तु प्रताप ने मुड़कर भी नहीं देखा, वह इस तरह भाग रहा था जैसे कोई भूत-प्रेत पीछे पड़ गया हो। शिखा कुछ देर तक तो इस तरह खड़ी रही जैसे उसकी समझ में ही न आ रहा हो कि क्या हो गया और वह क्या करे? फिर तुरन्त वह कार में बैठी और कार उधर दौड़ने लगी, जिधर प्रताप गया था।

कुछ देर बाद प्रताप नजर आ गया और शिखा कार दौड़ाती हुई उसके बराबर लाई और जोर से चिल्लाई—'अरे, सुनो तो सही।'

प्रताप ने रुककर शिखा को देखा, फिर एक जोरदार चीख मारी और दायें तरफ छोटी सड़क पर भागने लगा—शिखा ने फुर्ती से कार रिवर्स करके दायें सड़क पर डाल दी और प्रताप के पीछे दौड़ाने लगी—इस समय वह स्वयं ही इतनी बौखला गई थी कि उसकी समझ में नहीं आ रहा था कि वह क्या करे?

कार फिर प्रताप के बराबर दौड़ने लगी।

शिखा ने चिल्लाकर कहा—'अरे सुनो तो सही।'

प्रताप फिर इस तरह बिदका जैसे किसी ने पैरों के पास बम मार दिया हो और वह चीख मारकर साइड में भाग खड़ा हुआ—इस बार वह बड़ी सड़क पर निकल आया—शिखा ने भी कार बड़ी सड़क पर डाली। तब तक प्रताप एक पास से गुजरने वाली बस के फुट बोर्ड पर चढ़ गया। शिखा ने कार बस के निकट ले जाना चाही, परन्तु भीड़ इतनी थी कि वह सफल नहीं हो सकी।

फिर एक क्रॉसिंग से बस गुजर गई, मगर शिखा की कार जैसे ही क्रॉसिग के निकट पहुंची रेड लाइट लाल हो गई। शिखा को कार रोकनी पड़ी—मगर उसका मन बहुत व्याकुल हो रहा था—जी कर रहा था कि कार को ट्रैफिक पर से उड़ाकर ले जाए।

सिग्नल ग्रीन होने पर शिखा ने फिर कार दौड़ाई, परन्तु उसे वह बस नहीं नजर आई—जिसमें प्रताप चढ़ा था—वैसे भी आगे-पीछे कई बसें थी। वह पहचान ही नहीं सकी कि प्रताप किस बस में चढ़ा था।

एकाएक उसके दिल-दिमाग पर गहरी निराशा छा गई—उसे सब कुछ वीरान-वीरोन-सा नजर आने लगा—वह इस तरह कार चलाने लगी जैसे वीराने में किसी श्मशान से गुजर रही हो।

उसकी कल्पना में वह युवक घूम रहा था। युवक से पहली मुलाकात, फिर युवक का वैनिटी बैग लेकर आना, कपड़े बदलकर वापस आने का वचन देकर जाना, वापस आना, शिखा के न मिलने पर फूट-फूटकर बच्चों की तरह रोना।

अब इस तरह सामने आना, फिर शिखा को देखकर समझना कि वह मर चुका है—और यह बताना कि उसने मरने के बाद शिखा के दर्शन की इच्छा की थी—यह सब शिखा के सीने पर नक्श हो जाने वाली बातें थीं, मगर...।

मगर जब उसे विश्वास हो गया कि वह जिन्दा है, तो वह शिखा को छोड़कर भागा क्यों? इतने पुकारने पर भी नहीं रुका और गायब हो गया।

'क्या वह युवक मुझे वास्तव में प्यार करने लगा है?'

'वह भी इतना अधिक कि मेरे लिए मरने का इच्छुक हो गया?'

'और फिर मुलाकात होने पर इस तरह भाग खड़ा हुआ।'

'कहीं वह पागल तो नहीं है।'

'नहीं वह पागल नहीं हो सकता।'

'वह अवश्य मुझसे प्यार करने लगा है।'

'और मैं-मैं भी उसे प्यार करने लगी हूं।'

एकदम उसका हृदय बहुत जोर से धड़का और उसने सोचा—'क्या मैं सचमुच उससे प्यार करने लगी हूं?'

'वह वास्तव में ऐसा है ही कि कोई भी लड़की उससे प्यार कर सकती है।'

'सोमी की पार्टी में शामिल हर लड़की केवल उसके बारे में सुनकर ही उसकी दीवानी हो गई थी।'

'और वह मुझसे प्यार करता है।'

'मैं सचमुच उससे प्यार करने लगी हूं।'

'हां—मैं उससे प्यार करने लगी हूं।'

एकदम उसके मन में इच्छा जागी कि किसी प्रकार भी वह युवक एक बार फिर उसके सामने आ जाए तो इस बार वह उसे अपनी नजरों से ओझल नहीं होने देगी।

परन्तु क्या वह मुझे फिर मिलेगा?' उसने सोचा—'मुझे तो यह भी नहीं मालूम कि वह है कौन? उसका नाम क्या है? कहां रहता है? हे भगवान! कौन है वह? हे प्रभु! एक बार फिर वह मुझे मिल जाए—इस बार में उसका पूरा परिचय ले लूंगी—उसकी नाराजगी दूर कर दूंगी—उसका प्यार स्वीकार कर लूंगी—बस एक बार और वह कहीं मिल जाए।'

उसकी आंखें छलक पड़ी, दिल भर आया। कार एक किनारे रोककर वह स्टेयरिंग पर सिर रखकर रोने लगी।

***

प्रताप फैक्टरी के फाटक पर पहुंचकर रुक गया।

चौकीदार ने उसे घूरकर पूछा—'क्या बात है?'

'मैनेजर साहब से मिलना है।'

'क्या काम है?'

'क्या तुम मैनेजर हो?' प्रताप ने उसे घूरकर पूछा।

'मैं वाचमैन हूं।'

'कहां है तुम्हारी वॉच?'

'क्या मतलब?'

'वाचमैन—यानी घड़ी वाला आदमी।'

'अरे बाबा मैं चौकीदार हूं—चौकीदार।'

'चौकीदार हो तो चौकीदारी करो—मैनेजरी क्यों झाड़ रहे हो?'

'क्या मतलब?'

'मैंने तुमसे कहा है कि मुझे मैनेजर साहब से मिलना है—तो तुम उनसे मेरी मुलाकात करा दो।'

चौकीदार ने उसे नीचे से ऊपर तक घूरा तो उसने कहा—'घबराओ मत, मैं चौकीदारी करके तुम्हारी नौकरी छीनने नहीं आया हूं।'

'क्या नाम है तुम्हारा?'

'प्रताप।'

'आगे-पीछे भी तो कुछ होगा?'

'आगे सीना है, पीछे पीठ है।'

चौकीदार ने उसे इस तरह घूरा जैसे वह पागल हो—फिर उसने कोठरी में घुसकर किसी से बात की।

फिर बाहर आकर बोला—'अन्दर जाओ—साहब ने बुलाया है।'

उसने नीचे की खिड़की खोल दी। प्रताप ने झुककर अन्दर प्रवेश किया—फिर वह सीधा आं ॅफिस बिल्डिंग की ओर बढ़ने लगा—बाहर खड़े दरबान ने उससे पूछना चाहा—उसी समय चपरासी आ गया।

चपरासी ने पूछा—'आपका नाम प्रताप है'?

'हां।'

'आ जाइए।'

प्रताप चपरासी के साथ अन्दर चल पड़ा—एक केबिन के सामने उसे रोककर चपरासी अन्दर चला गया—सामने ही एक स्टेनो लड़की मीनू की मेज थी। वह प्रताप को देखकर उछल पड़ी। प्रताप ने उसकी ओर ध्यान भी नहीं दिया था।

चपरासी बाहर आकर प्रताप को अन्दर ले आया और बोला—'आप यही बैठिए, मैनेजर साहब बॉस के ऑफिस में हैं, अभी आते हैं।'

प्रताप बैठ गया।

चपरासी बाहर आया तो उसे स्टेनो मीनू ने बुला लिया—'वह साहब जिन्हें तुमने अभी अन्दर पहुंचाया है, कौन हैं?'

'शायद नौकरी के लिए आए हैं मैनेजर साहब के पास।'

'नाम क्या है उनका?'

'प्रताप'

'अच्छा, वह क्यों आए हैं मालूम करके बताना, तुम्हें टिप मिलेगी।'

'जी मेमसाहब।'

चपरासी चला गया।

मीनू जल्दी से अपना वैनिटी बैग लेकर बाथरूम में आ गई—वैनिटी बैग में से मोबाइल निकालकर उसने शिखा को कॉल किय।

आवाज आई—'हैलो!'

'शिखा—मैं मीनू बोल रही हूं।'

'हां, बोल मीनू—आज मैं बहुत परेशान हूं।'

'क्या उसी सपनों वाले युवक के लिए?'

'हां—आज मुझे इत्तफाक से मिल गया था, परन्तु फिर गुम हो गया।'

'कैसे......?'

शिखा ने बताया कि युवक कैसे मिला और कैसे गुम हो गया तो मीनू हंसकर बोली—'वह सचमुच सतयुगी युवक मालूम होता है।'

'मैं उसके लिए बहुत परेशान हूं—काश! एक बार वह मुझे फिर कहीं मिल जाए तो फिर कभी नहीं खोऊंगी।'

'यदि मैं तुझे उससे मिला दूं तो मुझे क्या इनाम देगी?'

'मीनू, मैं अपनी शेष आयु तेरे नाम कर दूंगी।'

'पगली, मुझे तेरी शेष आयु नहीं, तेरी खुशी चाहिए।'

'तो क्या तू जानती है वह कौन है? कहां रहता है?'

'अभी केवल उसका नाम मालूम हुआ है—उसका नाम प्रताप है।'

'मीनू!' शिखा के खुशी से चीखने की आवाज आई—'तू सच कह रही है?'

'हां शिखा, वह अभी-अभी यहां आया है और तेरे अंकल मैनेजर साहब के केबिन में बैठा है।'

'ओ गॉड! उनसे क्यों मिलने आया है?'

'मुझे लगता है नौकरी के लिए आया है।'

'प्लीज...फॉर गॉड सेक, मुझे मालूम करके बता।

'मैं शेष मालूमात करके तुझे कुछ देर बाद फिर फोन करूंगी।'

'मैं तेरा उपकार कभी नहीं भूलूंगी—परन्तु अंकल को मेरे उसके बारे में भनक भी नहीं लगनी चाहिए।'

'तू निश्चिन्त रह, मुझे मालूम है कि मुझे क्या करना है।'

फिर मोबाइल बन्द करके बाहर निकल आई।

***

किशोर अपने केबिन में आया तो प्रताप उठता हुआ बोला—'गुड मार्निंग गुरु अंकल।'

'वेरी गुड मार्निंग, बैठो।'

दोनों बैठ गए।

किशोर मुस्कराकर बोला—'जाने क्यों आज ऐसा लग रहा था कि तुम आओगे।'

'कहते हैं दिल को दिल से राह होती है अंकल—वैसे भी आपको वचन दिया था और मां ने कहा था कि वचन दो तो पूरा अवश्य करना।'

'मैं तुम्हारा अप्वाइंटमेंट लेटर आज ही टाइप करा दूं।'

'निःसंदेह—क्योंकि मैं अपने लड़कों के लिए नया लीडर नियुक्त कर आया हूं।'

'तुम अपना एड्रेस बताओ।'

'सारी गुरु अंकल—मैं वह एड्रेस नहीं दे सकता।'

'हूं...फिर यही हो सकता है कि मैं तुम्हारे नाम एक क्वार्टर एलॉट कराके तुम्हारे अप्वाइंटमेंट लेटर पर यहीं का एड्रेस लिखवा दूं?'

'जैसा आप उचित समझें।'

किशोर ने इंटरकॉम पर असिस्टेंट मैनेजर को निर्देष देकर रिसीवर रख दिया और प्रताप से बोला—'मुझे यह सोचकर खुशी हो रही है कि तुम मेरे साथ ही फैक्टरी में काम करोगे।'

'यह आपकी महानता है सर।'

'सर नहीं, गुरु अंकल।'

'आज से मैं फैक्टरी का नौकर हूं—इसलिए फैक्टरी में सर, बाहर गुरु अंकल।'

'तुम वास्तव में बहुत अजीब व्यक्ति हो।' किशोर हंसकर बोला।

'धन्यवाद सर।'

'उस लड़की से फिर मुलाकात हुई?'

'यस सर।'

'रियली...?' किशोर दिलचस्पी से बोला—'कब?'

'आज ही सर।'

'और तुम मुझे बता नहीं रहे थे?'

'मैंने सोचा ऑफिस में केवल काम की बात हो। बाहर निकलकर ही पर्सनल बातें हो।'

'ऐसी कोई पाबन्दी नहीं है—हां, जब मैं या तुम काम कर रहे हों तो इस नियम का पालन करना आवश्यक है—तो कहां और कैसे मिली थी?'

प्रताप ने किशोर को विस्तारपूर्वक वहां तक बताइ, जहां से वह भागा था—किशोर दिलचस्पी से सुनता रहा—अन्त में उसने ठहाका लगाया, परन्तु प्रताप शांत बैठा रहा।

किशोर ने हंसी रोककर कहा—'यार चेले मित्र—तुम कमाल के अभिनेता हो—तुमने तो अपने गुरु अंकल को भी बहुत पीछे छोड़ दिया।'

'थैंक्यू सर! उसके ऊपर क्या रिएक्शन हुआ होगा सर?'

'रिएक्शन—अरे, वह तो तुम्हारी दीवानी हो गई होगी।'

'रियली...?'

'ऑफकोर्स।'

'तो अब मैं उससे कब और कैसे मिलूं?'

'अब तुम जब चाहो उससे मिल सकते हों, क्योंकि वह अब तुम्हारी झोली में आ चुकी है।'

इतने में चपरासी किशोर का अप्वाइंटमेंट लेटर ले आया। उसने प्रताप को लेटर दिया।

प्रताप ने कहा—'सर मैं आपका उपकार कभी नहीं भूलूंगा।'

'नो उपकार—हम लोग एक-दूसरे के मित्र हैं।'

'थैंक्यू सर।'

'तुम चाहो तो आज से ही ज्वायन कर सकते हो।'

'सर—मुझे कुछ मोहलत चाहिए।'

'ओके—नो प्रॉब्लम।'

'मुझे कुछ कपड़ों का प्रबन्ध करना है ऑफिस आने के लिए।'

किशोर ने नोटों की एक गड्डी निकालकर कहा—'यह 10,000 एडवांस रख लो—कपड़े बनवा लेना।'

'परन्तु यह तो तुम्हारी पगार से कट जायेंगे।'

'नो सर—मां ने कहा था ऐसी सहायता मनुष्य को मोहताज बना देती है।'

'मित्र, लगता है तुम्हारी माँ, आउट मोस्ट सतयुग की महिल हैं।'

'यस सर—शी इज द ग्रेटेस्ट लेडी।'

'तो तुम क्वार्टर में आकर अपनी मां को भी यहां क्यों नहीं बुला लेते। साथ रहेंगी तुम्हारे।'

'नो सर—मां—आउट मोस्ट सतयुग की नारी है, परन्तु मैं थोड़ा-सा ही सही कलियुगी अवश्य हूं। मैं नहीं चाहता कि मां मुझे साधु-संन्यासी बनने का आदेश दे दें, जिसका पालन मुझे हर हालत में करना पड़ेगा।'

'ओ गॉड! मैंने इस प्वाइंट पर विचार ही नहीं किया था—ऐनी वे...मैं तुम्हें भी यहां आने के लिए विवश नहीं करूंगा।'

'थैंक्यू सर।' वह उठता हुआ बोला—'अब मुझे आज्ञा दीजिए।'

'ओके, उससे मुलाकात हो तो मुझे सूचित करना।'

'यस सर!'

फिर वह बाहर निकल गया—किशोर मुस्कराकर उस दरवाजे की ओर देखता रहा, जिससे वह बाहर गया था।

***

मीनू प्रताप को बाहर जाते देखती रही—फिर उसने चपरासी को बुलाया।

'मालूम हुआ कि प्रताप क्यों आया था?'

चपरासी दांत निकालकर हथेली खुजाने लगा—मीनू ने 50 का नोट निकालकर उसे दिया।

जिसे जेब में रखकर वह बोला—'वह यहां नौकर हो गया है।'

'क्या....?' मीनू उछल पड़ी।

'मैनेजर साहब ने उन्हें सुपरवाइजर की नौकरी दे दी है—उनका अप्वाइंटमेंट लेटर असिस्टेंट मैनेजर साहब ने अपने स्टेनो से टाइप कराया था।'

फिर चपरासी को किसी ने पुकार लिया।

मीनू जल्दी से उठकर बाथरूम में आई—उसने शिखा का नम्बर मिलाया तो शिखा की आवाज आई—'हां मीनू,—मैं इंतजार ही कर रही थी तेरी कॉल का।'

'तेरे लिए एक थण्डर न्यूज है।'

'जल्दी बात।'

'वह यहां सुपरवाइजर लग गया है।'

'ओ गॉड!'

'अब तू क्या करेगी?'

'उसने काम शुरू कर दिया।'

'आज तो केवल लेटर चला गया है—कब से ज्वायन करेगा पता नहीं।'

'उसका अप्वाइंटमेंट लेटर तूने टाइप किया होगा तो तुझे उसका पता तो मालूम हो गया होगा।'

'उसका लेटर असिस्टेंट मैनेजर की स्टेनो ने टाइप किया था।'

'फिर तो तू ही कुछ कर सकती है।'

'वह कैसे?'

'जब वह ज्वाइन कर ले, तो किसी तरह तू उसे अपने फ्लैट में ले आ।'

'ठीक है, तेरे लिए यह भी कर दूंगी।'

'बस जिस रोज वह ज्वायन कर ले तो मुझे मोबाइल पर सूचित कर देना और जैसे ही छुट्टी होने पर तू उसे लेकर चले मुझे फोन कर देना। मैं तेरे फ्लैट पर आ जाऊंगी।'

'ओके डियर! अब तो उसके ज्वायन करने की ही देरी है, शेष सब ठीक हो जाएगा।'

'थैंक्यू मीनू, तू बहुत अच्छी है।'

मीनू ने हंसकर मोबाइल बन्द कर दिया और बाहर आ गई।

***

किशोर ने कई जगहों पर फोन घुमाया। हर जगह से यही उत्तर मिला कि रवीना नहीं है—किशोर बुरी तरह तनावग्रस्त हो गया—बहुत दिन हो गए थे रूबी को रकम दिए। उसके बाद से ही रवीना ने किशोरे से कांटेक्ट नहीं किया था—पता नहीं रवीना को रूबी ने भी फोन किया था या नहीं। अब किशोर को संदेह हो रहा था कि रूबी ने रवीना से मिलकर किशोर को मूर्ख तो नहीं बना दिया? रवीना अब स्वयं धंधे योग्य नहीं रही थी—सम्भव है कि उसने रूबी जैसी युवतियों को ही इस प्रकार से कमाई का जरिया बना लिया हो।

रविवार की छुट्टी थी—मौसम अच्छा था—किशोर का मूड सुबह से ही रोमांटिक हो रहा था, परन्तु रूबी के सिवा उसकी कल्पना में कोई दूसरी जंचती नहीं थीं—उसे रह-रहकर रवीना पर क्रोध आ रहा था।

तैयार होकर भी वह सोचता रहा—इस समय उसके शरीर के वस्त्र और वह स्वयं युवक की मानिन्द थे—बंगले में क्या करता वह कार लेकर निकल पड़ा—सहसा उसे ध्यान आया कि रवीना की मॉडलिंग एजेंसी का ऑफिस वर्ली से कुछ आगे ही है और वह रविवार को भी खुलता है, क्योंकि अधिकतर वर्किंग गर्ल्स दफ्तरों की छुट्टी के दिन ही वहां जमा होती हैं।

वर्ली पर आकर उसने कार एजेंसी के ऑफिस के सामने रोक दी, जहां उसे ताला बन्द नजर आया तो मूड और अधिक खराब हो गया, फिर उसे याद आया कि बहुत दिनों से पुरुषोत्तम और रजनी, शिखा से भी नहीं मिला है—उसने मोबाइल पर पुरुषोत्तम का नम्बर मिलाया, तुरन्त उत्तर आया।

'हैलो!'

'चंदू—मैं हूं किशोर।'

'प्रणाम साहबजी।'

'प्रणाम-जरा पुरुषोत्तम या भाभी को बुलाओ।'

'वह तो इंग्लैंड गए हैं, साहबजी।'

'कब...'

'एक महीना हो गया।'

'ओहो—सब ठीक तो है?'

'मालकिन की बहन की बीमारी की सूचना आई थी—तुरंत बुलाया था उन्हें।'

'क्या शिखा भी गई है?'

'वह कॉलेज छोड़कर कैसे जाती?'

'है बंगले पर...?'

'सुबह से कहीं गई हैं।'

'अच्छा ठीक है।'

किशोर ने मोबाइल बंद कर दिया—कार एक क्रॉसिंग पर रुकी हुई थी। अचानक किसी ने कहा—'नमस्कार साहब!'

किशोर ने देखा तो चौंक पड़ा वह रवीना के ऑफिस को चौकीदार था। उसने उत्तर देकर पूछा-'रवीना मेमसाहब का ऑफिस क्यों बन्द है आज'?

'आज मेमसाहब शूटिंग कर रही है।'

'क्या...?' किशोर उछल पड़ा—'कहां...?'

'जुहू पर।'

'किसी फिल्म की....'

'नहीं, एक ऐड फिल्म का कांट्रैक्ट मिला है—जिसमें एक नई मॉडल युवती रूबी काम कर रही है।'

किशोर का दिमाग जैसे भक से उड़ गया—यानी रवीना ने उसे धोखा देकर रूबी की तलाक के बहाने शूटिंग के लिए रकम ठगी थी। उसने पूछा—'किस कम्पनी का ऐड बन रहा है?'

'मालूम नहीं साहब।'

उसी समय सिग्नल ग्रीन हो गया—कार चल पड़ी। किशोर का जहन खौल रहा था—उसकी गाड़ी जुहू की ओर दौड़ने लगी—काफी देर बाद उसकी कार जुहू पहुंची—कार को पार्क करके वह साहिल पर आ गया—रविवार के कारण यहां दिन से ही भीड़ थी—इधर-उधर देखकर वह आगे बढ़ा तो उसकी दृष्टि एक महिला पर पड़ी। वह ठिठक गया—लगा चेहरा कुछ पहचाना है। उस महिला के चेहरे पर कुछ ऐसा तेज था कि उसकी नजरें हट न सकीं। वह रेत पर बैठी थी—ठोड़ी घुटनों पर रखी थी—उसकी आंखें बड़ी खतरनाक थीं जैसे मधुशाले—वह उंगली से रेत पर लिख रही थी—'राजी-राजी।' लिखती और मिटा देती—आंखों में आंसुओं की नमी थी।

सहसा एक बहुत आकर्षक कुछ सांवली सी युवती महिला के पास आकर बोली—'गुड मॉर्निंग आंटी।'

'मॉर्निंग कोलीन—कैसी हो?'

'अच्छी हूं—अंकल की कोई सूचना मिली?'

'हां मिली।'

'कब?' कोलीन खुशी से उछल पड़ी।

'रात ट्रंककाल आया था।'

'वह आ रहे हैं क्या?'

'नहीं।'

'क्या...?'

'मैंने डांट दिया कि मैं तुमसे न फोन पर बात करना चाहती हूं—न मिलना चाहती हूं।'

'ओ नो—यह आपने क्या किया आंटी?'

'जो मन ने कहा।'

'नो आंटी, आपका मन यह कहता है, जो आप इस समय रेत पर लिख रही हैं।'

'मिटा भी तो रही हूं।'

'और मिटाकर फिर लिख रही हैं। क्यों आप खुद को सजा दे रही हैं आंटी, आप उससे 21 वर्ष से प्यार करती हैं—तभी से वह भी।'

21 वर्ष—एक महिला किसी पुरुष से इतनी मुद्दत से प्यार कर सकती है?

किशोर का जहन झनझना गया।

'बकवास!' महिला ने कहा—दिल-विल प्यार-व्यार सब बकवास है। मैं किसी पर विश्वास नहीं रखती।

'आप बिना कारण खुद को धोखा दे रही है।'

'धोखा मुझे राजी ने दिया है।'

'अंकल ने आपको धोखा नहीं दिया, वह आपसे प्यार करते थे, करते हैं। उनकी शादी उनकी खुशी से नहीं हुई थी। उन्होंने आपको सब बता दिया था।'

'पता नहीं सच था या झूठ।'

'यदि झूठ था तो आपने क्यों उनकी प्रतीक्षा की? वह भी पूरे 21 वर्ष तक।'

सहसा एक छरहरे बदन का युवक आकर बोला—'अरे कोलीन! तुम यहां हो?'

अचानक आवाज आई—'कट आउट। विनय तुम्हारी एंट्री फूलजी के डायलॉग के बाद है।'

किशोर चौंक पड़ा। उसका मन धड़क रहा था। वह जिसे सत्य समझ रहा था, वह शूटिंग थी—वह आगे बढ़ आया—आगे उसे एक जगह और भीड़ दिखाई दी—दो बड़ी-बड़ी रंगीन छतरियां भी दिखाई दीं—आगे बढ़ा तो उसका खून खौल गया—एक छतरी के नीचे लम्बी कुर्सी पर उसे रवीना नजर आई, जो अपने थल-थल करते शरीर के साथ पड़ी बीयर पी रही थी। कुछ दूरी पर उसने रूबी को देखा, जो स्वीमिंग कास्ट्यूम में कयामत ढा रही थी। किशोर को अपने हृदय की धड़कन रुकती-सी लगी-एक मैकअप मेन उसका मेकअप कर रहा था—स्पॉट ब्वॉय दर्पण पकड़े खड़ा था।

किशोर ने भीड़ में प्रवेश किया—जैसे ही रवीना की नजरें उस पर पड़ी, वह बीयर पीते-पीते उछल पड़ी। जल्दी से उठने की प्रयास में गिरते-गिरते बची। उसे दो स्पॉट ब्वॉय ने उठाया था।

वह झपटकर किशोर के निकट आकर बोली—'किशोर तुम...!'

'तुम तो ऐसे डर गई, जैसे मैंने तुम्हारी कोई चोरी पकड़ ली हो।'

'नॉट ऐट ऑल।' वह जल्दी से कहकर एक स्पॉट ब्वॉय से बोली! 'ऐ पिट्टी—दो कुर्सियां उठाकर इधर लाओ।'

स्पॉट ब्वॉय ने कुर्सियां लाकर रख दीं। दोनों बैठ गए—रवीना ने एक डिब्बे वाली बीयर और खुलवाकर किशोर को दी—किशोर चुपचाप घूंट भरने लगा। रूबी ने मेकअप कराते-कराते किशोर पर एक उचटती-सी दृष्टि डाली, फिर मेकअप कराने लगी। जैसे उसे पहले देखा ही न हो। किशोर को बहुत जोर का क्रोध आया, परन्तु वह शांत बैठा रहा।

रवीना ने पूछा—'तुम इधर कैसे आ गए?'

'कार से।'

'हे-हे-हे...मेरा मतलब है तुम्हें कैसे पता चल गया कि यहां शूटिंग हो रही है।'

'कितने दिन हो गए तुमसे अन्तिम मुलाकात किए?'

'हे-हे-हे—वास्तव में मैं अचानक बिजी हो गई थी।'

'रूबी को सवा लाख रुपए मिलने के बाद।'

'हे-हे-हे...।'

'मैंने कई पॉसीबल जगहों पर फोन किए—तुम कहीं नहीं मिलीं—तुम्हारे ऑफिस भी गया जो बन्द था—फिर तुम्हारा चौकीदार मिल गया, उससे पता चला कि तुम रूबी के साथ यहां शूटिंग कर रही हो।'

'हां—बस, अचानक रूबी सेलेक्ट हो गई। स्क्रीन टेस्ट और ऑडीशन में भी पास हो गई। मैंने रूबी को समझाया कि इस प्रकार यह भी टेस्ट हो जाएगा कि वह फिल्म में कैसी लगती है।'

'और मुझे भूल गई?'

'नॉट ऐट ऑल।'

'फिर मुझे सूचित क्यों नहीं किया?'

'शुभ सूचना अचानक दी जाए तो अधिक मजा आता है।'

'क्या मतलब?'

'रूबी से तुम्हारा मामला फिट कर दिया है।'

'कैसे—सवा लाख का क्या हुआ?'

'उसने अपने पति का कर्ज अदा कर दिया है—बाकी से कपड़े खरीदे हैं। मां का इलाज करा रही है।'

'तलाक हो गई?'

'अब पति गिड़गिड़ा रहा है कि तलाक मत लो।'

'यानी वह तैयार है कि रूबी हीरोइन बन जाये?'

'हां।'

'वह है कहां?'

'अगले महीने दुबई से आ रहा है।'

'अब रूबी नहीं जाएगी?'

'स्पष्ट है।'

'मगर मेरा मामला क्या फिट है?'

'रूबी ने एक शर्त रखी है।'

किशोर का दिमाग भन्ना गया। उसने कहा—'पहले तुम्हारी शर्त थी—अब रूबी को रकम मिल गई तो उसकी भी शर्त निकल आई।'

'इस समय वह न्यूज में है—कोई भी धनवान उसकी शर्त पूरी करने के साथ तुम्हारा कर्ज भी अदा कर सकता है, लिहाजा ठंडे दिमाग से सुनो।'

'बको।' वह खून का-सा घूंट भरकर बोला।

'तुम्हें उसके साथ एक वर्ष का शादी का कांट्रैक्ट करना पड़ेगा।'

'ह्वाट...? वह तो मैरेड है।'

'उस शादी का खात्मा पति के आते ही हो जाएगा।'

'और कुछ...?'

'10,000 रुपए महीना—एक किराये का फ्लैट, कार, क्योंकि अब उसे हीरोइन की तरह रहना है।'

'बकवास है—तुम जानती हो कि मैं किसी भी लड़की को केवल एक ही बार प्राप्त करता हूं।'

'सोच लो—क्योंकि ऐसे सेठ भी मौजूद हैं, जो 25,000 रुपये महीना, बंगला और कार दे रहे हैं—यों भी मैं तुम्हें फाइनेंस के चक्कर से बचाकर रखूंगी।'

किशोर का जी चाह रहा था कि इस खबीस औरत का गला घोंट दे, परन्तु उसके सामने रूबी का दमकता हुआ शरीर था, मन में उसे पाने की इच्छा, जो अब हठ बन गई थी।

उसने कहा—'तुम बहुत कमीनी हो—रूबी को तुमने ही बहकाया होगा।'

'हे-हे-हे—मेरी एजेंसी का इकलौता हीरा है—जितनी अधिक कीमत मिल सके, उतना ही मेरा भविष्य सुरक्षित है।'

'मैं तुम्हारी ऐसी-तैसी कर सकता हूं।'

'अवश्य प्रयास करो डियर। मेरे शरीर पर मांस भी बहुत चढ़ गया है।'

'मैं गले में हड्डी नहीं अटका सकता।'

'ऐज यू विश—कल ही तुम्हारी रकम वापस मिल जाएगी।'

'मैं रूबी से बात करूंगा।'

'अवश्य करो, परन्तु वह मेरी हां-न के बिना एक कदम नहीं उठा सकती। मैं उसे ब्रेक दिलवा रही हूं—इसलिए पहले ही उसके साथ पांच वर्ष का एग्रीमेंट कर लिया है—उसके कांट्रैक्ट पर पहले मेरे साइन हुआ करेंगे।'

'तुम वास्तव में बहुत कमीनी हो।'

'हे-हे-हे—हर बिजनेस में गालियां तो खानी ही पड़ती हैं।'

किशोर अपने आपको शांत करने के प्रयास करने लगा—उसकी दृष्टि अब भी रूबी पर थी—जो इस समय ऐसी जलपरी नजर आ रही थी, जिसे देखकर देवताओं की भी राल टपक पड़े— गुलाबी बदन उस पर कयामत की बनावट।

रवीना उसे ध्यान से देखकर मुस्कराई—'देख रहे हो उस हीरे को?'

'हूं।'

'स्क्रीन पर आएगी तो तहलका मच जाएगा। धनवानों की तिजोरियों के मुंह खुल जायेंगे। तुम्हारे साथ पुराना लगाव है, इसलिए तुम्हें प्रीफ्रेंस दे रही हूं।'

'कुतिया, मैंने तेरी शर्त तो पूरी कर दी थी।'

'कुत्तों को कुतियाओं की शर्तें पूरी करनी ही पड़ती हैं।'

किशोर का जी चाहा कि बीयर का डिब्बा खींचकर मार दे। उसने बड़ी मुश्किल से अपनी इच्छा रोकी। तभी उसे अपने निकट रूबी की आवाज सुनाई दी।

'हैलो...किशोर जी!'

किशोर का पूरा शरीर झनझना गया—रूबी का शरीर बारीक कपड़े से छन-छनकर निकल रहा था—वह उसके बराबर ही की कुर्सी पर आन बैठी। स्पॉट ब्वॉय से बीयर का डिब्बा लेकर सिप करने लगी—किशोर का जी बहुत बुरी तरह मचल उठा कि रूबी को अभी अपनी भुजाओं में जकड़ ले—उसका गला सूखने लगा और रूबी को पाने की इच्छा एकदम बढ़ गई—वह रवीना का बेहूदापन भी भूल गया। उसने बड़ी मुश्किल से गले से घूंट उतारा।

'कैसे हैं आप?' रूबी ने उसे सम्बोधित करके बड़ी लगावट से पूछा।

'ठीक हूं।' किशोर मुश्किल से बोला। उसे लगा वह पिघलकर बह जाएगा।

'कुछ टेंस दिखाई दे रहे हैं।'

'नॉट ऐट ऑल।'

इतने में एक असिस्टेंट रूबी को बुलाने आ गया—रूबी बीयर का डिब्बा स्पॉट ब्वॉय को देकर उठी तो किशोर का कलेजा हिलकर रह गया—रूबी ने अपना ऊपरी बारीक लबादा उतारकर स्पॉट ब्वॉय को दिया तो किशोर की आंखों में बिजली-सौ कौंध गई—रूबी चली गई। किशोर उसके कूल्हों को हिलते देखकर होंठों पर जबान फेरकर रह गया।

अचानक रवीना ने कहा—'क्या देख रहे हो?'

'रूबी ने फिगर बहुत अच्छी निकाली है।' किशोर ने बहुत धीमे से कहा।

'और काहे की कीमत है? एकदम खरा सिक्का है।'

'मुझे तुम्हारी शर्त स्वीकार है।'

'हे-हे-हे मैं जानती थी तुमसे न हो ही नहीं सकती—बिना कारण ही बातों में कड़वाहट ले आये।'

'फिर कब...?'

'तुम फार्मेलिटीज पूरी कर दो, तब तक वह अपने पति से तलाक ले लेगी—एक सप्ताह के लिए लेकर कहीं निकल जाना।'

किशोर किसी लड़की के साथ एक रात से अधिक नहीं रह सकता था, परन्तु रूबी के लिए वह हां कहने पर विवश हो गया।

रवीना की आंखों में विजय की चमक उभर आई। उसने बीयर का खाली डिब्बा उछालते हुए कहा—'तो फिर आज रात मैं डिनर तुम्हारे बंगले पर ले रही हूं?'

किशोर को ऐसा लगा जैसे अचानक चॉकलेट खाते-खाते मुंह में कॉकरोच आकर दांतों से कुचल गया हो—परन्तु उसकी दृष्टि जलपरी की भांति सागर की लहरों पर मचलती रूबी पर थी। उसने बड़ी बेदिली से केवल गर्दन हिला दी।

***

मीनू की उंगलियां टाइपराइटर के की बोर्ड पर थीं—दृष्टि प्रताप पर, जो अभी-अभी किशोर के केबिन से निकला था और चपरासी कुछ कह रहा था—फिर चपरासी ने कुछ कहकर मीनू की ओर इशारा किया तो मीनू का हृदय जोर से धड़का। वह जल्दी से रोलर पर लगे सीट को देखने लगी।

प्रताप उसकी मेज के पास आकर खड़ा हो गया, परन्तु कुछ बोला नहीं। मीनू इस प्रकार बिजी बनी रही, जैसे उसने प्रताप को देखा ही न हो—हालांकि उसके माथे पर पसीना आ गया था—लेटर टाइप करने के बाद उसने रोलर पर से खींचा और दृष्टि उठाई तो प्रताप को अचानक देखने का नाटक करके चौंककर बोली—'अरे आप?'

'जी...!' प्रताप ने शान्ति से उत्तर दिया—'मैं यहां सुपरवाइजर हूं।'

'मुझे मालूम है—मुझसे कोई काम है?'

'जी हां।'

'बोलिए।'

'एक चिट्ठी लिखवानी थी—यदि आपको कष्ट न हो।'

'कष्ट काहे का अभी टाइप किए देती हूं।'

'टाइप नहीं करानी, लिखवानी है।'

'अंग्रेजी में?'

'नहीं हिन्दी में।'

'यानी आप...?'

'मेरी पढ़ाई की शुरुआत इंगलिश मीडियम से हुई थी, परन्तु अधिक नहीं पढ़ सका।'

'किसको लिखवानी हैं?'

'मां को।'

'गलत न समझें तो कुछ देर इंतजरा करना पड़ेगा—वास्तव में आज हाफ डे है और काम अधिक है—छुट्टी में फैक्टरी से निकलकर रेस्टोरेंट में लिख दूंगी।'

'कोई बात नहीं—मैं वर्कशाप में हूं, छुट्टी में आ जाऊंगा।'

प्रताप चला गया। मीनू की धड़कनें सीने में हथौड़े की भांति बजने लगीं। कई बार उसके मन में बेईमानी आई कि शिखा को सूचित ही न करे। प्रताप से स्वयं ही सम्बन्ध बनाने का प्रयास करे। फिर उसने सिर को झटक दिया। उसे समय बिताना दूभर हो गया—छुट्टी से कुछ पूर्व ही उसने अपनी सीट छोड़ दी—बाहर आकर रुककर वह प्रताप की राह देखने लगी—किशोर उसे कार की ओर आता दिखाई पड़ा। वह जल्दी से आदर से खड़ी हो गई।

किशोर ने निकट आकर उसे ध्यान से देखकर पूछा—'लिफ्ट वॉटेंड?'

'नो थैंक्स सर।'

किशोर कार में बैठकर चला गया तो उसने शांति का सांस ली।

फिर प्रताप आ गया—'आई एम सॉरी! आपको प्रतीक्षा करनी पड़ी।'

'नेवर माइंड। मैं ही कुछ जल्दी आ गई थी।'

फिर वह बाहर आ गया।

प्रताप ने कहा—'यहां आसपास तो कोई रेस्टोरेंट है नहीं।'

'मैं भी यही सोच रही हूं—मेरे सिर में दर्द भी हो रहा है।'

'ओह तो आप कष्ट मत कीजिए, मैं किसी और से लिखवा लूंगा।'

'नहीं, पत्र तो मैं ही लिखूंगी—आपने मां का रेफ्रेंस दिया है, जो मेरी कमजोरी है, क्योंकि मेरी मां का स्वर्गवास हो गया है।'

'ओहो...!'

'मेरा फ्लैट अधिक दूर नहीं है...यदि आपको आपत्ति न हो तो...वहीं चलें।'

'आपके फ्लैट में?'

'वास्तव में मुझे हाई ब्लडप्रेशर की शिकायत है—ज्यादा काम करने से ब्ल्डप्रेशर बढ़ता है तो सिर में दर्द भी हो जाता है—कभी-कभी चक्कर भी आ जाता है। एक बार तो थ्री-व्हीलर से गिर पड़ी थी—ऐसी सूरत में मुझे फ्लैट तक पहुंचने के लिए किसी की सहायता लेनी पड़ती है।'

'ओहो तो फिर चलिए, मैं ही पहुंचाए देता हूं।'

'थैंक्यू प्रताप।'

'मेंशन नॉट।'

कुछ देर बाद वह एक थ्री-व्हीलर में सवार थे, जो सड़क पर दौड़ रहा था—मीनू ने इस तरह अपना सिर प्रताप के कंधे से लगा रखा था जैसे वास्तव में उसके सिर में दर्द हो—प्रताप शांत बैठा था, परन्तु मीनू के शरीर में कोहराम-सा मचा था।

उसने थ्री-व्हीलर एक बिल्डिंग के बाहर रुकवाया, दोनों उतरे-मीनू किराया देने लगी तो प्रताप ने नहीं देने दिया। वह लोग लिफ्ट से तीसरे माले पर आये। मीनू ने अपने फ्लैट का दरवाजा खोला—दोनों ने अन्दर प्रवेश किया।

प्रताप ने फ्लैट ध्यान से देखकर कहा—'बहुत शानदार है—आप अकेली रहती हैं?'

'जी केवल मां थी, परन्तु वह...।'

'आई एम सॉरी!'

'आप बैठिए—मैं टैबलेट लेकर कुछ फ्रेश होकर आती हूं।'

प्रताप बैठ गया—मीनू जल्दी से बेडरूम में आई, फिर मोबाइल निकालकर बाथरूम में आ गई, अन्दर से दरवाजा बन्द करके उसने मोबाइल पर शिखा के नम्बर मिलाए।

तुरन्त आवाज आई—'हैलो!'

'शिखा....मैं मीनू हूं।'

'हां बोल—सम गुड न्यूज?'

'एकदम गुड न्यूज है।'

'सच....!'

'हां शिखा—तुझसे प्रॉमिस किया था न?'

'कहां है तू?'

'फ्लैट में—ऑफिस से फोन करती बिना सफलता के उचित नहीं था।'

'ओहो तो क्या प्रताप भी वहीं है?'

'हां, अभी-अभी आए हैं। मैं उसे ड्राइंगरूम में बिठाकर तुझे बाथरूम से फोन कर रही हूं।'

ऐसा लगा जैसे शिखा खुशी से पागल होकर बोली हो—'ओ माई स्वीट हार्ट—मैं तेरा उपकार कभी नहीं भूलूंगी।'

'वह इतनी सरलता से आ जाएगा, विश्वास नहीं था। उसे अपनी मां को पत्र लिखवाना था।' मीनू ने कम-से-कम शब्दों में बताकर कहा—'अब तू जल्दी से चली आ।'

'मैं बस निकलती हूं, तू उसे रोककर रखना प्लीज!'

'मैं उसे रोककर रखूंगी, मगर देर मत करना।'

'अरे हां, अंकल ने तो नहीं देखा?'

'नहीं—जब वह चले गए तब मैं और प्रताप निकले थे।'

'मैं बस तुरन्त निकल रही हूं।'

'तब तक मैं उसे बिजी रखती हूं।'

फिर उसने मोबाइल बंद करके बेडरूम में लाकर रखा—फिर बाथरूम में जाकर हाथ-मुंह धोया और ड्राइंगरूम में आ गई। प्रताप सोफे के कोने पर टिका हुआ, पता नहीं क्या सोच रहा था? उसे मीनू के आने का पता तक नहीं चला—मीनू खखारी तो प्रताप चौंककर जल्दी से खड़ा हो गया।

'अरे बैठिए-बैठिए!' मीनू ने कहा—'आई एम सॉरी—आपको प्रतीक्षा करनी पड़ी।'

'मैं आपका आभारी हूं आप मेरे लिए कष्ट कर रही हैं।' वह बैठता हुआ बोला—'परन्तु आपके सिर का दर्द कैसा है?'

'मैंने बी.पी. डाउन करने की टैबलेट ले ली थी—अब काफी रिलीफ है।' उसने लेटरपैड और बॉलपेन उठाकर कहा—'लाइए आपकी मां को पत्र लिख दूं।' वह बैठकर बोली—'हां बोलिए।'

'लिखिए।' प्रताप ने कहा—'प्रिय मां मेरा रोजगार बदल गया है—अब मैं एक इज्जतदार नौकरी कर रहा हूं—आपको 5000 रुपए का ड्राफ्ट भेज रहा हूं—एकाउंट का नहीं है-पड़ोसी चाचा एजेंट से कैश करा देंगे—आपके स्वास्थ्य की बहुत चिन्ता रहती है—इलाज में ढील मत डालिएगा—अपना इलाज अवश्य जारी रखिएगा—मैं यहां कुशलपूर्वक हूं—उत्तर मेरे पहले पते पर ही दीजिएगा। आपका बेटा—प्रताप।'

फिर उसने कुछ देर चुप रहकर कहा—'लिखा गया न'?

'जी हां।' उसने पत्र तह करके कहा—'पता बता दीजिए, मैं लिफाफा लाती हूं।'

'धन्यवाद—पता लिखा लिफाफा घर में रखा है, मैं पोस्ट कर दूंगा।'

'और ड्राफ्ट?'

'वह भी तैयार है।'

'कहां भेजना है?'

'मां को—लिखवाया न।'

'वह तो मैं लिख ही चुकी हूं—आपकी मां कहां रहती है? क्या बीमारी है उनको?'

'बुढ़ापा स्वयं ही एक बीमारी होता है।'

'अच्छा, क्या पियेंगे आप?'

'कुछ नहीं।' वह उठता हुआ बोला—'धन्यवाद!'

'अरे, यह कैसे हो सकता है? आप पहली बार आए हैं और यों ही चले जाएं।'

'क्षमा कीजिए आपको कष्ट देने आ गया—पहली और अन्तिम बार भी।'

'क्या....?'

'देखिए—मैं मजदूरों का सुपरवाइजर हूं—आप स्टेनो हैं और अपने व आपके बीच का अन्तर मैं भली-भांति जानता हूं।'

'अरे! आप यह क्या बेकार की बातें ले बैठे? मैं ऐसी ऊंच-नीच मानती होती तो आपको साथ ही न लाती।'

इससे पूर्व कि प्रताप कुछ कहता, दरवाजे की बेल बज उठी—मीनू चौंक पड़ी—उसका हृदय धड़क उठा।

प्रताप ने चौंककर कहा—'आपके कोई पहचान वाले आ गए—मुझे देखकर पता नहीं क्या सोचें।'

'कोई कुछ नहीं सोचेगा, यह मेरा फ्लैट है।'

मीनू ने बढ़कर दरवाजा खोला—शिखा को देखकर मीनू ने मुस्कराकर कहा—'आओ शिखा।'

शिखा ने अन्दर प्रवेश किया और प्रताप की दृष्टि उस पर पड़ी—वह इस तरह खड़ा रह गया जैसे पत्थर का हो गया हो।

मीनू ने परिचय कराते हुए कहा—'शिखा यह प्रताप हैं—हमारी फैक्टरी में ही काम करते हैं।' फिर उसने प्रताप से कहा—'और यह मेरी सहेली शिखा है।

शिखा के चेहरे पर हैरानी सा भाव दिखाई दे रहा था, वह धीरे से प्रताप से बोली—'हैलो!'

प्रताप इस तरह लड़खड़ाया, जैसे बेहोश होकर गिरने वाला हो।

शिखा ने जल्दी से बढ़कर उसकी बांह पकड़कर कहा—'नहीं प्रताप प्लीज!'

प्रताप ने इस तरह झटका खाया, जैसे वह नींद भगाने का जतन कर रहा हो—बड़बड़ाया—'नहीं—यह असम्भव है।'

'प्रताप सब कुछ हो चुका है।'

'म...म...मैं शायद सपना देख रहा हूं।'

'ये अब सपना नहीं, एक अटल सच्चाई है प्रताप।'

'नहीं।'

'प्रताप!' शिखा ने रुंधे गले से कहा—'फॉर गॉड सेक अपनी आंखों पर विश्वास करो, मैं तुम्हारी शिखा हूं।'

'म...म..मेरी शिखा...!'

'हां प्रताप, उस रोज मेरी कार से टकराकर तुम समझे थे कि तुम्हारी मृत्यु हो गई और तुमने ईश्वर से प्रार्थना की थी कि मैं तुम्हें अगले जन्म में मिलूं। तब मुझे विश्वास हो गया था कि तुम मुझे बहुत प्यार करते हो—मैंने तुम्हें विश्वास दिलाया था कि तुम जीवित हो—तब तुम पता नहीं क्या समझकर भाग निकले थे—याद है न।'

'हां।'

'प्रताप तुम नहीं जानते मैंने तुम्हें कहां-कहां खोजा है—मेरी तमाम सहेलियां तुम्हें खोज रही थीं मेरे लिए—वह मीनू भी मेरी सहेली है—इसने तुम्हें खोज निकाला—तुम्हें यहां ले आई और मुझे सूचना दे दी।'

'हे भगवान!'

'अब मैं तुम्हें नहीं खो सकती प्रताप—मैं तुम्हें खोकर चैन से नहीं जी सकती—मेरा तुम्हारा किसी पिछले जन्म का सम्बन्ध है—कह दो कि तुम भी मुझे उतना ही प्यार करते हो।'

'हां...!' वह कांपते स्वर में बोला—'शायद वह तुम ही हो, जिसे मैं तुमसे मुलाकात से पूर्व सपनों में देखा करता था।'

'प्रताप...!' वह रुंधे गले से बोली—'अब मुझे छोड़कर कभी मत भागना, वरना मैं आत्महत्या कर लूंगी।'

'शिखा, भगवान न करे।'

'प्रताप...प्रताप...!'

अचानक शिखा प्रताप के सीने से लगकर फूट-फूटकर रोने लगी—प्रताप धीरे-धीरे उसकी पीठ सहला रहा था—मीनू की आंखें भी छलक पड़ी थी।

***

प्रताप जैसे ही स्टॉप पर पहुंचा, उसके पास एक कीमती कार आकर रुकी—प्रताप चौंक गया—ड्राइविंग सीट पर शिखा बैठी थी—उसने बड़े प्यार से मुस्कराकर दरवाजा खोल दिया—प्रताप चुपचाप उसके साथ जा बैठा। कार चल पड़ी—वह इस तरह बैठा था, जैसे जागते में कोई सपना देख रहा हो।

शिखा ने मुस्कराकर पूछा—'क्या सोच रहे हो?'

'पता नहीं क्यों मुझे अब भी आपको देखकर अपनी आंखों पर विश्वास नहीं होता।'

'कि तुम मुझे सपने में देख रहे हो या जाग रहे हो?'

'जी हां।'

शिखा ने अपना बायां हाथ बढ़ाकर कहा—'मुझे छूकर देखो और विश्वास कर लो कि तुम मुझे जागते में ही देख रहे हो।'

प्रताप ने शिखा का हाथ छुआ और झुरझुरी लेकर बोला—'जाग ही रहा हूं।'

'परन्तु तुम मुझे इस भांति छू रहे हो, जैसे मैं छूत की बीमारी हूं।'

'जी...!'

'अरे प्यार करने वाले इस तरह नहीं छूते।'

'फिर किस तरह छूते हैं?'

'जहां हम रुकेंगे वहां बताऊंगी।'

'जी...!'

'यह तुम जी-जी और आप-आप कहकर मुझे क्यों सम्बोधित करते हो?'

'जी-फिर कैसे करूं?'

'जी मत बोला करो—आप की जगह तुम प्रयोग किया करो।'

'जी...।'

'फिर जी।'

'म....म...मेरा मतलब है अच्छा।'

शिखा धीरे से हंस पड़ी और बोली—'जब तुम मुझे पहली बार मिले थे, तभी तुमने मेरे जहन पर गहरा प्रभाव छोड़ा था।'

प्रताप चुप रहा।

शिखा ने फिर कहा—'तुम मेरा वैनिटी बैग जिस प्रकार बचाकर लाए थे, उसमें तुम्हारा भोलापन झलक रहा था—फिर जब सोमी की पार्टी के लिए तुम कपड़े बदलकर आए थे—मैं नहीं मिली थी तो तुम फूट-फूटकर रोने लगे थे।'

'म...म...मुझे मालूम नहीं क्यों रोना आया था मुझे—पर तुम नहीं मिली थीं तो मुझे ऐसा लगा था कि आंसू स्वयं ही उबल रहे हों।'

'इसलिए कि तुम मुझे प्यार करते हो।'

'जी शायद जन्म-जन्म से करता आया हूं।'

'फिर जी....।'

'मैं क्या करूं? मेरे मन में आपका इतना आदर है कि अपने आप ही जबान से जी-जी शब्द निकलने लगता है।'

'प्यार में कोई छोटा-बड़ा नहीं होता।'

'क्या आप—मेरा मतलब तुम—मुझसे सचमुच प्यार करने लगी हो?'

'हां—उस रोज से, जब तुम मेरी कार से टकराकर बेहोश हो गए थे।'

'उस रोज मैं वास्तव में यही समझा था कि मैं मर गया हूं—तुमसे मेरी आत्मा मिल रही है।'

शिखा ने जल्दी से उसके हाथ पर हाथ रख दिया और बोली—'मरे तुम्हारे दुश्मन, फिर कभी ऐसी अशुभ बात जबान पर मत लाना।'

'मेरा कोई दुश्मन है ही नहीं।'

'तुम जैसे व्यक्ति का दुश्मन भला कौन हो सकता है? तुम्हें तो हर मिलने वाला प्यार करने लगता होगा।'

'पता नहीं।' प्रताप ने भोलेपन से कहा।

शिखा उसके भोलेपन पर झुरझुरी लेकर रह गई। प्रताप इसी तरह बैठा रहा जैसे कोई भोला नासमझ बच्चा।

शिखा ने फिर कहा—'कभी पहले भी कोई लड़की तुम्हारे इतना निकट आई है?'

'जी कितना निकट?'

'जितनी मैं हूं।'

'जी हां, कई लड़कियां।'

शिखा के जहन को धक्का-सा लगा। उसने कहा—'अच्छा, आई हैं कई लड़कियां?'

'जी हां।'

'कब कैसे...?'

'जब मैं बस में डंडा पकड़कर खड़ा होता हूं—तो कोई-न-कोई लड़की कभी-कभी आगे या पीछे आकर खड़ी हो जाती है—कभी लोकल ट्रेन में भी ऐसा ही होता है!'

शिखा ने अचानक एक ठहाका लगाया। प्रताप वैसे ही भोला बना बैठा रहा। शिखा ने अपनी हंसी रोकी।

प्रताप ने कहा—'आप हंसी क्यों थीं?'

'क्या मैं इसी भांति तुमसे निकट हूं जैसे लोकल ट्रेन या बस में दूसरी अजनबी लड़कियां होती है?'

'जी बिलकुल नहीं।'

'फिर कैसे हूं?'

'आप कार में हैं।'

शिखा फिर जोर से हंस पड़ी—परन्तु प्रताप वैसे ही चुप बैठा रहा, फिर कार जुहू की पार्किंग में रुक गई।

शिखा ने उसकी ओर देखते हुए मुस्कराकर कहा—'तो मुझमें और दूसरी लड़कियों में केवल इतना ही अन्तर है जितना बस, लोकल ट्रेन वाली लड़कियां और कार वाली लड़की में?'

'स्पष्ट है।'

'बुद्धू तुम्हें इस अन्तर का भी ज्ञान नहीं, जो उनमें और मुझमें हैं।'

'नहीं।'

'बताऊं तुम्हें? उनमें और मुझमें क्या फर्क है?'

'जी बताएं।'

'मेरी ओर मुड़कर बैठो।'

प्रताप मुड़कर बैठ गया—शिखा उसके निकट सरक आई, उसके गले में प्यार से बांहें डालकर उसके होंठों पर अपने होंठ जमा दिए। प्रताप इस तरह बैठा रह गया, जैसे वह सन्नाटे में रह गया हो—शिखा उससे और भी अधिक निकट हो गई—प्रताप का शरीर फिर जैसे कांप उठा हो—उसकी बांहें स्वयं ही शिखा की कमर में लिपट गई—दोनों की सांसें एक-दूसरे से टकराने लगीं—दोनों के दिल एक-दूसरे के सीने में धड़कने लगे।

काफी देर बाद शिखा उससे अलग हुई। दोनों की सांसें फूल रही थीं।

शिखा ने कहा—'क्या कोई दूसरी लड़की इस प्रकार तुम्हारे निकट आई?'

'न...न....नहीं...।'

'यानी मैं तुम्हारे जीवन की पहली लड़की हूं, जो तुम्हारे इतना निकट आई है?'

'जी!'

'और तुम मेरे जीवन में आने वाले पहले युवक हो, जिसके कुंवारे होठ मेरे कुंवारे होंठो से छुए हैं।'

'शिखा...!'

'हां प्रताप—अब तक जितने युवकों से मेरा वास्ता पड़ा था, वह केवल मेरे शरीर के दीवाने थे—निकट आते ही सबसे पहले मेरा शरीर प्राप्त करने का प्रयास करते थे।'

'शरीर—वह कैसे प्राप्त होता है?'

शिखा के होंठों पर एक प्यार भरी मुस्कान फैल गई, उसने प्रताप के होंठ चूमकर कहा—'वास्तव में तुम इस युग के पुरुष नहीं अनुभव होते।'

'फिर किस युग का हूं?'

'छोड़ो—मुझे बताओ तुम्हारा और कौन-कौन है?'

'मां हैं।'

'कहां रहती हैं?'

'मुम्बई से बहुत दूर।'

'तुम कहां रहते हो?'

'एक मित्र के साथ खोली में।'

'पढ़ा कहां तक है?'

'मीनू जी ने नहीं बताया?'

'वह कह रही थी—तुम्हें हिन्दी नहीं आती'?

'इंगलिश भी केवल काम चलाऊ, वह भी जबानी।'

'यानी तुमने कुछ भी नहीं पढ़ा?'

'लगभग—क्योंकि अवसर ही प्राप्त नहीं हुआ।'

'हालांकि तुम्हें देखकर कोई नहीं कह सकता कि तुम पढ़े-लिखे नहीं हो।'

'जी इसमें मेरा दोष नहीं।'

'तुम्हारे व्यक्तित्व से भी अनुभव होता है कि तुम किसी बहुत ऊंचे कुल के सदस्य हो।'

'जी—वह तो है।'

'अच्छा।'

'मां बताती है कि मेरे पिता बहुत ऊंचे कुल से सम्बन्धित थे।'

'अब हैं?'

'हैं तो।'

'पर तुम्हें मालूम नहीं, वह कहां है?'

'जी नहीं।'

'यानी तुम्हारे माता-पिता अलग हो गए हैं?

'शायद।'

'क्या तुमने कभी मां से नहीं पूछा?'

'नहीं....!'

'क्यों?'

'मैं उनका बहुत आदर करता हूं—वैसे भी वह देवी समान हैं।'

'मैं समझ गई—क्या तुम मुझे अपनी मां से मिलवाओगे?'

'आपको तो अवश्य मिलाऊंगा।'

'आपको नहीं तुम्हें।'

'जी—तुम्हें ही समझ लीजिए।'

'कब मिलाओगे?'

'समय आने पर।'

'समय कब आएगा।'

'यह तो स्वयं मुझे पता नहीं।'

'तो फिर कैसे मालूम होगा?'

'मेरा सपना है कि मैं अपनी मां को उनके मान-सम्मान अनुसार किसी बहुत अच्छी जगह लाकर रखूंगा—उनके आने-जाने के लिए कार होगी। जब वह समय आ जाएगा, तब आपको उनसे मिलाऊंगा।'

'इस नौकरी में कभी वह समय आ सकता है?'

'मालूम नहीं।'

'फिर तुमने यह नौकरी क्यों कर ली?'

'किशोर जी बहुत भले मानुष हैं—उन्हें मालूम है कि मैं पढ़ा-लिखा नहीं हूं—फिर भी उन्होंने मुझे सुपरवाइजर की पोस्ट दे दी है—वरना मैं तो इस पोस्ट के योग्य भी नहीं था।'

'निःसंदेह—यह तो है।'

'मैं उनका उपकार किसी जन्म नहीं भूलूंगा।'

'मैं तुम्हारे लिए कुछ कर सकती हूं?'

'क्या?'

'तुम कोई अच्छा कारोबार कर लो।'

'उसके लिए अधिक रकम भी तो होनी चाहिए।'

'वह मैं दूंगी तुम्हें।'

'धन्यवाद शिखाजी—मैं किसी के उपकार की आधारशिला पर अपने भविष्य का महल नहीं खड़ा कर सकता।'

'फिर बताओ, मैं तुम्हारे लिए क्या करूं?'

'केवल मेरी प्रतीक्षा।'

'वह तो मैं पूरी उम्र करने को तैयार हूं—परन्तु मैं तुम्हारे लिए एक काम कर सकती हूं।'

'वह क्या?'

'मैं तुम्हें पढ़ा सकती हूं।'

‘लोग कहते हैं बूढ़े ते नहीं पढ़ सकते।’

‘यह कहावत अब पुरानी हो चुकी है और झूठी भी।’

‘पता नहीं।’

‘मैंने ऐसे बूढ़े भी देखे हैं जिनके बाल सफेद हो चुके थे, परन्तु उनके मन में लगन थी—उन्होंने पढ़ा और आज अच्छी नौकरियों पर लगे हैं।’

‘आपका आदेश है और विश्वास है, तो मैं टाल नहीं सकता।’

‘आपका नहीं तुम्हारा—आदेश नहीं मशविरा—मैं तुम्हें कल से ही पढ़ाऊंगी मीनू के फ्लैट पर, रोजाना ऑफिस टाइम के बाद फिर अपनी निगरानी में दो परीक्षां दिलवाऊंगी।’

‘जी!’

‘फिर तुम्हारे किशोर जी ही तुम्हें कोई अच्छी-सी पोस्ट पर लगायेंगे।’

‘धन्यवाद मैं उन्हें आपके बारे में अवश्य बताऊंगा।’

‘अरे बाप रे ऐसा गजब मत करना।’

‘क्यों!’ प्रताप ने आश्चर्य से पूछा।

‘वह मेरे पिता के मित्र है।’

‘ओहो...!’

‘यदि उन्होंने डैडी से कह दिया तो गजब हो जाएगा।’

‘जी—मैं नहीं कहूंगा।’

‘तुम बहुत अच्छे हो।’

फिर उसने प्रताप के गले में बांहें डालकर उसके होंठों पर होंठ रख दिए। प्रताप ने उसे लिपटा लिया।

***

किशोर बहुत दिलचस्पी से पहलू बदलकर बोला—‘फिर क्या हुआ?’

‘फिर उसने मुझे अपनी कार में बिठाया।’

‘फिर...?’

‘वह मुझे जुहू ले गई।’

‘फिर...?’

‘मैंने उसे बताया था कि मैं बिलकुल अनपढ़ हूं—उसने आज से ही मुझे अपनी एक फ्रेंड के फ्लैट पर पढ़ाने और अपनी निगरानी में परीक्षाएं दिलाने की प्रतिज्ञा की है।’

‘अरे, वह तो होगा। यह बताओ कि बात कुछ आगे बढ़ी?’

‘जी हां, बहुत बढ़ गई।’

‘कहां तक?’

‘जी—होंठों तक।’

‘रियली?’ किशोर खुशी से उछलकर बोला।

'जी हां सर।'

'नाइस वेरी नाइस।'

'मैंने तो अभी यही प्रकट किया है कि मैं स्त्री-पुरुष के सम्बन्धों के बारे में कुछ भी नहीं जानता।'

'यार तुम मेरे पहले मित्र हो, जो मेरे गुरु निकल रहे हो।'

'ऐसा कह कर मुझे पाप मत लगाइए।'

'अब आगे कब बढ़ रहे हो?'

'वैसे तो गुरु अंकल के मशिविरे से ही बढ़ूंगा, परन्तु मेरी एक राय है।'

'हां बोलो।'

'मैं चाहता हूं कि उसे इतना अधिक व्याकुल कर दूं कि बजाय इसके कि मैं उसके कपड़े उतारूं-वह स्वयं ही कपड़े उतारने पर विवश हो जाए धीरज खोकर।

'नाइस, परन्तु ऐसा सम्भव है?'

'सम्भव क्यों नहीं गुरु अंकल? कल भी उसे मैंने किस नहीं किया था। उसने स्वयं ही मुझे किस किया था।'

'ठीक है, मैं तुम्हारी राय से सहमत हूं।'

'थैंक्यू गुरु अंकल।'

'यार मुझे भी उससे मिलवा दो।'

'अभी नहीं गुरु अंकल।'

'क्यों?'

'आप मेरे गुरु हैं, यह बात कैसे भूल सकता हूं।'

किशोर ने ठहाका लगाया और बोला—'यानी तुमसे पहले मैं हाथ की सफाई न दिखा दूं?'

'क्षमा चाहता हूं।'

'कोई बात नहीं—तुम जैसे युवक को इतना चतुर तो होना ही चाहिए।'

'थैंक्यू अंकल।' वह उठता हुआ बोला—'अच्छा मैं चलता हूं गुरु अंकल।'

'वह स्टॉप पर तुम्हारी राह देखेगी?'

'जी नहीं।'

'क्यों?'

'मैंने मना कर दिया है।'

'क्यों?'

'इम्प्रेशन मारने के लिए—मैंने कह दिया है कि मैं आपका यह उपकार नहीं लूंगा कि आप मुझे रोज पिकअप किया करें, आप मुझे जहां पढ़ाएंगी, मैं वहां स्वयं पहुंच जाया करूंगा।'

'वास्तव में बहुत चतुर हो तुम।'

'थैंक्यू गुरु अंकल—गुड इवनिंग।'

फिर वह बाहर निकल गया। किशोर की दिलचस्पी से उस दरवाजे को देख रहा था, जिससे वह बाहर गया था।

‘फिर बड़बड़ाया—‘तुम अवश्य गुरु का नाम रोशन करोगे चेले मित्र।’

ठीक उसी समय घंटी बजी और उसने रिसीवर उठाकर कहा—‘यस!’

दूसरी ओर से आवाज आई—‘मुझे तो अकसर देखते ही रहते हो—मेरी आवाज भी अब तो पहचानने लगे हो शायद।’

किशोर के माथे पर अचानक बल पड़ गए—उसने क्रोधित स्वर में कहा—‘तुमने फिर फोन किया?’

‘बिगड़ते क्यों हो? अब तो बहुत दिनों बाद फोन कर रही हूं।’

‘क्या बकना है?’

‘शुभ सूचना थी—सोचा सबसे पहले तुम्हारा ही मन प्रसन्न करूं।’

‘कैसी शुभ सूचना?’

‘तुम्हारी बेटी कयामत निकली है।’

‘बको मत—मेरी कोई बेटी नहीं।’

‘तुम्हारे न कहने से सच्चाई नहीं बदल सकती।’

‘शटअप।’

‘शुभ सूचना वास्तव में यह है कि एक तुम्हारे ही जैसे दिलफेंक बूढ़े से शीतल का सौदा तय हो गया है।’

‘बकवास बन्द करो।’

‘जिस रोज मामला फाइनल हो जाएगा और जब वह बूढ़ा तुम्हारी बेटी को कली से फूल बनाएगा, उस रोज मैं तुम्हें अन्तिम बार फोन करूंगी। फिर वह मार्केट में आ ही जाएगी और मेरी शेष आयु शान्ति से कटेगी।’

‘और कुछ बकना है?’

‘हां।’

‘बको।’

‘तुम्हारा कहना है कि शीतल तुम्हारी बेटी नहीं है?’

‘शत प्रतिशत।’

‘तो फिर तुम चाहो तो....।’

किशोर उसकी बात पूरी होने से पहले ही चिल्लाया-‘हरामजादी....!’

दूसरी ओर से ठहाका सुनाई दिया और कहा गया—‘तुम उसे अपनी बेटी मानते ही नहीं, फिर बम क्यों फट पड़ा?’

किशोर ने रिसीवर पटक दिया—उसके पूरे शरीर का लहू लावे की भांति खौल रहा था—इस समय पुष्पा सामने होती तो वह उसकी गर्दन ही दबा देता—उसने सोचा इतनी नीच घटिया महिला ने शायद ही पहले कभी धरती पर जन्म लिया होगा। फिर उसके अन्दर से जैसे आवाज आई—

'नीच और घटिया महिला—शीतल को मेरी बेटी कहती है और मेरे ही साथ सौदे की बात करती है। मगर मैं तो नहीं मानता कि शीतल मेरी बेटी है। वास्तव में वह मेरी बेटी नहीं है। जब वह मेरी बेटी है ही नहीं, तो पुष्पा कुछ भी बकती रहे—मुझे टेंस होने की क्या आवश्यकता है'?

किशोर ने अपने सिर को झटका दिया—कुछ ही देर बाद मोबाइल की घंटी बज उठी।

उसने कॉल का बटन दबाकर कहा—'हैलो!'

'मैं हूं रवीना।'

'बात कर ली है मैंने वकील से।'

'फिर...?'

'एग्रीमेंट तैयार है, तुम फ्लैट और कार की चाबी तथा एक साल की रकम एडवांस लेकर आ जाओ।'

'व्हाट....? एक साल का एडवांस?'

'अरे बाबा, अपनी आधी रकम उसमें से डिडक्ट कर लेना।'

'यानी 65 हजार लाऊं?'

'हां।'

तुम मुझे बहुत ब्लैकमेल कर रही हो।

'हे-हे-हे—यह तो बिजनेस है।'

किशोर को इस समय उसकी हंसी भी जहर लगी।

आवाज फिर आई—'तो कितनी देर में आ रहे हो'?

'जितनी देर यहां से चलकर पहुंचने में लगे।'

'कहां मिलोगे?'

'जहां तुम चाहो।'

'मैं रूबी को लेकर तुम्हारे उसी फ्लैट में आ जाती हूं, जिसका कब्जा तुम रूबी को दोगे।'

'आ जाओ।'

'पहुंचो जल्दी से।'

किशोर ने रिसीवर रख दिया—उसका मूड अभी तक ठीक नहीं हुआ था।

***

कागजात पर किशोर के साइन लेकर वकील चला गया—फ्लैट में किशोर, रूबी और रवीना ही रह गए।

किशोर की राल रूबी को देखकर टपकने लगी। उसने रवीना से कहा—'अब तो तुम्हारी तमाम शर्तें पूरी हो गई।'

'फिर...?'

'अब आज...?'

'नॉट एट ऑल।'

'क्यों?'

'अभी रूबी को तलाक के पेपर साइन करने हैं।'

'आ गया उसका पति?'

'हां।'

'परन्तु उससे क्या अन्तर पड़ता है?'

'तुम्हें पड़े न पड़े, रूबी को तो पड़ सकता है।'

'कैसे?'

'वह रिपोर्ट कर सकता है कि रूबी का जिस्मानी सम्बन्ध किसी दूसरे पुरुष से हो गया है, जिसके कारण यह तलाक ले रही है और इसका प्रभाव उसके मानसिक सन्तुलन पर पड़ रहा है। ऐसे में यदि रूबी का मेडिकल चेकअप हो गया तो रूबी को सजा भी हो सकती है।'

किशोर ने बड़े धैर्य से कहा—'फिर मुझे कब तक प्रतीक्षा करनी पड़ेगी।'

'जब तक रूबी को अदालत से तलाक न मिल जाए।'

'अरे तो कब तक?'

'एक सप्ताह भी लग सकता है, एक महीना भी।'

किशोर खून का सा घूंट पीकर रह गया।

रवीना ने लम्बा घूंट लेकर कहा—'तुम क्या सोचती रह गई रूबी?'

'कुछ नहीं।'

'अरे तो तुम जाओ।'

'कहां?' किशोर ने पूछा।

'रूबी को एक स्टार हीरो के साथ एक फिल्म मिल रही है, उसकी कहानी सुनने जाना है।'

'कहां?'

'मधुजी के यहां।'

रूबी उठकर ड्रेसिंग टेबल के सामने अपना मेकअप ठीक करने लगी। किशोर के कलेजे पर सांप लोटकर रह गया।

रवीना ने घूंट भरकर रूबी से कहा—'मेक हेस्ट डार्लिंग।'

'बस जाती हूं।'

'मैं ड्रॉप कर दूंगा।' किशोर ने कहा।

'तुम...।' रवीना ने मुस्कराकर कहा—'अरे तुमने रूबी को कार दी है, तो उसे स्वयं ड्राइव भी करने दो।'

किशोर दांत पीसकर रह गया। रूबी ने अपना खूबसूरत बड़ा-सा बैग उठाया और एक कातिल मुस्कराहट होंठों पर लाकर बोली—'ओके गुड नाइट।'

रूबी चली गई तो किशोर खाली-खाली सा खड़ा रह गया।

रवीना ने मुस्कराकर कहा—'क्यों राल टपका रहे हो?'

'तुम बहुत कमीनी हो।'

'हे-हे-हे तुम जैसे मर्द ही मेरी जैसी औरत को कमीनी बनाते हैं। याद रखो अब जीवन में कभी किसी स्त्री का अपमान मत करना।'

'क्या मतलब?'

'तुम्हें, जब तुम युवक थे, मैं तुम्हें बहुत पसंद करती थी और दूसरी बार जब मैंने तुमसे मिलने की इच्छा प्रकट की थी तो तुमने कहा था कि तुम एक बार सूंघ हुआ फूल फिर कभी नहीं सूंघते।'

किशोर चुप रहा।

रवीना ने फिर कहा—'यदि तुम उन्हीं दिनों कभी-कभी मुझसे मिलते रहते तो आज तुम्हें रूबी के लिए तड़पना नहीं पड़ता।'

'तो तुम मुझसे बदला ले रही हो?'

'भड़ास निकाल रही हूं—उन दिनों मैं सूंघ हुआ सही, परन्तु गुलाब का फूल थी—जिसे तुमने सूंघने से इंकार कर दिया था—आज मैं गोभी का फूल हैं, फिर भी तुम बार-बार मुझे सूंघने पर विवश हो।'

'क्या तुम मुझे क्षमा नहीं करोगी?'

'कर तो दिया है, मगर...। तुम्हें कुछ मुद्दत और तड़पते देखना चाहती हूं।'

'रवीना...!'

'तुम इस मुद्दत को शॉर्ट कर सकते हो।'

'कैसे?'

'मुझे रोज मिलकर।'

'नहीं।'

'सोच लो—यदि तुम रोज के लिए इनकार करोगे तो यह शर्त सुबह-शाम की भी हो सकती है।'

'मैं तुझे मार डालूंगा।'

रवीना ने ठहाका लगाकर कहा—'तुम यह भी नहीं कर सकते।'

'व्हाट...?'

'मैंने एहतियात के तौर पर रिपोर्ट वकील के द्वारा करा रखी है कि यदि मेरी मृत्यु कुदरती न हो तो उसका जिम्मेदार तुम्हें समझा जाए।'

किशोर के जहन में छनाका सा हुआ। उसने कहा—'वास्तव में तुम बहुत कमीनी हो।'

'हे-हे-हे—तुम जिस स्त्री का भी अपमान करोगे, वह मुझसे भी अधिक कमीनी हो सकती है।'

'शटअप।'

'जब कुछ कहते बन नहीं पड़ता, तो तुम शटअप ही कह देते हो।'

'मैं जा रहा हूं।'

'सोच लो।'

'रवीना!'

'एक वर्ष भी रूबी को तलाक नहीं मिलेगी?'

'कुतिया...रंडी...।'

'ओ कम ऑन यू हंगर वुल्फ।'

रवीना ने हाथ बढ़ा दिए—किशोर खून का सा घूंट पीकर रह गया, मगर दरवाजा तो उसे बन्द करना ही पड़ा।

***

प्रताप वर्कशॉप से निकला तो एक चपरासी ने कहा—'आपको मैनेजर साहब ने याद किया है।'

किशोर ऑफिस की बिल्डिंग में आया—छुट्टी हो चुकी थी—मीनू उठने की तैयारी करते-करते रुक गई—परन्तु प्रताप सीधा किशोर के केबिन की ओर आया और आज्ञा लेकर अन्दर प्रवेश किया।

किशोर ने कहा—'आओ प्रताप बैठो, कई रोज से तुमसे भेंट ही नहीं हुई—आज तुमसे मिलने को मन करने लगा।

'थैंक्यू सर।' वह बैठ गया।

उसने घड़ी देखी तो किशोर ने कहा—'मुलाकात का समय हो रहा है?'

'यस सर।'

'मामला ठीक-ठाक चल रहा है?'

'एकदम ठीक-ठाक सर।

'बात कहां तक पहुंची है?'

'काफी आगे बढ़ चुकी है। अब तो वह मेरे लिए इतनी दीवानी रहने लगी है कि चंद मिनट भी देरी में पहुंचू तो बुरी तरह व्याकुल हो जाती है।'

'तुमने कुछ किया कि नहीं?'

'अभी नहीं सर।'

'समाप्त करो जल्दी से कार्यक्रम।'

'क्यों सर?'

'अब बहुत व्याकुल कर लिया है उसे—लोहा गर्म हो तो तुरन्त चोट मारकर निकल जाओ—वरना परेशानी में पड़ सकते हो।'

'वह क्यों सर?'

'यदि वह कुछ अधिक सीरियस हो गई, तो क्यों तुम उससे विवाह करने को तैयार हो?'

'ब्सोलूटली नॉट सर।'

'इसलिए कह रहा हूं कि खेल को इतना लम्बा मत खींचो कि हड्डी गले में अटकने वाली बात पैदा हो जाए—यदि ऐसा हो जाए तो जीवन में बड़ी परेशानी खड़ी हो जाती है।'

'परन्तु सर वह बहुत धनवान एवं स्टैंडर्ड की युवती है। यदि वह मेरे लिए सीरियस भी हो गई तो उसके घर वाले कभी नहीं एक्सेप्ट नहीं करेंगे।'

'सम्भव है वह तुम्हारे लिए अपने परिवार को ही छोड़ने को तैयार हो जाए तो तुम क्या करोगे?'

'ओहो...!'

'इसलिए कह रहा हूं डिनर लेकर निकल लो।'

'आपक मशविरा बिलकुल परफेक्ट है सर—मैं आज ही कहानी समाप्त करने का प्रयास करूंगा।'

'उसके बाद तुम उससे मिलते रहोगे।'

'आप जैसा मशविरा देंगे सर।'

'नहीं एकदम छोड़ देना।'

'और सर वह पढ़ाई?'

'नाटक है न?'

'परन्तु पढ़ाई का शौक तो नाटक नहीं।'

'मैं पढ़ा लूंगा—यदि वह तुम्हारी भांति फ्लर्ट होगी तो कुछ रोज बाद तुम्हें भूल जायेगी—किसी दूसरे के साथ नजर आएगी।'

'यदि ऐसा न हुआ तो?'

'99 प्रतिशत ऐसा ही होता है चेले मित्र—इस धरती पर कोई भी महिला किसी एक पुरुष की बनकर नहीं रह सकती—सम्भव है कि वह तुमसे विवाह भी कर ले, परन्तु जब उसका मन तुमसे भर जाएगा तो वह तुम्हारे साथ अपने रिश्ते की परवाह किए बिना ही अपना शरीर किसी दूसरे पुरुष को सौंप देगी।'

'ओहो...!'

'यही मेरे 55 साला जीवन का अनुभव है। इसलिए किसी एक पुरुष को कभी किसी एक स्त्री के लिए सीरियस नहीं होना चाहिए।'

'मैं आपके अनुभव को सामने रखूंगा सर। कभी एक स्त्री के लिए सीरियस नहीं होऊंगा।'

'शाबाश! तुम मेरे सच्चे चेले सिद्ध होंगे—मुझे विश्वास है।'

'धन्यवाद सर।'

'ओके—अब तुम जा सकते हो।'

'थैंक्यू सर।'

प्रताप उठकर बाहर निकल आया, उसी समय घंटी बजी।

किशोर ने रिसीवर उठाकर कहा—'हैलो।'

'किशोर, मैं पुरुषोत्तम हूं।'

'अरे, तुम कब आ गए?'

'कल ही आया हूं।'

'भाभी कैसी हैं?'

'बस ठीक है।'

'खैरियत तो है?'

'तुम आ जाओ। रात का खाना यही खाना। पता चला था कि तुम कई बार यहां आए थे।'

'वह तो मैं आ ही रहा हूं—परन्तु मुझे बताओ न-तुम जानते ही हो कि मुझमें इतनी सहनशक्ति नहीं है।'

'घबराओ मत तुम्हारी भाभी बिल्कुल ठीक है।'

'तुम लोग मंदाकिनी की बीमारी के कारण गए थे न इंग्लैंड।'

'हां।'

'वह साथ आई है?'

'नहीं।'

'वह कैसी है?'

दूसरी ओर सन्नाटा छा गया तो किशोर का हृदय धड़क उठा। उसने फिर पूछा—'बताओ न—कैसी है मंदाकिनी?'

'मंदाकिनी अब नहीं रही।'

'नहीं...!' किशोर के जहन में एक जोरदार छनाका सा हुआ। उसने कुछ देर बाद फिर पूछा—'कब हुआ?'

'एक महीना हो गया।'

'भाभी को तो बहुत सदमा होगा।'

'स्पष्ट है।'

'क्या बीमारी हो गई थी?'

'दिल की बीमारी लग गई थी—जब से उसके पति की मृत्यु हुई तो वह टूटती ही चली गई थी। कुछ ही वर्षों में रजनी से कहीं अधिक बूढ़ी नजर आने लगी थी।'

'ओहो—बहुत प्यार था उसे पति से?'

'बहुत अधिक। यह रिश्ता ही ऐसा होता है।'

किशोर चुप रहा।

फिर आवाज आई—'हैलो!'

'मैं सुन रहा हूं—एक बात बताओ दोस्त?'

'पूछो।'

'मंदाकिनी तो इंग्लैंड जैसे माहौल में रहती थी—फिर भी उसे पति से इतना मोह था?'

'किशोर—देश, धरती या अन्न-जल बदलने से क्या किसी राष्ट्र की सभ्यता या परम्परा स्वयं बदल जाती है। मंदाकिनी जन्म से तो भारतीय नारी ही थीं—तुम्हारी भाभी की मानिन्द। वैसे तो भारत में पश्चिम से अधिक आजादी पसन्द महिलाएं मिल जायेंगी।'

किशोर कुछ न बोला।

फिर आवाज आई—'ऐनी वे तुम आ रहे हो न?'

'आ रहा हूं।'

उसने रिसीवर रख दिया। उसके चेहरे पर एक अनजाना-सा तनाव दिखाई दे रहा था।

***

प्रताप बाहर निकला था तो चपरासी ने कहा था—'आपको मीनू मेमसाहब रुकने को कह गई हैं।'

प्रताप खड़ा रहा। फिर कुछ देर बाद मीनू आ गई।

'तुम्हें प्रतीक्षा करनी पड़ी—आई एम सॉरी!' वह बोली।'

'कोई बात नहीं, काम है कोई मुझसे?'

'कोई खास नहीं। तुम्हें उधर ही जाना है न?'

'हां।'

'चलो—साथ निकलते हैं।'

स्टॉप की ओर बढ़ते हुए मीनू ने कहा—'शिखा तो आ गई होगी।'

'हां—मुझे मैनेजर साहब ने बुला लिया था। इसलिए कुछ लेट हो गया।'

'थ्री-व्हीलर कर लें?'

'यही उचित रहेगा।'

उन्होंने इधर-उधर देखा तो ऑटो नजर नहीं आया।

मीनू ने कहा—'आ जाएगा।'

'आपको किधर जाना है?'

'घबराओ मत, मैं रास्ते में ही उतर जाऊंगी।'

'जी।'

'जानते हो, मैंने तुम्हें क्यों रोका है?'

'क्यों?'

'तुमसे एक जरूरी बात करनी थी।'

'कहिए।'

'तुम शिखा को बहुत प्यार करते हो न?'

'आपको या शिखा को सन्देह है?'

'ऐसी बात नहीं।'

'फिर क्या बात है?'

'वास्तव में शिखा की शादी की बात कहीं चल रही है।'

'ओहो...!'

'शिखा के माता-पिता ने चलाई है।'

'फिर...?'

'शिखा शायद आज तुम्हें बताएगी।'

'जी।'

'यदि तुम शिखा से प्यार करते हो, तुम्हें निर्णय लेने में देरी नहीं करनी चाहिए।'

'मैंने तुम्हें पहले से इसलिए बता दिया कि तुम शिखा से बात करने से पहले ही कोई निर्णय ले लो।'

'धन्यवाद!'

'उचित होगा कि तुम दोनों छिपकर शादी कर लो।'

'ओहो...!'

'एक बार शादी हो जाए तो घरवालों को मजबूरन तैयार होना पड़ता है—लड़की का विश्वास एवं साहस भी बढ़ जाता है।'

'जी।'

इतनी देर में एक थ्री-व्हीलर आ गया—वह दोनों बैठ गए—थ्री-व्हीलर सड़क पर दौड़ने लगा—प्रताप एकदम शांत बैठा था। मीनू उसे कनखियों से देख रही थी।

***

प्रताप ने थ्री-व्हीलर का किराया अदा किया और बिल्डिंग में प्रवेश करके लिफ्ट से ऊपर आया—उसने फ्लैट की घंटी का बटन दबाया। दरवाजा खुल गया—शिखा का चेहरा देखकर उसे जैसे धक्का-सा लगा हो।

वह पीछे हटती हुई बोली—'आज तो बड़ी व्याकुलता से तुम्हारी प्रतीक्षा कर रही थी।'

प्रताप ने अन्दर प्रवेश करते हुए कहा—'आज क्या कोई विशेष शिक्षा देनी है?'

'यही समझ लो।'

शिखा ने दरवाजा बन्द किया और प्रताप की ओर मुड़कर बोली—'तुम मुझसे कितना प्यार करते हो?'

'यह किसी शिक्षा का भाग है या परीक्षा का?'

'कुछ भी समझ लो।'

'शिखा!' प्रताप ने उसके कंधे पकड़कर कहा—'मैं तुम्हें इतना ही प्यार करता हूं जितना किसी ने किसी से पहले कभी इस धरती पर नहीं किया होगा।'

'प्रताप...!' शिखा की आवाज कांप गई।

'कोई प्रमाण मांगो तो मैं अभी देने को तैयार हूं—चाहे जान ही क्यों न हो।'

'भगवान न करे, तुम्हारी जान तो अब मेरी जान है।'

'परन्तु तुम आज इतनी गम्भीर क्यों हो गई?'

'मेरे डैडी इंग्लैंड में किसी युवक से मेरा रिश्ता तय करके आए हैं।'

'नहीं...!'

'यह सत्य है प्रताप।'

'तुमने उन्हें बताया नहीं कि तुम मुझसे प्यार करती हो।'

'अवसर नहीं था।'

'क्यों?'

'मेरी छोटी मौसी इंग्लैंड में रहती थीं—एक महीना हुआ उनका देहांत हो गया है।'

'ओहो....!'

'इस कारण मैं उन्हें नहीं बता सकी।'

'किससे रिश्ता तय किया है?'

'मुझे स्वयं नहीं मालूम।'

'तो फिर क्या होगा?'

'मेरी बुद्धि स्वयं काम नहीं कर रही।'

'क्या तुम्हारे अन्दर साहस नहीं?'

'मेरे डैडी-मम्मी मुझे बहुत प्यार करते हैं—उन्होंने कभी मेरी कोई बात नहीं टाली।'

'तब तो शायद यह बात भी न टालें।'

'मुझे विश्वास नहीं—भारतीय माता-पिता लड़की को कितना ही प्यार क्यों न करते हों—परन्तु जब जीवनसाथी चुनने की बात आती है, तो उन्हें अपना स्टैंडर्ड, अपनी हैसियत याद आ जाती है।'

'और वह मजदूरों के सुपरवाइजर लड़के को तुम्हारे धन का लोभी समझ लेंगे?'

'निःसंदेह।'

'फिर तो एक ही रास्ता रह जाता है।'

'वह क्या?'

प्रताप ने सिन्दूर की डिबिया जेब से निकालकर हथेली पर रखकर आगे बढ़कर कहा—'यह सिन्दूर।'

'प्रताप!' शिखा झटके से पीछे हट गई।

'यही हमारे प्यार की परीक्षा है—यदि तुम मुझे वास्तव में प्यार करती हो तो तुम्हें यह साहस दिखाना होगा—वरना आज की कायरता हम दोनों को सदा के लिए जुदा कर देगी।'

'मगर प्रताप...!'

'सोच लो शिखा—मैं तुम्हें विवश नहीं करूंगा। परन्तु तुम्हारी न के बाद आज से ही हम कभी एक-दूसरे से नहीं मिलेंगे।'

'प्रताप...!'

'निर्णय तुम्हारे हाथ में है—या तो तुम आज सदा के लिए प्यार पर से मेरा विश्वास उठा दो और निर्णय कर लो कि तुम मेरे बिना भी जी सकती हो।'

'नहीं प्रताप, मैं तुम्हारे बिना नहीं जी सकती।'

'तो फिर आज ही मेरी बन जाओ—तुम्हारे अन्दर स्वयं ही साहस आ जाएगा।'

'मैं तैयार हूं प्रताप।'

प्रताप ने एक चुटकी सिन्दूर डिबिया से निकालकर शिखा की मांग में भरकर कहा—'मैं भगवान को साक्षी मानकर तुम्हें अपनी पत्नी स्वीकार करता हूं।'

'मैं भी भगवान को साक्षी मानकर तुम्हें अपना पति स्वीकार करती हूं।'

उसने प्रताप के पांव छुए। प्रताप ने उसे कंधों से पकड़कर उठाया—दूसरे ही पल शिखा प्रताप के सीने से लगी हुई थी।

***

किशोर की खुशी का कोई ठिकाना नहीं था—उसने बैल बजाई तो दरवाजा खुल गया—सामने रूबी खड़ी दिखाई दी। जिसके शरीर से सुगन्ध फूट रही थी।

वह मुस्कराकर पीछे हटकर बोली—'मैं आपकी ही प्रतीक्षा कर रही थी।'

'सच?' किशोर ने अन्दर प्रवेश किया। रूबी ने दरवाजा बन्द कर दिया और बोली—'रवीना आंटी ने बताया है कि आप मुझे लेकर कहीं बाहर जाएंगे।'

'वह बाद की बात है, आज तो हम यहीं रात को रंगीन बनायेंगे।'

फिर उसने कोट उतारकर नेकटाई खोली—ठीक उसी समय फोन की घंटी बजी और वह चौंक पड़ा।

उसने कॉल का बटन दबाकर हैंडसेट कान से लगाकर कहा—'हैलो!'

'पहचानो मुझे।' दूसरी ओर से आवाज आई।

'पुष्पा...!' किशोर ने दांत पीसकर कहा।

'आज तुमने एक नई युवती खरीदी है और आज ही तुम्हारी बेटी शीतल की नथ उतरने का दिन भी है।'

'मैं आज के बाद तुम्हें कभी फोन नहीं करूंगी और आज से तुम्हारी बकवास भी बंद हो जाएगी—मैंने तुमसे कहा था कि जिस रोज तुम्हारी बेटी की नथ उतरेगी, उस रोज मैं तुम्हें अन्तिम फोन करूंगी।'

'मैं फोन बन्द कर रहा हूं।'

'अवश्य, परन्तु रूबी से पूछ लेना कि कहीं उसका असली नाम शीतल तो नहीं है?'

दूसरी ओर से फोन बंद हो गया।

किशोर के दिमाग में एक धमाका सा हुआ—उसने रूबी की ओर देखकर पूछा—'तुम्हारा असल नाम रूबी ही है न?'

'जी नहीं—मेरा असल नाम शीतल है।'

'और तुम्हारी मां का नाम?'

'पुष्पा।'

किशोर को ऐसा लगा, जैसे उसके सिर पर कोई भारी चट्टान आन गिरी हो—जिसने उसका वजूद कुचलकर रख दिया हो।

***

कार फर्राटे भरती हुई बंगले पहुंची—चौकीदार ने जल्दी से फाटक खोल दिया—कार अन्दर आकर पोर्च में रुक गई—जहां पहले ही डॉक्टर की गाड़ी खड़ी थी—किशोर जल्दी से इंजन बन्द करके उतरा तो पुरुषोत्तम का फैमिली डॉक्टर बाहर आता दिखाई दिया।

किशोर को देखकर वह रुक गया तो किशोर ने व्याकुलता से पूछा—'कैसी है शिखा?'

'अब खतरे से बाहर है, बहुत देर तक कै करानी पड़ी थी।'

'मगर उसे हुआ क्या था?'

'उसने आत्महत्या का प्रयास किया था।'

'आत्महत्या!' किशोर उछल पड़ा—'मगर क्यों?'

'आप अन्दर जाकर मालूम कर लीजिए।'

डॉक्टर कार की ओर बढ़ गया। किशोर ने जल्दी से अन्दर प्रवेश किया—कुछ देर बाद वह शिखा के सामने था—रजनी और पुरुषोत्तम भी मौजूद थे। दोनों बहुत परेशान और दुखी थे—किशोर को देखते ही शिखा की आंखें भर आई। किशोर उसके पास बैठ गया।

'अंकल!' शिखा उसके सीने से लगकर रो पड़ी।

'बेटी ऐसी क्या समस्या अटक गई थी कि तुम्हें इतना बड़ा कदम उठाने की आवश्यकता पड़ गई?'

'भाई साहब!' रजनी ने भारी आवाज में कहा—'शिखा गर्भवती है।'

'क्या...!' किशोर उछल पड़ा—'गर्भवती है?'

'हां किशोर!' पुरुषोत्तम ने कहा—'यह सत्य है।'

'परन्तु किसने किया है यह पाप? कौन है वह कमीना।'

'पूछ लो इसी से।'

'सच-सच बता बेटी।' किशोर ने शिखा से कहा।

'अंकल!' वह रुंधे गले से बोली—'उससे मुझे प्यार हो गया था, वह भी मेरे लिए प्यार में जान दे देने का दावा करता था—परन्तु जब मुझे पता चला कि डैडी-मम्मी ने मेरी शादी इंग्लैंड में तय कर दी है, तो मैंने उसे बताया।

उसने कहा कि यदि हम दोनों शादी कर लें तो डैडी-मम्मी स्वयं ही मान जायेंगे—मैं उसके प्यार को सत्य समझ बैठी—उसने मांग में सिन्दूर भर दिया और हम एक हो गए।'

'फिर...?'

'फिर जब मैंने उसे बताया कि मैं गर्भवती हूं, तो हंसने लगा। कहने लगा यह नाटक किसी और को दिखाना—जब तुम मेरे साथ रात गुजार सकती हो तो किसी दूसरे पुरुष के साथ भी ऐसा कर सकती हो—तुम्हारे गर्भ में जो बच्चा है, मैं नहीं मान सकता कि वह मेरा ही है। मैंने कहा कि तुमने मेरी मांग भरी थी—हम दोनों ने भगवान को साक्षी बनाकर एक-दूसरे को जीवन साथी माना था—तो उसने जोरदार ठहाका लगाया और बोला—यह दिल-विल प्यार-व्यार के झंझट मैं नहीं जानता—तुम बहुत सुन्दर थीं—मुझे अच्छी लगी, मैं तुम्हें प्राप्त करना चाहता था तो मैंने सिन्दूर भरने का नाटक भी कर लिया—मेरा लक्ष्य तुम्हारा शरीर प्राप्त करना था, वह मैंने कर लिया।'

किशोर सन्नाटे में बैठा रह गया—उसे ऐसा अनुभव हो रहा था जैसे वह डायलॉग कोई और नहीं स्वयं किशोर ही बोल रहा हो। उसने थूक निगलकर बड़ी मुश्किल से पूछा—'वह कौन है?'

'वह एक फ्लर्ट। है उसका कहना है कि मैं अपने गुरु अंकल के मशविरे से ही सब कुछ करता हूं—आप ही की फैक्टरी में मजदूरों का सुपरवाइजर है। उसका नाम प्रताप है।'

दूसरे ही क्षण किशोर को ऐसा लगा, जैसे उसके सीने में किसी ने भाला घोंप दिया हो। प्रताप उसका चेला—यानी वह जो कुछ मुझसे सीखता था, उसका प्रयोग वह शिखा के साथ करता था। मैंने प्रताप में अपना युवा रूप देखा था—अपने ही हाथों मैंने अपने मित्र की बेटी का जीवन बर्बाद करा दिया।

अचानक फटाक से दरवाजा खुला और एक दर्द भरी परेशान आवाज सुनाई दी—'शिखा...मेरी बेटी...!'

किशोर ने मुड़कर देखा तो उसके दिमाग में धमाका-सा हुआ, क्योंकि आने वाली पुष्पा थी—वह पुष्पा, जिसे पाने के लिए किशोर ने जवानी में उससे झूठा विवाह का नाटक किया था—किशोर हड़बड़ाकर खड़ा हो गया—पुष्पा ने जल्दी से बैठकर शिखा से लिपटकर बेतहाशा प्यार कर डाला।

'मेरी बच्ची—मेरी लाल।'

'श...श...शिखा!' किशोर ने मुश्किल से कहा....'प...प...पुष्पा की बेटी है?'

'हां....।' पुरुषोत्तम ने संजीदगी से कहा—'तुमने जब पुष्पा को ठुकरा दिया था, उसके पास दो ही रास्ते थे—वेश्या बन जाए या आत्महत्या कर ले। मगर तुम मेरे मित्र हो—तुम्हें सुधारने के लिए मैंने और रजनी ने पुष्पा को अपना लिया था।

पुष्पा ने जब शिखा को जन्म दिया था—रजनी इसे लेकर इंग्लैंड चली गई थी। फिर हमारी योजना के अनुसार ही पुष्पा ने फोन करने शुरू किए थे कि अब तुम्हारी बेटी को जन्म दे चुकी है—अपना उसने धन्धा शुरू कर दिया है और तुम्हें सोसायटी गर्ल के रूप में दिखाई देती थी।'

'परन्तु पुष्पा की बेटी तो शीतल या रूबी थी?'

तभी रवीना ने अन्दर प्रवेश किया और बोली—'शीतल या रूबी मेरी बेटी है।'

किशोर ने चौंककर देखा, शीतल या रूबी भी रवीना के साथ ही थी।

रवीना ने कहा—'राय के बाद कपूर से शादी करके मैंने कपूर की बेटी को जन्म दिया था। मेरे जीवन में केवल पुरुषोत्तम भाई साहब ही ऐसे व्यक्ति आए थे, जिन्होंने कभी मेरे शरीर पर गंदी दृष्टि नहीं डाली....मैं इनका आदर अपने पिता या भाई समान करती हूं और पुष्पा को अपनी बहन मानती हूं।

पुरुषोत्तम भाई साहब के कहने पर ही मैं कपूर के देहांत के बाद तुमसे मिली थी—मैं बदल चुकी थी—कपूर को ही मैंने अपना सब कुछ मान लिया था।मगर क्योंकि मैं पहले ही अपवित्र थी, इसलिए मैंने पुरुषोत्तम भाई साहब और पुष्पा की सहायता के लिए तुम्हें रूबी की झलक दिखाकर उसका दीवाना और अपना बाध्य बना लिया था—तुम्हें यह शिक्षा देने के लिए तुम स्त्री का अपमान करोगे तो वह तुमसे कभी-न-कभी प्रतिशोध अवश्य लेगी।

मैंने अपना और पुष्पा का प्रतिशोध लेने के लिए तुम्हें रूबी का दीवाना बनाकर बार-बार अपना थुलथुल करता शरीर छूने पर विवश किया। ताकि तुम समझ सको कि जुल्म और वासना मनुष्य को कीचड़ खाने पर भी विवश कर देते हैं।

फिर तुम जिस रात शीतल को खरीदकर रंगरलियां मनाने जा रहे थे, उस रोज पुष्पा बहन ने योजना के अनुसार ही तुम्हें फोन पर बताया था कि तुम शीतल या रूबी के पिता हो और तुम जो सदा यही कहते कि शीतल मेरी बेटी नहीं है, पुष्पा बहन की बात को सच समझकर यह सोचकर कांप गए कि तुमसे कहीं घोर पाप न हो जाए।

पुरुषोत्तम ने कहा—'शीतल पुष्पा से जन्मी तुम्हारी बेटी न सही, तुम्हारी बेटी के समान अवश्य है। यदि शीतल वास्तव में तुम्हारी बेटी होती और यह राज तुम्हें दूसरी सुबह मालूम होता तो सोचो तुमसे कितना घोर पाप हो जाता।'

'नहीं...!' किशोर कांप गया।

'ऐयाशी और आवारगी अवश्य अपना रंग दिखाती है—जिसका एक रूप तुमने शीतल की सूरत में देख ही लिया—दूसरा रूप तुम्हारे सामने तुम्हारी अपनी बेटी की सूरत में मौजूद है—जिस लड़के ने भी शिखा को शादी का धोखा देकर गर्भवती बनाया है वह न केवल तुम्हारा चेला है

बल्कि तुम्हारा ही दर्पण है– जो कुछ तुमने 21 वर्ष पूर्व पुष्पा के साथ किया था, वही उसने तुम्हारी बेटी शिखा के साथ किया है।'

किशोर के दिमाग में धमाके से हो रहे थे–वह सोच रहा था कि मैंने क्या गजब कर दिया–मैंने प्रताप में अपनी जवानी का रूप देखा–उसका साहस बढ़ाया–उसका गुरु अंकल बनकर मैंने अपनी ही बेटी का जीवन बर्बाद करा लिया। प्रताप ने मेरा थप्पड़ मेरे ही मुंह पर दे मारा।

पुरुषोत्तम ने फिर कहा–'तुमने अपने मामी-मामा के जीवन को देखकर यह समझ लिया कि वही दोनों दुनिया भर के शादीशुदा लोगों के नुमायंदे हैं–तुम्हारा पति-पत्नी के रिश्ते पर से विश्वास उठ गया। तुम एक आजाद पंछी बन गए–हालांकि तुम्हारे सामने रजनी और मंदाकिनी की भी मिसालें थीं–तुमने पुष्पा जैसी हीरा जीवनसाथी को पाकर भी खो दिया था–जिसकी सजा आज तुम्हारे सामने है–जबकि हम सबने मिलकर पुष्पा भाभी के साथ शिखा बेटी को भी बचाने का बहुत प्रयास किया था।'

'हां–तुम सच कहते हो पुरुषोत्तम–इस धरती पर मुझसे बड़ा कोई भी पापी नहीं मिलेगा–मैं एक पशु से भी बदतर हो गया था–वासना ने मुझे शैतान बना दिया था–परन्तु पहले शीतल बेटी और फिर शिखा बेटी की आपबीती ने मेरी आत्मा को झिंझोड़ दिया है–मर गया मेरे अन्दर का शैतान–मैं ही प्रताप का वह गुरु अंकल हूं, जिसने अनजाने में अपने मशविरों एवं रहनुमाई से अपनी ही बेटी का जीवन बर्बाद करा लिया। मुझे नहीं मालूम था कि प्रताप मेरी शिक्षा की तलवार से मेरी ही बेटी का शरीर जख्मी कर रहा है।'

अपने इस घोर पाप के प्रायश्चित के लिए मैं प्रताप को शिखा से शादी पर विवश करूंगा या उसे जान से मार दूंगा–यह मेरी प्रतिज्ञा भी है मेरा प्रायश्चित भी–अन्तिम निर्णय भी।'

फिर वह बाहर की ओर बढ़ा तो शिखा ने पुकारा–'पापा...!'

दूसरे ही पल वह शिखा को लिपटाकर प्यार करता हुआ रो रहा था और रोता हुआ कह रहा था–'बेटी सत्य कहते हैं लोग इस धरती पर किए पापों की सजा मनुष्य को इसी धरती पर मिल जाती हैं–मां-बाप का कर्ज सन्तान को चुकाना पड़ता है मगर मैं अपने पाप का कर्ज तुम्हें नहीं चुकाने दूंगा–मैं प्रताप की गर्दन पकड़कर लेकर आऊंगा।'

फिर वह उठकर आंसू पोंछकर बाहर निकल आया। कुछ देर बाद उसकी कार सड़क पर दौड़ रही थी।

***

कार रोककर उसने फैक्टरी में प्रवेश किया–वर्कशॉप में पहुंचकर उसने इधर-उधर देखा, फिर असिस्टेंट मैनेजर से पूछा–'प्रताप कहां हैं'?

'प्रताप तो नौकरी छोड़कर चला गया।'

'क्यों...?'

'कुछ पता नहीं।'

किशोर को अपने पैरों तले से धरती खिसकती अनुभव हुई।

फिर असिस्टेंट मैनेजर ने कहा—'हां सर प्रताप एक बात कहकर गया है'।

'क्या...?'

'उसने कहा था कि उसे पता चल गया है कि शिखा आपके मित्र की बेटी है—आप अब शिखा को उसके गले मढ़ना चाहेंगे—मगर वह एक आजाद पंछी है—आजाद पंछी की ही भांति जीवन गुजारना चाहता है।'

किशोर के सिर पर जैसे एक बम-सा गिरा—वह लड़खड़ाता हुआ बाहर आया। कुछ देर बाद उसकी कार अपने बंगले की ओर दौड़ रही थी।

***

जहर का गिलास भरकर उसने अपने पास रख लिया और पत्र लिखने लगा—

'पुरुषोत्तम, मेरे मित्र—तुमने, भाभी, रवीना और शीतल ने मुझे सुधारने के जो प्रयास किए, उनका उपकार मैं कभी नहीं भूल सकता। अन्तिम समय में कम-से-कम मैं जानवर से आदमी तो बन गया हूं और अपने ही हाथों अपनी बेटी शिखा का जीवन बर्बाद कराने का जो पाप मुझसे हुआ है—उसका प्रायश्चित यही है कि मैं अपनी जान दे दूं। मेरी बेटी को तुमने बेटी बनाकर परवरिश किया है—वह अब भी तुम्हारी बेटी है—मैं न उसका बाप कहलाने के योग्य हूं न उसकी देवी जैसी मां पुष्पा का पति कहलाने के योग्य—मैं जा रहा हूं सदा के लिए। दुनिया पर कभी मत प्रकट करना कि शिखा मेरे जैसे नीच बाप की बेटी है।

तुम्हारा मित्र किशोर।'

पत्र पूरा करके उसने गिलास उठाया ही था कि अचानक कानों में कार की आवाज आई, उसने जल्दी से गिलास उठाकर मुंह से लगा लिया और पी गया।

उसी समय पुरुषोत्तम और रजनी अन्दर आए।

किशोर ने अपना सीना पकड़कर कहा—'तुम सही समय पर आ गए दोस्त।'

'किशोर—क्या हुआ तुझे?'

'यह खत पढ़ लेना।'

उसने खत बढ़ाया और एक ओर लुढ़कने लगा—तो जल्दी पुरुषोत्तम ने उसे सम्भाल लिया।

रजनी ने जल्दी-जल्दी खत पढ़कर सुनया तो पुरुषोत्तम ने चिल्लाकर किशोर से कहा—'अरे पागल! हमने फोन किया था। हमें पता चल गया था कि प्रताप नौकरी छोड़कर

चला गया है—हमने तुझे फोन किया तो तूने उठाया ही नहीं। हम तो तुझे लेने आए थे—यह बताने भी कि अब शिखा हमारी बेटी ही नहीं बहू बनकर हमारे साथ रहेगी। हमारे जिस बेटे को मंदाकिनी ने पाला था, उसी से हमने शिखा का रिश्ता तय किया था—वह आज ही इंग्लैंड से आया है और उसने शिखा को हर हालत में स्वीकार कर लिया है।'

'सच...? काश! मैं उन दोनों को दुल्हन-दूल्हा बने देख सकता।'

'अवश्य देखेगा तू—क्योंकि तू जहर पीकर मर गया—अब तेरी जगह वह किशोर जीवित रहेगा, जो मेरा मित्र भी है पुष्पा का पति भी शिखा पिता भी।'

'मगर मैंने जहर पी लिया है।'

'जिसे तू जहर समझकर पी गया, वह जहर नहीं अमृत था—पुष्पा भाभी तुझसे पहले ही यहां आ गई थी—क्योंकि जैसे ही हमें फैक्टरी फोन करके पता चला था कि प्रताप तुझे नहीं मिला और तू वहां से निकल गया है—तभी पुष्पा भाभी को यहां भेज दिया गया था—वह यहां से निकट ही थीं। उन्होंने जहर की शीशी बदल दी थी।'

पुष्पा सामने आ गई, किशोर खड़ा हुआ तो वह बिलकुल ठीक था—उसने झुककर पुष्पा के पैरों की ओर हाथ बढ़ाकर रोते हुए कहा—'पुष्पा तुम देवी हो, मुझे क्षमा कर दो।'

'यह क्या करते हैं आप?' पुष्पा ने जल्दी से उसके हाथ पकड़कर कहा—'दासी को पाप लगाते हैं—मैं एक भारतीय नारी हूं—मेरा स्थान तो आपके चरणों में है।'

अचानक कार की आवाज आई तो पुरुषोत्तम ने कहा—'अब तो नकली मृत्यु से पहले ही अपनी बेटी और दामाद को आशीर्वाद दे देना।'

फिर शिखा दुल्हन के वस्त्रों में और प्रताप दूल्हा के वस्त्रों में आगे-पीछे अन्दर आए तो किशोर उछल पड़ा। रवीना और रूबी भी साथ थे।

'प्रताप तुम...!' किशोर ने आश्चर्य से कहा।

पुरुषोत्तम ने ठहाका लगाया और बोले—'अबे गधे, यही तो मेरा पप्पू है, जिसे मैंने मंदाकिनी को दे दिया था—मंदाकिनी की मृत्यु तो बहुत पहले हो गई थी। प्रताप को यहां बुलाकर एक गरीब युवक बनाकर तुझसे मिलाया गया था तुझे तेरे चरित्र का दर्पण दिखाने के लिए। कुछ समय तक शिखा को भी यह सच्चाई नहीं मालूम थी—प्रताप ने शिखा की मांग सचमुच भरी थी—उसी रोज उसे प्रताप ने अपने विश्वास में ले लिया था—यह दोनों एक-दूसरे से सचमुच इतना ही प्यार करते हैं, जितना मैं और रजनी।'

दूसरे ही क्षण किशोर, प्रताप और शिखा को लिपटाकर रो पड़ा। पुरुषोत्तम, रजनी, रवीना और रूबी की आंखें भी छलक पड़ी थी।

* * *

व्यक्तित्व विकास
अच्छा इंसान सफल विजेता कैसे बने
शशिकांत 'सदैव'
डेल कारनेगी
लोक व्यवहार
प्रभावशाली व्यक्तित्व की कला
Hindi Translation of How to Win Friends & Influence People by Dale Carnegie
टॉपर्स के टॉप टिप्स
टॉपर बनना ना तो मुश्किल है, ना ही नामुमकिन
जे.पी.एस. जौली
डेल कारनेगी
चिंता छोड़ो सुख से जियो
Hindi Translation of How to Stop Worrying & Start Living by Dale Carnegie
कहानियाँ जो जीना सिखाएं
जेपीएस जौली
कहानियाँ जो राह दिखाएं
सुख, समृद्धि और सफलता की पारसमणि
जे.पी.एस. जौली
मैनेजमेंट एवं कॉरपोरेट गुरु चाणक्य
डॉ. उज्जवल पाटनी
सफल वक्ता सफल व्यक्ति
सफलता पाने की 8 शक्तियाँ
शिशिर श्रीवास्तव
सफलता की नई तकनीक
टाइम मैनेजमेंट
आप और आपका व्यवहार
सूर्या सिन्हा
सोच बदलो सफलता पाओ
क्या है नेटवर्क मार्केटिंग जानिए
सूर्या सिन्हा
जीत लो ख्वाबों को
हार के बाद ही जीत है
डायमंड बुक्स
X-30, ओखला इंडस्ट्रियल एरिया, फेज-II नई दिल्ली-110020 फोन : 011-40712200
ई-मेल : sales@dpb.in Shop online at www.diamondbook.in

www.ingramcontent.com/pod-product-compliance
Ingram Content Group UK Ltd.
Pitfield, Milton Keynes, MK11 3LW, UK
UKHW042105021026
15589UKWH00001B/195

9 789356 849570